古典文教研究輯刊

十九編
曾永義 主編

第 15 冊

宋元南戲「明改本」研究（上）

羅冠華 著

國家圖書館出版品預行編目資料

宋元南戲「明改本」研究（上）／羅冠華 著 —— 初版 —— 新北市：
花木蘭文化事業有限公司，2019〔民108〕
目 4+148 面：19×26 公分
（古典文學研究輯刊 十九編：第 15 冊）
ISBN 978-986-485-650-3（精裝）
1. 中國戲劇 2. 南戲 3. 劇評
820.8   108000774

ISBN-978-986-485-650-3

9 789864 856503

古典文學研究輯刊
十九編　第十五冊　　　　　　　ISBN：978-986-485-650-3

宋元南戲「明改本」研究（上）

作　　者	羅冠華
主　　編	曾永義
總 編 輯	杜潔祥
副總編輯	楊嘉樂
編　　輯	許郁翎、王筑　美術編輯　陳逸婷
出　　版	花木蘭文化事業有限公司
發 行 人	高小娟
聯絡地址	235 新北市中和區中安街七二號十三樓
	電話：02-2923-1455／傳眞：02-2923-1452
網　　址	http://www.huamulan.tw 信箱 hml 810518@gmail.com
印　　刷	普羅文化出版廣告事業
初　　版	2019 年 3 月
全書字數	272187 字
定　　價	十九編 33 冊（精裝）新台幣 64,000 元

宋元南戲「明改本」研究（上）

羅冠華　著

作者簡介

羅冠華，於華南師範大學中國古代文學專業攻讀博士學位，已畢業，師從陳建森教授。曾在國內外刊物公開發表學術論文多篇。

提　　要

　　戲曲的改編既是一種文學創作的方式，也是文學批評的一種類型。改編戲曲是戲曲史上的一種特殊現象，正所謂「曲無定本」。劇作家為了適應戲曲演唱和舞臺表演的需要，常常需要改編戲曲作品，以新面貌吸引觀眾。戲曲的改編，也反映了作者的思想意圖、價值立場和話語訴求，並且與社會環境、文化氛圍和倫理思潮息息相關。

　　宋元南戲「明改本」指經過明人增刪或者改編的宋元南戲作品。本來流行於民間的宋元南戲，在明代崑腔的改革和文人積極參與改編創作的戲曲文化環境之下，逐漸演變為明傳奇。宋元南戲「明改本」成為期間的重要過渡環節，是連繫宋元南戲與明傳奇的藝術紐帶，具有獨特的價值和意義。

　　本文從文化生態學的視角考察宋元南戲「明改本」，將「明改本」置於明代文化生態環境、戲曲生產和消費的鏈條之中，考察作家意圖、舞臺表演與觀眾的關係，考察改本的相關性，呈現改本在內容和形式上的演變，總結其演變規律，揭示明人的審美趣味和價值立場。

　　現存宋元南戲「明改本」有十五個劇目、八十一本全本戲和兩百四十八個折子戲。本文將宋元南戲「明改本」置於明代社會文化生態環境之中進行探究，解析其「改什麼」、「如何改」、「何以如此改」，得出以下觀點：

　　明人善於採納民間傳說、筆記小說、說唱的素材和表現形式對宋元南戲進行改編，主要有「增補潤色」、「改編」、「改寫」和「翻改」這四種方式。

　　宋元南戲「明改本」多保留舊本的情節和人物形象並進行改易。「明改本」的情節多比原著曲折，部分改本增添了具有神話和傳奇性質的情節。改編者尊重原著對主角人物形象的塑造，重塑潤色人物性格，崇尚自然樸素的「真性情」和「忠信孝義」的美德，通過增添刪削次要情節和人物戲份，削弱低俗趣味，體現出積極樂觀的精神。

　　宋元南戲「明改本」中以歷史為題材的劇作主要採用「一實九虛」、「虛實參半」和「七虛三實」的方式進行改編。

　　宋元南戲「明改本」多用南北合套音樂形式，增加重複疊唱、增減曲牌和曲子、拆分合併曲子和文辭。改編者還以集曲表現人物心理和劇情環境。

　　宋元南戲「明改本」注重劇場主體的交流互動，通過增添情節、賓白、舞臺提示和插科打諢，引導觀眾的審美取向，使之與戲曲「演述者」一起「戲樂」。

　　明人善於選擇宋元南戲中喜劇性和戲劇性較強的故事情節改編為折子戲，顯示了從重視「曲」到重視「劇」的創作趣向。

　　宋元南戲「明改本」體現了民間和文人兩種改編視角。以民間視角改編的劇本，靈活吸取民間文藝形式，宣揚行俠仗義的精神。以文人視角改編的劇本，崇尚高雅趣味，辭采華麗，強調教化，按照「子孝妻賢」、「重視情義」和「事功」的理想重塑人物形象。文人還希望通過改編實踐來指導戲曲舞臺實際。

　　宋元南戲「明改本」通過書坊刊刻和劇場演出推動其傳播。「明改本」是連繫宋元南戲與明傳奇的藝術紐帶。明中葉和晚明，「禮失而求諸野」，大量文人參與宋元南戲「明改本」的改編和改寫，從中吸取藝術經驗，為明傳奇的創作積累了豐富的藝術經驗。「明改本」還影響了後來的戲曲，其中的精彩片段，通過一代又一代人的改編，薪火相傳，生生不息。

目次

下　冊

緒　論

　　宋元南戲是宋元時期源生於南方民間的戲曲。據趙景深、錢南揚等先生考證，目前尚未發現眞正刊刻於宋元時期的南戲劇本。今傳世的宋元南戲皆爲經過明人潤色、增刪、改編或者改寫後的明代刊刻本。本文將這些經過明人潤色、增刪、改編或者改寫的明代刊刻本稱爲宋元南戲的「明改本」。

一、「明改本」的存目和分類

　　據筆者統計，現存宋元南戲「明改本」有十五個劇目，共八十一本全本戲。這十五個劇目是《琵琶記》、《荊釵記》、《白兔記》、《拜月亭》、《殺狗記》、《西廂記》、《東窗記》、《趙氏孤兒記》、《破窯記》、《金印記》、《白袍記》、《牧羊記》、《三元記》、《黃孝子尋親記》和《周羽教子尋親記》。這些劇目的改編本尤以《琵琶記》的改本數量最多，其次以「四大南戲」中的《拜月亭》、《荊釵記》、《白兔記》和以南曲形式改編元雜劇《西廂記》的明代「西廂」改本（簡稱「南曲系統《西廂記》」）的改本數量爲多。明代根據宋元南戲「明改本」改編的折子戲共有兩百四十八折，多爲明代戲曲選集和曲譜收錄。

　　宋元南戲「明改本」按題材內容，可以分爲婚姻愛情、歷史和教化三類。

　　宋元南戲「明改本」中以婚姻愛情爲題材的劇作，如《琵琶記》、《白兔記》、《拜月亭》、《荊釵記》、《破窯記》和「南」《西廂記》。其中，《白兔記》、《琵琶記》以描述男女主角婚後生活爲主，敘述夫妻如何離散和重逢，時間跨度較大；而《拜月亭》、《荊釵記》、《破窯記》和「南」《西廂記》主要敘述男女主角相識、相戀的愛情故事；《拜月亭》、《琵琶記》、《白兔記》、《荊釵記》和南曲系統《西廂記》對女性的描寫、形象刻畫、女性心理的揣摩尤爲細緻。

　　宋元南戲「明改本」中以歷史爲題材的劇作，如《白兔記》、《破窯記》、《白袍記》、《八義記》、《精忠記》、《金印記》和《牧羊記》。這些劇本的主角原本都是草根階層，因緣際會，「鯉魚躍龍門」，享榮華富貴。其中，《白兔記》敘述後漢皇帝劉知遠發跡的故事；《八義記》和《牧羊記》敘述文臣趙盾、趙朔和蘇武的故事；《精忠記》和《白袍記》敘述武將岳飛和薛仁貴的故事；《破窯記》和《金印記》敘述文人士大夫呂蒙正和蘇秦如何成就功名的故事。「明改本」中的這類劇作又可以細分爲帝王戲、武將戲和文臣戲三種。帝王戲描繪皇帝的奮鬥史，如敘述劉知遠故事的《白兔記》。武將戲書寫英雄人物的出身和奮鬥過程，如描寫岳飛故事的《精忠記》和薛仁貴故事的《白袍記》，劇本依據少量的史實，從民間文學中吸取素材進行虛構，多強調武將的「忠義」。文臣戲描繪寒儒的奮鬥史，如《金印記》的蘇秦、《荊釵記》的王十朋、《琵琶記》的蔡伯喈、《拜月亭》的蔣世隆、《破窯記》的呂蒙正，鼓勵飽學之士通過參加科舉考試而躋身於朝堂之上。

　　宋元南戲「明改本」中以教化爲題材的劇作，如《三元記》、《黃孝子尋親記》、《周羽教子尋親記》、《琵琶記》。其中，《琵琶記》和《三元記》描繪寒儒經過十年的寒窗苦讀，終於考取功名；《黃孝子尋親記》和《周羽教子尋親記》通過描繪男子尋親的故事，一致強調主角的「孝」。

　　宋元南戲「明改本」包括全本戲和折子戲，還在一些曲譜中保留散套。「明改本」全本戲指明人刊刻、首尾連貫、沿襲南戲體制的戲文傳奇，以三十齣至四十齣爲主。現存宋元南戲「明改本」全本戲主要刊載於《古本戲曲叢刊初集》、《古本戲曲叢刊二集》、《古本戲曲叢刊三集》和明人毛晉刊刻的汲古閣《六十種曲》，以及各種明代單行本等。宋元南戲「明改本」折子戲主要存於明代的戲曲選集之中，如《雍熙樂府》、《盛世新聲》、《詞林摘豔》和《風月錦囊》等。收錄「明改本」散套的曲譜，主要來自明人蔣孝《舊編南九宮譜》，沈璟《南九宮十三調曲譜》和《增定南九宮曲譜》，沈自晉《南詞新譜》；清人鈕少雅《南曲九宮正始》和《九宮大成南北詞曲譜》；近代吳梅《南北詞簡譜》和王季烈《集成曲譜》等。

二、學界對「明改本」研究之檢視

　　早在 20 世紀初，王國維《宋元戲曲考》就依據經過明人潤色、改編、改寫的戲文來論述宋元南戲的「淵源」和「文章」等問題。王先生注意到明

人改編南戲的事實，根據《拜月亭記》第 5 齣的明太祖之語，判斷此劇非元人施惠所撰，當爲明初人之作〔註1〕，這一論述直接影響學界對「明改本」《拜月亭記》創作時間的研究〔註2〕。20 世紀二三十年代的學者吳梅、姚華、陸侃如、馮沅君、鄭振鐸等，先後向學界介紹宋元南戲的明代版本。新中國建立以來，董每戡、錢南揚、王季思、趙景深、葉長海、俞爲民、劉念茲、黃仕忠、孫崇濤、陳多、李舜華等人，對「明改本」的研究取得了豐碩的成果。近代以來，臺港澳和海外學者青木正兒、曾永義、田仲一成、白之、龍彼得、吳秀卿、孫玫等，在「明改本」的研究上也取得了重要的成果。〔註3〕茲選取學界具有代表性的四位研究者，論述其對宋元南戲「明改本」研究的貢獻：

　　20 世紀 80 年代，錢南揚《戲文概論》正式提出「明改本」的概念，「明改本雖已失去了本來面目，然多少總還保存著一些宋元戲文的成分」「況且更有《九宮正始》據元天曆間刻本《十三調》、《九宮》二譜，徵引了不少宋元戲文的曲文，把它和改本對照著看，也可以窺測原本面目的一斑。所以也有它們一定的價值。」〔註4〕他指出宋元南戲「明改本」與宋元南戲最大的差異在於「宋元戲文經過明朝人的修改，不但形式方面失去原樣，內容方面也一定有不少變化，所反映已不是完全的宋元人的生活了。」〔註5〕《戲文概論》第四章《荊、劉、拜、殺》簡要地指出宋元南戲「明改本」《荊釵記》改變了戲文的結局；《白兔記》與南戲相比，具有更濃厚的民俗特色；《拜月亭記》對男女主角破鏡重圓的改寫，其語言風格並未受到元雜劇《拜月亭》的影響。然《戲文概論》對部分宋元南戲「明改本」的分類有待商榷，如認爲《白兔記》和《琵琶記》「保持著戲文原來面目」，把它們和「經明人修改」的南戲

〔註1〕王國維《曲錄》卷四、《宋元戲曲考》第十四章暖紅室本《拜月亭》之跋；《宋元戲曲考》，上海古籍出版社，1998 年 12 月 1 版，2006 年 4 月 3 印，第 116～118 頁。

〔註2〕徐宏圖《南戲遺存考論》指出後來的學者對明人改編南戲所持的觀點，光明日報出版社 2009 年 6 月 1 版，2010 年 9 月 2 印，第 9～10 頁。

〔註3〕學界在綜述南戲研究現狀時，多把「明改本」的研究包括在內，參見孫崇濤《中國南戲研究之檢討》，《戲劇藝術》1987（3）；孫崇濤《中國南戲研究之再檢討》，《戲劇藝術》1996（4）；金寧芬《南戲研究的回顧與思考》，《社會科學戰線》1990（2）；徐順平《南戲研究的回顧與展望》，《溫州師範學院學報》1996（4）等。

〔註4〕錢南揚《戲文概論》，上海古籍出版社 1981 年 3 月 1 版，第 95 頁。

〔註5〕錢南揚《戲文概論》，第 154 頁。

區別開來。我們根據這兩部南戲的最早版本皆爲明代版本，認爲它們應該歸入「經明人修改」的南戲之中。〔註6〕

　　20世紀80年代初，孫崇濤較細緻地論述了明成化本《白兔記》和汲古閣本《白兔記》的改編情況，指出「戲文藝術發展到了明成化年間（或可包括較成化略早的年代），在某些地區，在許多方面，還在承襲宋元戲文的傳統和體制，而跟後來完整形成的明代傳奇有著諸多的不同。」〔註7〕20世紀90年代，學術界引發了如何確定宋元南戲和明傳奇的界限之爭。前賢也因此而逐漸意識到在宋元南戲和明傳奇之間存在一個過渡期。〔註8〕孫崇濤《明人改本戲文通論》指出「在宋元南戲與明清傳奇之間還有一個相當重要、無法迴避的中間環節。」「既然以『明初南戲』、『明代戲文』、『明傳奇』涵稱此200年間的明代南劇都有不甚嚴密、容易混淆、操作麻煩之弊，那麼，該用什麼定名更爲合適？以筆者的研究運作體會，採用『明人改本戲文』一名，就可以防止這些弊端」，因爲它們「『改』是十分普遍而突出的特色」「如此互相改來改去，正是這時期各地民間演出活躍、文人創作方興未艾的南劇眞實情況的反映。」〔註9〕孫崇濤囊括的戲曲劇本範圍較廣，包括明人根據前代戲文舊本改編的戲文劇本，也包括明人新制的劇本。本文的研究對象是明人根據宋元戲文舊本潤色、改編、改寫或者翻改的戲文劇本，簡稱爲宋元南戲「明改本」。

　　孫崇濤指出，宋元南戲「明改本」的價值和意義應該予以重新認識和評價，呼籲學術界重視對明初兩百年戲文「改本」的研究。〔註10〕孫崇濤還對

〔註6〕徐宏圖對這個問題持相同看法。參見徐宏圖《南戲遺存考論》，第11頁。

〔註7〕孫崇濤的碩士論文《成化本〈白兔記〉藝術形態探索》，原收入《碩士學位論文集·戲曲卷》，文化藝術出版社，1984年；後來收入孫崇濤的專著《南戲論叢》，中華書局2001年6月1版1印，第310頁。

〔註8〕研究界對明初兩百年的關注，首先是圍繞著南戲與傳奇的斷限展開的，詳情參見孫玫《關於南戲和傳奇歷史斷限問題的再認識》，收入華瑋、王璦玲主編《明清戲曲國際研討會論文集》，中央研究院中國文哲研究所籌備處，1998年；傅璇琮、蔣寅總主編《中國古代文學通論》之郭英德主編《明代卷》，遼寧人民出版社2005年5月1版1印，第109～111頁；李舜華《禮樂與明前中期演劇》，上海古籍出版社2006年8月1版1印，第14頁。

〔註9〕孫崇濤《明人改本戲文通論》，《文學遺產》1998（5），人大複印資料《中國古代、近代文學研究》1999（1）轉載，可見其價值。

〔註10〕孫崇濤《明人改本戲文通論》指出：「把將明初兩百年的所有南劇作品，都統稱『明人改本戲文』，將這段戲曲歷史，稱之爲『改本時期』，亦比較符合當時戲曲發展的潮流和實際。」

南戲《金印記》的「明改本」進行校勘並出版。〔註11〕孫崇濤的專著《南戲論叢》收錄其撰寫的多篇研究「明改本」的學術論文，如研究「四大南戲」的流變，有論述蘇秦故事的《〈金印記〉的演化》，研究《白兔記》的《成化本〈白兔記〉與元傳奇〈劉智遠〉》等一系列的論文，還有《南戲〈西廂記〉考》研究以南曲爲中心的「西廂」戲曲的流變。〔註12〕他對宋元南戲「明改本」具體劇目的研究，多能辨析其文獻、版本、存目，並對本事進行分析，肯定了「明改本」的價值和意義，爲學界對「明改本」的深入研究做出了貢獻。

1994 年，俞爲民出版專著《宋元南戲考論》，研究範圍涵蓋「四大南戲」、《琵琶記》、《金印記》等和部分明代戲曲選集收錄的相關折子戲，對宋元南戲「明改本」的文獻情況如作者、版本進行考察，辨析「明改本」各版本之間的差異，較爲詳細地梳理了南戲在明代的流變情況。2004 年，俞爲民的《宋元南戲考論續編》，除對上述問題的研究更爲深化以外，還對「明改本」劇目的本事沿革和流變進行更爲精深的考察，補充它們在地方戲中的流傳，探討南戲和雜劇的差異和交流。〔註13〕

早在 20 世紀 70 年代，日本學者田仲一成「搜集了數十種《琵琶記》與《西廂記》的版本，考察二者是如何由樸素的古本與擬古本，經由閩本，向文人演劇的京本和市場演劇的徽本、弋陽腔本逐漸分化的過程。」〔註14〕田仲氏以此考察明代《琵琶記》和《西廂記》的接受情況，以及促進明代戲曲發展的社會環境。近年來，田仲氏研究「四大南戲」等劇目的「明改本」及其流變情況。他的新著《古典南戲研究》認爲南戲「改本」分爲五種：吳本是鄉村演劇的古本，京本是適用於宗族演出的雅本，閩本處於從鄉村到宗族的過渡階段，徽本和弋陽本都是市場俗本。他指出明代前期鄉村戲臺演出的古本發展到明代中

〔註11〕 張樹英、孫崇濤點校《連環記·金印記》，中華書局 1988 年 11 月 1 版 1 印。

〔註12〕 孫崇濤的這些文章有的已經單獨發表於學術期刊，如孫崇濤《南戲〈西廂記〉考》早已發表於《文學遺產》2001（3），後來皆爲孫崇濤《南戲論叢》收錄，中華書局 2001 年 6 月 1 版 1 印。

〔註13〕 俞爲民《宋元南戲考論》，臺灣商務印書館 1994 年 9 月 1 版 1 印。俞爲民《宋元南戲考論續編》，中華書局 2004 年 3 月 1 版 1 印。

〔註14〕 參見（日）田仲一成《中國戲劇史》，北京廣播學院出版，2002 年 9 月 1 版，2003 年 10 月 2 印；《明清的戲曲：江南宗族社會的表象》，雲貴彬、王文勳譯，北京廣播學院出版社，2004 年 1 月 1 版 1 印。李舜華專門撰文對田仲氏的研究予以介紹《從祭祀到演劇、從鄉村到城鎮——田仲一成的中國演劇史研究》，《中華讀書報》2001 年 7 月 4 日。

期，以閩本爲節點分化爲兩種，一種是宗族家堂使用的雅化京本，一種是市場演出的俗化徽本，這反映出明嘉靖以後的社會變革。〔註15〕

　　學界多對宋元南戲「明改本」的目錄、版本等文獻情況進行梳理和考辯。如馮沅君、鄭振鐸、趙景深、錢南揚諸先生，依據《新編南九宮詞》、《舊編南九宮譜》、《九宮正始》等書，對宋元南戲的佚曲進行輯佚整理工作，也涉及「明改本」的文獻研究。鄭振鐸《插圖本中國文學史》，趙景深《宋元戲文本事》，陸侃如、馮沅君《南戲拾遺》，錢南揚《宋元南戲錄》和《宋元南戲輯佚》先後出版。〔註16〕上世紀九十年代，《全元戲曲》所收宋元南戲，皆在開篇之處專闢《劇目說明》，辨清南戲的版本源流，簡要指出明人對南戲的改編概況。〔註17〕徐宏圖較爲仔細地列舉了「明改本」的版本、目錄，且能指出「明改本」全本、折子戲和地方戲改編南戲的簡況，然對「明改本」的詳細改編情況著墨不多。〔註18〕黃仕忠、孫崇濤《風月錦囊箋校》和孫崇濤《風月錦囊校釋》對明代戲曲選集《風月錦囊》收錄的南戲進行箋校和考辨，簡要說明《風月錦囊》所收「明改本」的文獻版本。〔註19〕前賢在整理「明改本」文獻的過程中，多集中於對其文獻源流、版本目錄、刊刻時間的考據，對其改編情況有所關注，在其「改什麼」、「如何改」、「何以如此改」的研究上，取得了一定的成果。

（一）關於「明改本」「改什麼」的研究

　　學界多關注宋元南戲「明改本」對舊本南戲的故事情節、人物形象、音樂形式「改什麼」的研究。如鄭尚憲指出以「四大南戲」和《琵琶記》爲代表的「明改本」在人物塑造、劇情安排上比南戲有所提高。〔註20〕

　　在研究故事情節的改編上，俞爲民指出宋元南戲「明改本」《拜月亭》刪去「誤接絲鞭」的結局，把結局的性質從悲劇改爲喜劇，是正確的；他簡要指出「明改本」《拜月亭》的故事情節和明代話本《繡谷春容》和《國色天香》

〔註15〕（日）田仲一成《古典南戲研究：鄉村宗族市場之中的劇本變異》簡介，中國社會科學出版社 2012 年 11 月 1 版 1 印。

〔註16〕劉平平《南戲考述》，《戲文》2006（2）。

〔註17〕王季思主編《全元戲曲》，人民文學出版社 1999 年 1 版 1 印。

〔註18〕徐宏圖《南戲遺存考論》，光明日報出版社 2009 年 6 月 1 版，2010 年 9 月 2 印。

〔註19〕孫崇濤、黃仕忠《風月錦囊箋校》，中華書局 2000 年 8 月 1 版 1 印。

〔註20〕鄭尚憲《南戲改本新論》，《中山大學學報》1990（1）。

收錄的「龍會蘭池」故事情節有所交流；〔註21〕他在比勘的基礎上指出元雜劇《拜月亭》改編自宋元南戲《拜月亭記》。〔註22〕白之指出明人謝天祐的改本《白兔記》重寫了宋元南戲《白兔記》，沿襲民間故事模式，把原著的鬧劇改爲家庭問題劇。〔註23〕

在研究音樂形式的改編上，孫崇濤指出明成化本《白兔記》和明代其他《白兔記》改本在音樂形式上的不同之處：相對簡約的曲調成分、更換曲牌的改調形式、自由變通的曲子格律和尾多重疊的演唱方式。〔註24〕吳榮華指出明代崑曲改本「西廂記」的音樂形式「總結曲牌分佈的特點，探究曲牌的來源，從中看出其音樂與前代音樂有著一脈相承的關係。」他總結了樂調與「合唱」的特色，指出明代「崑曲《西廂記》音樂有著較高藝術成就，創作手法與現今創作手法相差無幾，對後來的戲曲音樂創作具有一定借鑒和啓迪意義」，並且探討「旦角」和「生角」的形象及部分曲牌運用，體現出「崑曲『西廂』音樂詞采精美、唱腔悠長婉轉、表演美侖美奐的神韻和風采。」〔註25〕

在研究人物形象的改寫上，康保成認爲演述岳飛戲文的宋元南戲「明改本」從《東窗記》走向《精忠記》，其主要人物性格由眞實的人性走向極端，反映了人物刻畫類型化的歷程。〔註26〕伏滌修指出搬演岳飛故事的「明改本」，讓岳飛形象從受冤屈致死的歷史悲劇英雄，轉向精忠報國的民族英雄，再成爲作爲忠義化身的文化英雄，「早期的岳飛題材戲曲以寫岳飛之冤爲明顯特徵，明代的岳飛戲則著重對岳飛的精忠報國精神與抗金事蹟進行熱情頌揚，晚明到清代出現的翻案補憾類的岳飛戲以作者和人民的意願爲導向，以超歷史化的方式對岳飛事蹟進行了神聖化的宣傳。」〔註27〕

〔註21〕 俞爲民《宋元南戲考論續編》之《南戲〈拜月亭〉考論》，考察南北「拜月亭」的差異和時間先後，見第253~262頁；考述作爲劇情線索的「拜月亭」是否存在，第250~252頁，中華書局2004年3月1版1印。

〔註22〕 俞爲民《南戲〈拜月亭〉作者和版本考述》，《文獻》1986（1），詳參俞爲民《宋元南戲考論續編》，中華書局2004年3月1版1印，第262~279頁。

〔註23〕 （美）白之《一個戲劇題材的演化——〈白兔記〉諸異本比較》，《文藝研究》1987（4）。

〔註24〕 孫崇濤《明代戲文的曲調體制——成化本〈白兔記〉藝術形態探索之一》，《音樂研究》1984（3）。

〔註25〕 吳榮華《明清西廂記音樂的初步研究——以李日華本爲中心》，福建師範大學碩士學位論文2006年。

〔註26〕 康保成《從〈東窗事犯〉到〈東窗記〉〈精忠記〉》，《藝術百家》1990（1）。

〔註27〕 伏滌修《岳飛故事的主題嬗變》，《藝術百家》2008（3）。

（二）關於「明改本」「怎樣改」的研究

宋元南戲「明改本」的部分劇目，是在宋元戲文舊本的基礎上，吸收前代的歷史文本和雜劇、小說、說唱等其他文藝形式進行藝術創造的一種戲劇樣式。

1. 宋元南戲「明改本」以史書、雜劇、小說等「前文本」為依據進行藝術虛構

郭英德指出，宋元南戲「明改本」《東窗記》、《金印記》、《白袍記》的主要人物和情節以史實為依據，並且採納民間傳說進行藝術虛構，《八義記》則比較尊重史實，與前者不同。〔註28〕俞為民指出「明改本」從小說、民間傳說和史書中取材。「由於民間南戲的故事情節多取材於民間傳說，因此，即使是描寫歷史人物的劇作，也多不是按照史書的記載來設置劇情，而是以民間傳說為依據，故在情節上多與史實不符。」〔註29〕黃仕忠研究「明改本」《琵琶記》的改訂者如何進行藝術虛構，指出這反映了人們的審美觀和價值觀。〔註30〕朱恒夫指出《精忠記》等「明改本」多取材於民間傳說，卻又背離了藝術的真實，由此得出創作以歷史為題材的劇作的原則：「一是高度地尊重歷史，反映所描寫的那一歷史時期的真實的面貌；二是作者應對那一段歷史與歷史上的人物有自己獨特而正確的評價；三是要將所描寫的歷史充分故事化。」〔註31〕翁敏華指出「明改本」《白兔記》「從前代史書、講史話本和諸宮調中吸取營養。」〔註32〕吳秀卿指出，宋元南戲《拜月亭記》取材於關漢卿的元雜劇《拜月亭》並改編而成，「有不少地方承襲了關目甚至語言表現，但由於體制不同，南戲既在體制上多方面打破了雜劇形式的限制，也有不少創新和發揮。」〔註33〕

2. 宋元南戲「明改本」的表演形式「怎樣改」的研究

前賢在研究宋元南戲或明傳奇時，較少學者關注宋元南戲「明改本」的

〔註28〕 郭英德《明清傳奇戲曲文體研究》，商務印書館 2004 年 7 月 1 版 1 印，第 236 ～239 頁。

〔註29〕 俞為民《宋元南戲考論續編》，中華書局 2004 年 3 月 1 版 1 印，第 15 頁。

〔註30〕 黃仕忠《從〈琵琶記〉的評論與改訂比較元明之戲曲觀》，《〈琵琶記〉研究》，廣東教育出版社 1996 年 10 月 1 版，1998 年 9 月 2 印。

〔註31〕 朱恒夫《岳飛故事：史實的拘泥於民間性的失度》，《明清小說研究》2005（4）。

〔註32〕 翁敏華《〈白兔記〉縱橫表裏談》，《藝術百家》1991（4）。

〔註33〕 （韓）吳秀卿《〈拜月亭〉在雜劇、南戲中的演變》，《河北學刊》1995（4）。

表演形式「怎樣改」。徐順平簡要論及「明改本」的少數劇目在弔場、舞臺時空、虛擬表演等方面的表演形式，如成化本《白兔記》和《荊釵記》。〔註34〕張庚、郭漢城以「明改本」世德堂本《拜月亭記》爲例，簡要指出戲曲時空「在一座空舞臺上創造出了各種各樣富於變化的空間特徵」，「這些空間特徵又是同人物的心理特徵密切地結合在一起來表現的。」〔註35〕劉曉明以戲劇怎樣表現打仗等表現方式爲例，闡述「戲劇的形式是如何產生限制並以怎樣的方式對限制進行突圍的。」〔註36〕指出宋元南戲「明改本」把元雜劇表現戰爭的「敘述」變爲通過「探子」的報告來描述戰爭。

（三）關於「明改本」「何以如此改」的研究

前修時賢多從作者所處的時代環境和文化精神來分析「明改本」的改編動因。伏滌修指出，部分宋元南戲「明改本」或讓岳飛蒙冤而死後升仙受封，或讓岳飛沒有含冤而逝，體現了改編者「具有強烈的政治性、頌忠譴奸的精神訴求，體現了善惡有報的倫理道德追求。」「這些價值特徵是中華民族崇尚正義精神的體現，是民族道德評判標準與民族文化審美心理的折射與積澱。」〔註37〕徐衛和認爲，岳飛故事的流變從標舉紀實到虛構想像，是雅俗文化鬥爭和融合的結果；岳飛形象因歷代文學的重塑，成爲中華民族「忠」的代表，反映中華民族文化的悲劇精神。〔註38〕

學者聯繫改編者的審美追求來闡釋宋元南戲「明改本」的改編原因。在具體的「明改本」劇目「何以改」的問題上，前賢多把劇作家分爲文人和民間藝人，指出因爲文人與民間藝人有不同的審美追求，所以形成了不同的改編風格。俞爲民從差異角度研究南戲的變異現象，指出「宋元南戲皆出於民間藝人和下層文人之手，到了明清時期由於文人的參與而分化爲民間南戲與文人南戲兩大類，兩類創作路線在情節內容、語言風格、音律唱腔、流存形

〔註34〕徐順平《論早期南戲的舞臺表演》，《戲劇藝術》1984（4）。徐順平《溫州南戲考述》，作家出版社1998年2月1版1印，第218～223頁。

〔註35〕張庚、郭漢城《中國戲曲通史》上冊，中國戲劇出版社2007年9月1版1印，第388～389頁。

〔註36〕劉曉明《中國古典戲劇形式的限制、突圍和理論意義》，《中國社會科學》2008（3）。

〔註37〕伏滌修《論岳飛題材戲曲劇作的核心價值追求》，《中國戲曲學院學報》2008（3）。

〔註38〕徐衛和《岳飛文學形象的多種形態及其文化內涵探析》，江西師範大學碩士學位論文2004年。

式等方面都產生了差異。在文人學士躋身曲壇、創作南戲劇本的同時，民間藝人及下層文人創作南戲也從未中斷過，只是由於文人學士不予重視、沒有記載而已。」〔註39〕持類似觀點者還有田仲一成，他指出在各部「明改本」《拜月亭記》之間，存在雅俗分化的情況。〔註40〕金英淑指出明代《琵琶記》改編本多能適應觀眾趣味和表演需要。她認為，在《琵琶記》古本系統中「全本和演出本之間的關係是一種互相吸收、共同演進的關係。」「在《琵琶記》版本流變史上，一直有文人化和民間演出兩種發展趨向。」「明代《琵琶記》的『選曲本』是文人化趨向的典型代表。」〔註41〕

學者從戲曲文體和傳播接受的角度分析宋元南戲「明改本」的改編原因。如趙山林論及明代《荊釵記》從全本到折子戲的流變，認為南戲《荊釵記》被明人改為折子戲以後，加速了自身的傳播接受。〔註42〕徐文認為明人改本《八義記》對《趙氏孤兒記》的改寫，反映了改編者和接受者的集體無意識。〔註43〕

（四）明代南曲系統「西廂記」改本研究之回顧

明代南曲系統的「西廂」改本，改編情況較為複雜。它們或深得宋元之際李景雲創作的南戲《崔鶯鶯西廂記》之精髓，或「易北為南」，其嬗變的內容較豐富，值得本文的進一步研究，故專闢一節以回顧前人對這個領域的研究。

自唐人元稹的小說《會真記》問世以來，「西廂」故事為金人董解元改為《西廂記諸宮調》。元人李景雲將其改寫為南戲《崔鶯鶯西廂記》，元人王實甫將其改寫為《西廂記》雜劇（簡稱「王西廂」），明清人將其改寫為明清傳奇、雜劇。據錢南揚《宋元戲文輯佚》，南戲《崔鶯鶯西廂記》並無完整劇本存世，僅存殘曲。現存明代「西廂」改本包括李日華《南調西廂記》、陸采《南西廂記》、黃粹吾《續西廂升仙記》、周公魯《錦西廂》和徐奮鵬《槃薖碩人增改定本西廂記》，大多數為傳奇改本。20世紀初至80年代，前修時賢開始

〔註39〕孫書磊《南戲研究的又一高峰：〈宋元南戲考論續編〉》，《四川戲劇》2006（2）。

〔註40〕（日）田仲一成《南戲〈拜月亭記〉劇本的分化以及流傳》，溫州市文化局編《南戲國際學術研討會論文集》，中華書局2001年。

〔註41〕（韓）金英淑《〈琵琶記〉版本流變研究》，中華書局2003年6月1版1印，第238頁、236頁。

〔註42〕趙山林《試論〈荊釵記〉的傳播接受》，《藝術百家》2011（1）。

〔註43〕徐文《〈趙氏孤兒〉故事變遷蘊含的集體心態》，《粵海風》2010（6）。

關注明代《西廂記》改本，如魯迅《中國小說史略》提及部分明代《西廂記》改編本。孫楷第《戲曲小說書錄解題》簡要評述部分明代《西廂記》改本的成就，認爲改本的思想性、藝術性不及「王西廂」。〔註44〕20 世紀 80 年代，王季思先生最早爲「西廂」的「明改本」翻案，指出其改編問題頗具研究價值，並且簡要梳理明代「西廂」改本的版本源流；譚正璧簡要論述明代「西廂」改本概況；蔣星煜整理明清戲曲收錄的《西廂記》目錄，考鏡其版本源流。〔註45〕20 世紀 90 年代以來，蔣星煜、孫崇濤、黃仕忠、黃季鴻、林宗毅、趙春寧、伏滌修、陳旭耀、朱瑞、伍永晉等學者，重新探究明代「西廂」改本的價值，對其展開較爲深入的探究：一是文獻的整理和研究。如蔣星煜、孫崇濤、俞爲民、陳旭耀考辨「西廂」戲文的源流，注重研究南戲和「李西廂」的關係以及「明改本」「西廂」版本之間的關係。〔註46〕二是研究其題材、情節、人物形象的改編。如黃季鴻的論述，涉及明代「西廂記」對《董解元諸宮調》和元雜劇「王西廂」的吸收。〔註47〕朱瑞指出明代「西廂」改本「續書的主題思想受時代的限制多是向封建禮教的回歸，然而也有部分續書提出了悲劇觀、現實主義等觀點」。〔註48〕伍永晉指出明代以後「西廂」主題的變化帶來了人物形象的變化，「續書中的主要人物大都出現了異化，如鄭恒的美化、張生的醜化、鶯鶯的弱化與紅娘的越位等。」〔註49〕三是研究其音樂形式、體制、諢科的改編。如林宗毅肯定「明改本」「李西廂」在音樂上刪繁就簡的改編原則和面向演出的改編目的；王勝男指出「李西廂」根據情節和人物來選擇曲牌組合方式，比根據宮調聯套的元雜劇「王西廂」更爲適應戲曲

〔註44〕　魯迅《中國小說史略》，《魯迅全集》第九卷，人民文學出版社，1981 年 10 月 1 版，1995 年 2 印，第 82 頁。孫楷第著、戴鴻森校《戲曲小說書錄解題》，人民文學出版社，1990 年 10 月 1 版 1 印，第 336 頁。

〔註45〕　王季思校注、張人和集評《集評校注〈西廂記〉序》，上海古籍出版社 1987 年 4 月 1 版 1 印，第 9 頁。譚正璧《曲海蠡測》，浙江人民出版社 1983 年 1 月 1 版 1 印，第 8 頁。蔣星煜《〈西廂記〉的文獻學研究》，上海古籍出版社 1997 年 11 月 1 版 1 印。

〔註46〕　孫崇濤《南戲〈西廂記〉考》，《文學遺產》2001（3）。俞爲民《〈西廂記〉的版本和流變》，《南大戲劇論叢（二）》，中華書局 2006 年 8 月。陳旭耀《現存明刊〈西廂記〉綜錄》，上海世紀出版股份有限公司、上海古籍出版社 2007 年 9 月 1 版 1 印，第 189 頁、第 200 頁。

〔註47〕　黃季鴻《明清〈西廂記〉研究》，東北師範大學出版社 2006 年 4 月第 1 版。朱瑞《〈西廂記〉續書研究》，華東師範大學碩士論文 2009 年。

〔註48〕　朱瑞《〈西廂記〉續書研究》，華東師範大學碩士學位論文 2009 年。

〔註49〕　伍永晉《明清〈西廂記〉續書研究》，江西師範大學碩士論文 2010 年。

的發展。〔註 50〕四是研究其傳播接受和表演。如趙春寧、伏滌修等梳理「西廂」「明改本」在場上和案頭的傳播和接受史，歸納明代「西廂」文人和民間改本、全本和折子戲的改編規律。〔註 51〕

　　學界從以上幾個層面對宋元南戲「明改本」進行了探究，所取得的成果爲本課題的研究奠定了堅實的基礎。

三、存在的問題

　　在宋元南戲「明改本」「改什麼」、「如何改」和「何以如此改」的問題上，前人的研究尚存在不足。

　　關於宋元南戲「明改本」「改什麼」的問題。第一，前人對宋元南戲「明改本」「改什麼」多關注熱門劇目故事情節、人物形象、主題內容、音樂形式、賓白科諢等方面改寫的探究，儘管如此，仍有研究的空間。第二，據統計，現存「明改本」有十五個劇目，八十一部全本戲和兩百四十八齣折子戲。目前學界尚未對此進行全面的文獻整理、考訂和文本的比勘工作。部分「明改本」如「四大南戲」的版本繁多，前人著錄和源流考鏡尚有失誤之處。第三，在研究範圍上，前賢大多注重「明改本」熱門劇目如《琵琶記》、「四大南戲」的個案研究，而對「明改本」（包括全本戲和折子戲）尚未進行更爲全面和深入的研究。

　　關於宋元南戲「明改本」「如何改」的問題。「明改本」是明傳奇出現前後活躍於劇壇的戲曲。前人已肯定「明改本」是連接宋元南戲和明傳奇的重要紐帶，亦關注其表演形式的改編、改本之間的差異等問題，然對「明改本」從前代戲文、說唱等文學藝術中吸取哪些元素進行改編，其改編成果對明傳奇的生成作出哪些貢獻，對改本之間的互文現象，尚未進行深入探究。

　　關於宋元南戲「明改本」「何以如此改」的問題。一方面，前人或注重熱門劇目「改什麼」的研究，或在個案文本比勘的基礎上探析其「怎樣改」和「何以如此改」，尚未從整體上系統探究明人對宋元南戲「明改本」「改什麼」、「怎樣改」和「何以如此改」，進而揭示其改編規律。另一方面，前人多注重

〔註 50〕　林宗毅《重評李日華〈南西廂記〉》，南華大學文學系《文學新鑰》第 2 期，2004 年 7 月，第 21 頁。王勝男《試論南北〈西廂記〉的宮調曲牌》，《西南交通大學學報》2008（1）。

〔註 51〕　趙春寧《〈西廂記〉傳播研究》，廈門大學出版社 2005 年 3 月 1 版 1 印。伏滌修《〈西廂記〉接受史研究》，黃山書社 2009 年 6 月 1 版 1 印。

宋元南戲「明改本」劇目的目錄、版本的考辨和劇本探析，也能從社會生態
環境、作者意圖、文化精神等方面對改編的原因進行分析，然尚未能將「明
改本」「還原」於明代社會文化生態環境，「還原」於劇場交流語境之中，結
合其賴以生存的文化生態環境，揭示改編、改寫者的意圖、價值取向和接受
者的審美趣味，未能呈現其在明代各個歷史時期的藝術風貌及其在戲曲發展
史上的價值和意義。

四、解決問題的思路和方法

　　本文將宋元南戲「明改本」置於明代文化生態環境之中，「還原」於明代
劇場交流語境中，在對「明改本」與宋元舊本進行全面比勘的基礎上，探析
明人「改什麼」、「如何改」和「何以如此改」，揭示其改編規律。

　　第一，本文從宋元南戲「明改本」劇本比勘入手，從故事情節、人物形
象、主題思想等內容的改動上，具體整理明人對宋元南戲潤色、改寫、改編
和翻改的基本情況，明確明人「改什麼」。

　　第二，在明確宋元南戲「明改本」「改什麼」的基礎上，進一步探究其「如
何改」，即具體探究明人從前代文學藝術如史書、南戲、小說、說唱、雜劇、
詩詞、文賦中吸取哪些營養，又如何融會於宋元南戲的改寫、改編之中，分
析各歷史階段「明改本」的改編或者改寫的特點，並以史為線索，總結其改
編或者改寫的規律，探討其改編或者改寫的成果對明傳奇的生成作出哪些貢
獻。

　　第三，在具體探析宋元南戲「明改本」「如何改」的基礎上，將宋元南戲
「明改本」置於其賴以生存的明代社會文化生態環境之中，「還原」於明代劇
場交流語境中，進一步探討明人「何以如此改」。

　　第四，總結明人改寫宋元南戲的經驗與教訓，探討這樣的改寫在戲曲發
展史、戲曲傳播和接受史上的價值和意義。

　　第五，在前賢關於宋元南戲「明改本」版本研究的基礎上，重新編制《宋
元南戲「明改本」全本敘錄》。

第一章　宋元南戲「明改本」對題材的會通

明人在宋元南戲舊本的基礎上，善於從前代元南戲、雜劇、小說和說唱等「前文本」中吸收題材，進行改編或者改寫。

第一節　從南曲中吸收新題材

宋元時期，李景雲根據「西廂」故事改編的戲文《崔鶯鶯西廂記》（簡稱「景西廂」），現僅存佚曲。王季思較早提出李景雲《崔鶯鶯西廂記》和元雜劇《西廂記》無關。他認爲「王西廂」早於「景西廂」，「在王實甫完成雜劇《西廂記》稍晚，李景雲也很有可能借鑒了民間唱本和劇本的成就，改編了《崔鶯鶯西廂記》。因此，李景雲改編本《西廂記》很可能是與王實甫《西廂記》無關的南戲改編本。」〔註1〕田中謙二也認爲「景西廂」和「王西廂」沒有任何關係。〔註2〕蔣星煜也贊同他們的觀點。孫崇濤也指出「景西廂」完全不受「王西廂」影響，是作者的獨立創作，「在元代，北曲雜劇與南曲戲文，都曾各自編演西廂戲曲，獨自並行。」「元戲文殘曲揭示的許多情節內容類同「王西廂」，也不說明二者的蹈襲關係，因爲在西廂戲曲出現之前，西廂的故事框架乃至細節內容早已定型，被說唱諸宮調《董西廂》等各種文藝樣式廣爲傳佈，元代『南』、『北』《西廂記》都完全可能各自從這些文藝形式汲取營

〔註1〕王季思《關於〈西廂記〉作者的問題》，王季思校注、張人和集評《集評校注〈西廂記〉》，上海古籍出版社1987年4月1版1印，第316頁。
〔註2〕蔣星煜《田中謙二先生的嚴肅治學精神》，《文藝理論研究》1999（4）。

養進行創作或改編。」〔註3〕劉念茲《南戲新證》指出現存梨園戲和莆仙戲遺存的宋元南戲劇目中的「西廂」故事，輯錄福建《泉南指譜》中的梨園戲《西廂記》曲文 25 支，指出這些曲文和「王西廂」的曲文完全不同。〔註4〕前賢的研究，勾勒了元代「西廂」故事在南曲戲文和北曲雜劇中並行演出的輪廓。其次，南戲「景西廂」影響了「王西廂」。如蔣星煜指出明代「王西廂」受到南戲「景西廂」的影響。〔註5〕明刊元雜劇「王西廂」受到宋元南戲「景西廂」的影響，是由於在戲曲史上，元明時期的雜劇和南戲、傳奇處於一種相互交匯和相互影響的狀態。前賢還指出「王西廂」的出現是雜劇南戲化的開始，但是也可以說是元雜劇南戲化的結束；或認為「王西廂」是又一次的南戲化，李日華和陸采分別創作的《南西廂記》是「王西廂」南戲化的重新開始。〔註6〕最後，宋元戲文「景西廂」流傳到了明代，為明人接受並且進行改編。明人紛紛以南曲形式改編「西廂」劇本，逐漸形成以南曲為主要音樂形式的南曲系統「西廂」改本和明刊雜劇「王西廂」分庭抗禮的現象。明代早期，以「王西廂」為代表的北曲在劇壇上佔據絕對優勢，當明嘉靖年間的崑腔發展起來以後，經過明人改編的南曲系統「西廂」改本出現，並且受到廣泛的歡迎，「王西廂」為代表的北曲逐漸衰落。這個過程體現了明代戲曲史上南曲和北曲之間此消彼長的關係。

　　明代南曲系統「西廂」改本，包括明人李日華、崔時佩《南調西廂記》（簡稱「李西廂」）；〔註7〕陸采《南西廂記》（簡稱「陸西廂」）；黃粹吾《續西廂升仙記》（簡稱「黃西廂」）和周公魯《錦西廂》。〔註8〕雖然無法從這些明人

〔註3〕 孫崇濤《南戲〈西廂記〉考》，《文學遺產》2001（3）。

〔註4〕 劉念茲《南戲新證》，中華書局 1986 年，第 205～212 頁。

〔註5〕 蔣星煜《〈西廂記〉受南戲、傳奇影響之?象》，《〈西廂記〉的文獻學研究》，上海古籍出版社 1997 年 11 月 1 版 1 印，第 605 頁。

〔註6〕 （日）田中謙二《雜劇〈西廂記〉的南戲化──〈西廂記〉故事的演變》，載蔣星煜《田中謙二及其對元雜劇研究的重大貢獻》，《齊魯學刊》2000（2）。

〔註7〕 學者們對於《南西廂記》的作者是誰，看法不一。如蘇子裕《〈南西廂記〉作者崔時佩生平考》（《戲劇》2005（3））認為崔時佩為明代浙江海鹽縣崔綬。孫崇濤《南戲〈西廂記〉考》（《文學遺產》2001（3））指出崔時佩、李日華為共同作者。又明末汲古閣本《南西廂記》作者為李景雲、崔時佩。本文稱為「李西廂」。

〔註8〕 明代南曲系統的「西廂」版本，有李日華《南西廂記》現存明末《六十種曲》汲古閣本、《古本戲曲叢刊初集》富春堂本、周居易本等，本文主要使用汲古閣本，中華書局 1958 年 5 月 1 版 1 印，1982 年 8 月 2 印；輔以張樹英點校本，中華書局 2000 年 11 月 1 版 1 印。明人陸采《陸天池西廂記》，現存《古本戲

改編本之中，看出南戲「景西廂」的影響，但是這些改本的改編者能以南曲音樂結構全劇，體現了「西廂」故事從南戲到傳奇的演變。蔣星煜指出：「南戲（「景西廂」）比較接近唐傳奇原作，而（根據「王西廂」或李日華等《南西廂記》改編的）北雜劇、明傳奇在故事情節上作了較多的發展和豐富。」〔註9〕孫崇濤指出「元戲文《西廂記》（即「景西廂」）入明後銷聲匿跡，由崔時佩編撰、李日華增訂的《李西廂》所代替，風騷獨領明南戲直至明清傳奇的『南西廂』。」〔註10〕

　　這些明人改編本「西廂」吸取歷史人物作為劇中人，吸收歷史事件作為故事內容。如黃粹吾《續西廂升仙記》第 15 齣《閱獄》寫歷史「罪人」不得善終，讓觀眾引以為戒，宣揚儒家倫理道德觀念。改編者有意增寫武則天、韋后和楊貴妃的受審和懲罰，借判官「魯男子」指責楊貴妃：「欺瞞明皇，溺愛胡兒，養奸釀禍，卒致胡虜南來，翠華西幸。唐家九廟，幾不血食。」〔註11〕誇大「女色誤國者」的罪行，刻意迴避皇帝自身的問題，反映了改編者為尊者諱的思想局限。劇中的歷史「罪人」都是奸臣、謀朝篡位者、擾亂漢族的統治者和以女色誤國者。其次，改編者把文獻史料和藝術虛構相結合，增強劇本的真實性。元稹《會真記》寫於中唐時期的貞元年間，明代「西廂」改本據此改編而成，有意增加唐代的人物、事件，以增加故事的真實性。如「黃西廂」增添武則天、武三思、韋后、安祿山父子、楊貴妃、楊國忠等。又如，白居易和楊巨源在歷史上確有其人。楊巨源為《會真記》寫《崔娘詩》，白居易有《和微之夢遊春詩百韻並序》。「陸西廂」第 31 齣《擢第》增加白居易、楊巨源和張生同榜中舉的情節；周公魯《錦西廂》第 13 齣《訪友》在「陸西廂」的基礎上增加白居易的戲份，寫白居易和張生非常熟稔；第 14 齣《賜元》皇帝向白居易詢問張生的人品如何，白居易對張生大加讚賞，促成皇帝召見

　　曲叢刊初集》周居易本、明崇禎閔遇五《六幻西廂》本、民國暖紅室本等，本文使用《古本戲曲叢刊初集》本，文學古籍刊行社 1954 年 2 月，簡稱陸采《南西廂記》。明人周公魯《錦西廂》，《古本戲曲叢刊五集》第一函影印明環翠山房本，上海古籍出版社 1986 年 5 月 1 版 1 印。黃粹吾《玉茗堂批評續西廂升仙記》，《古本戲曲叢刊初集》第 52 冊影印明來儀山房本，文學古籍刊行社 1954 年 2 月。

〔註 9〕蔣星煜《南戲〈崔鶯鶯西廂記〉的初步探索》，《藝術百家》1991（2）。
〔註 10〕孫崇濤《南戲〈西廂記〉考》，《文學遺產》2001（3）。
〔註 11〕（明）黃粹吾《玉茗堂評續西廂升仙記》，《古本戲曲叢刊初集》第 52 冊，文學古籍刊行社 1954 年 2 月，無頁碼。

張生面試並補賜其為狀元，這是改編者虛構的情節。這些改編，顯然吸收了元、白同榜中舉的史實和元、楊交好的歷史文本，以增強劇本的真實性。

第二節　從傳說中吸收新題材

宋元南戲「明改本」吸收民間故事模式和民間傳說，改編大結局處自然界或主角對壞人的懲罰，常見的形式有雷劈、見鬼、勾魂、自盡等，多揭示壞人「不得善終」的主旨。人們對於切齒痛恨的壞人多產生「天打雷劈」、「五雷轟頂」等詛咒。這種「因果報應」的描寫也反映在一些早期的宋元南戲之中。如「王魁桂英」故事中辜負桂英的王魁、「蔡伯喈趙五娘」故事中負心的蔡伯喈、「陳叔文三負心」中的陳叔文等人物，都遭到了自然界的報應。如早期「明改本」《東窗記》增加第 33 齣寫岳飛父子受玉帝封賞，玉帝命他們專司懲惡揚善的雷部，專劈壞人的情節。「明改本」《精忠記》結尾處在《東窗記》的基礎上照搬這段情節。「明改本」《精忠旗》第 36 折《陰府訊奸》在結局處，卻沒有沿襲前兩部改本給岳飛父子賦予「雷部長官」封號的情節，改為「岳飛封天曹真官、金闕精忠九天採訪大使兼掌文昌桂籍樓事。岳雲封地曹真官、西堂精忠大元帥。」〔註 12〕即岳飛擔任天庭元帥兼文職工作，岳雲則擔任元帥。前面兩部明代岳飛戲曲的改編者寫岳飛父子擔任雷部長官，取材於民間傳說，體現了作者對宋代皇帝和現實中的皇帝的不滿，於是虛構神魔鬼怪故事，以表示天地間的正義與惡勢力的對抗。又如，明代三部改寫岳飛故事的「明改本」都出現「秦檜夫婦病重、白日見鬼、被鬼勾走」和「秦檜陰司受審」的情節。「明改本」《東窗記》第 36 齣寫秦檜夫婦自從受驚以後，病體沉重，時常白日見鬼，僕人告知他們万俟卨大人也白日見鬼，這齣以秦檜夫婦被鬼使勾走作結；第 37 齣寫秦檜夫婦被帶往陰司進行審判。「明改本」《精忠記》第 33 齣《同斃》在《東窗記》的基礎上，改為秦檜病重之際仍想簽寫文書以除去朝中的忠臣良將，但是秦檜突然「手戰介」、「跪介」、自語「岳爺爺饒我罷」，〔註 13〕最後秦檜夫婦被鬼使帶走；第 34 齣《冥途》寫秦檜夫

〔註12〕（明）馮夢龍《精忠旗》，王季思主編、重訂增注，寧希元審訂、焦文彬、林鐵民注釋《中國十大古典悲劇集》上冊，齊魯書社 1991 年 9 月 1 版 1 印，第384 頁。

〔註13〕（明）《繡刻精忠記定本》，明末毛晉汲古閣《六十種曲》第 2 冊，中華書局1958 年 5 月 1 版，1982 年 8 月 2 印，第 83 頁。

婦被鬼使押往地獄；第 35 齣《表忠》寫秦檜被已成爲神仙的岳飛審判，原大理寺丞周三畏出庭作證。明末馮夢龍的改本《精忠旗》糅合了前面兩部改本的故事情節而且加以擴展，以第 32 齣、第 33 齣、第 34 齣和第 36 齣寫秦檜夫婦受鬼神懲罰的過程。比如馮夢龍新增第 32 折《湖中遇鬼》寫岳飛帶領群鬼驚嚇秦檜等奸臣：「（內鑼鼓作風聲介）（外）大風起了，快攏岸。（打纜介）（生披髮仗劍，眾鬼紅帕覆首，手提人頭大罵奸賊，繞場三轉）（淨驚連喝。）（生眾下）……（內鑼鼓，鬼如前介。）（淨又喝。）（鬼下）」〔註14〕這段劇情寫秦檜本來與奸黨遊賞西湖，卻看到湖中作祟的群鬼，大受驚嚇，導致聚會不歡而散。改編者以此寫出秦檜及其黨羽的虛弱的靈魂。又如「明改本」《精忠旗》以《東窗記》和《精忠記》寫秦檜病重的情節爲基礎，在第 33 折（實爲「齣」）《奸臣病篤》裏增加情節，強調鬼神對秦檜的各種懲罰。劇中有一段「鬼打擾秦檜寫字」的情節，寫秦檜病重，欲矯詔除去朝中忠良，無奈有小鬼百般阻撓，導致秦檜無法下筆。改編者還在前面兩部改本的基礎上，通過在劇本中增加「鬼打倒給秦檜看病的醫生」、「鬼喝斥秦檜，秦檜對空說話」、「鬼打暈給秦檜降妖的道士」等細節，以遊戲和諧謔的方式寫出神鬼對奸臣的懲罰。在三部岳飛故事的「明改本」中，《精忠旗》在描寫秦檜夫婦的報應時，集粹前兩部改本的精華，把這些情節改編得比較有趣，故改編效果最好。

明人還吸收民間故事對宋元南戲舊本進行改寫。如現存三部明人改編《白兔記》的改本，即成化本、富春堂和汲古閣本，採納民間故事，增刪情節，塑造人物。本文結合丁乃通《中國民間故事類型索引》（簡稱「丁書」）進行分析。

（1）明末汲古閣改本《白兔記》第 16 齣《強逼》敘述嫂子給三娘挑水的水桶底部是尖的，讓三娘挑水時無法在半路上歇息，符合丁書「仁慈少婦和魔鞭」模式。〔註15〕但明代文人改編的富春堂本《白兔記》和演出本成化本《白兔記》都沒有這個細節，可見這個細節爲汲古閣本的改編者根據民間故事的敘事模式而新增，塑造惡毒嫂嫂的形象。

（2）明代三部《白兔記》改本都有一段情節，寫劉知遠夜宿廟宇，恰逢李家祭賽，遂偷吃供桌上的肥雞，道長發現劉知遠以後要懲罰他，李大公救

〔註14〕（明）馮夢龍《精忠旗》，第 370 頁。
〔註15〕參見（美）丁乃通《中國民間故事類型索引》，華中師範大學出版社 2008 年 4 月 1 版 1 印，第 105 頁。

了知遠。這段情節符合丁書「偷竊狗、馬、被單或戒指」模式。〔註 16〕這三部改本對這段情節的處理有所不同。成化本《白兔記》最簡略，僅交代劉知遠躲在神桌地下「偷雞介」和道人們對偷雞者是否爲李大公的疑惑，李大公辯解，接著敘述道人和李大公尋找肥雞而發現劉知遠的情節。汲古閣本《白兔記》第 4 齣《祭賽》較詳細，在前者基礎上，以李家祭賽的情節爲上半場，以神雞被偷作爲上半場的結尾，在其後增加李夫人和三娘的下場詩，表示女眷離開神廟；下半場寫道人疑心是李大公偷雞，大公辯解，道人發現劉知遠在桌底下偷吃肥雞，作者在這段情節裏增加道人之間的插科打諢、道人和李大公的對話，增補李大公的形象，寫出他頗具同情心的美德。這段情節妙趣橫生，多爲明清戲曲選集中的「鬧雞」折子戲採納。如明代戲曲選集《醉怡情》選收《白兔記》的《鬧雞》折子戲，在汲古閣本《白兔記》相關情節的基礎上，增加道人們的調笑和科諢，如增加道人們聽見知遠吃雞發出的響聲從而找到知遠的舞臺提示和細節，可見改編者相當注意這段戲如何搬演，故在這裡增添「有戲」的筆墨，突顯這段戲的喜劇效果。明清崑曲曲譜收錄的《鬧雞》亦由此發展而來，可見這齣戲廣受歡迎。

（3）明代三部《白兔記》改編本都有劉知遠發跡以後回鄉探望三娘並且故意裝扮爲窮人的情節。它們對這段情節的處理也有所不同。成化本《白兔記》爲「井邊相會」，寫知遠回鄉探親，在遠處看到三娘在八角井邊瞌睡，遂叫醒三娘，三娘起初因爲他衣衫襤褸而不認他，說自己丈夫離家前曾發誓「不得官不回」，知遠讓三娘仔細觀察，三娘遂與知遠相認，劇本還提示「生旦做抱哭科」。汲古閣本《白兔記》改爲「磨房相會」，爲夫妻的重逢增設了一道磨房的門，寫三娘在磨房內，聽到知遠的呼喚，起初拒絕開門相見，可見她對知遠尚有較強的戒心；知遠說起當初夫妻分別時的「三不回」及其具體內容，三娘才相信門外的漢子是自己的丈夫，遂開門相認，改編者刪去了生旦抱頭痛哭的舞臺提示。在汲古閣本《白兔記》裏，三娘經過對知遠的試探才放心地開門與丈夫相認，知遠也借機考驗三娘在這十幾年裏是否守貞，符合丁書「丈夫考驗貞節」模式，〔註 17〕又刪去成化本《白兔記》中生旦相認的動作，改以生旦各自以抒情性的唱段表現夫妻重逢，可見汲古閣本《白兔記》

〔註 16〕 參見（美）丁乃通《中國民間故事類型索引》，第 260 頁。
〔註 17〕 參見（美）丁乃通《中國民間故事類型索引》，華中師範大學出版社 2008 年 4 月 1 版 1 印，第 187 頁。

的三娘比成化本的更爲文人化。取材於汲古閣本的明代崑腔、弋陽腔、青陽腔折子戲，如明代戲曲選集《時調青昆》、《徽池雅調》、《群音類選》、《樂府萬象新》所收「磨房」或「磨房相會」一折，也多爲後世曲譜收錄，可見汲古閣本的改編較受歡迎。又如「明改本」《金印記》和《金印合縱記》寫蘇秦的哥嫂如何刻薄勢利，其敘事模式，與明代《白兔記》改本對刻薄哥嫂的形象主角進行加工潤色的方式相類似。明人在改本中新增的民間故事情節都很「有戲」，說明改編者善於吸收民間文學的營養爲劇情服務。

宋元南戲「明改本」採納民間傳說，改編主要人物的家庭情況，虛構主要人物及其形象。如正史並未提及呂蒙正的岳父劉相國和妻子劉千金其人，「明改本」富春堂本、李九我本《破窯記》和《彩樓記》根據民間傳說，杜撰了劉相國和女兒劉千金其人物和故事。《宋史》云「淳化中……蒙正妻族，坐是罷爲吏部尚書。」〔註18〕史傳僅記載蒙正妻子的家族被株連，導致蒙正被罷相，改任吏部尚書。呂蒙正的妻子有家族而且與政壇有關，可見呂蒙正的夫人並非出身於尋常人家。民間傳說描述蒙正的妻子時，多強調她雖然是千金小姐，但是甘於在破窯中陪伴丈夫讀書，相信丈夫肯定能出人頭地。「明改本」《破窯記》和《彩樓記》的虛構，服務於以蒙正爲男主角的愛情戲，體現蒙正雖然從落魄到富貴，對待妻子的態度始終如一，從而體現蒙正對婚姻忠誠的美好形象。又如改寫蘇秦故事的《金印記》、《金印合縱記》等明人改本，取材於史傳中蘇秦的家人嘲笑他的材料，通過新增哥嫂大排筵席、夏日遊賞、共慶中秋等榮華富貴的戲曲情節，突出蘇秦哥嫂的家庭背景情況十分優裕，以對比手法，寫出蘇秦哥嫂和蘇秦夫婦之間的貧富差距，寫出伯仲兄弟之間的經濟實力，爲蘇秦的父母對兄弟二人厚此薄彼的態度疏通情理。

宋元南戲「明改本」根據民間傳說，虛構和改編故事情節。如民間傳說呂蒙正當官以後撰寫《破窯賦》：「日投僧院，夜宿寒窯，布衣不能遮其體，淡粥不能充其饑，上人憎，下人厭，皆言余之賤也，」〔註19〕一方面，賦中「日投僧院」，指民間傳說蒙正因家中揭不開鍋，常常要去附近的寺廟乞飯食，又受到和尚們欺負，蒙正發跡以後重回寺廟遊覽，和尚們對他的態度發生轉變的故事。元人雜劇王實甫的《呂蒙正風雪破窯記》沒有取材於民間傳

〔註18〕 （元）脫脫等《宋史》第 26 冊、卷 265《呂蒙正列傳》，中華書局 1985 年 6 月 1 版，1997 年 6 月 1 印，第 9147 頁。

〔註19〕 （宋）呂蒙正《破窯賦》，儲一貫修訂《拾錦錄》，臺灣百晟文化出版有限公司 1996 年 7 月 1 版 1 印，第 125～126 頁。

說來寫這些情節。「明改本」《破窯記》和《彩樓記》根據民間傳說改編了這個情節。其中，明代《破窯記》第 26 齣《夫妻遊寺》改爲蒙正原本要懲罰當年欺負他的和尚，妻子勸他應該以德報怨，蒙正遂罷休。明人根據前人改本《破窯記》而改編的《彩樓記》第 19 齣《重遊舊寺》，改爲蒙正不僅以德報怨，還因爲看到寺廟破敗而捐錢修寺的情節。《彩樓記》的改編者使蒙正形象從前人改本《破窯記》中民間化的「有仇必報」變爲「寬宏大量」，具有文人化的色彩。另一方面，賦中「夜宿寒窯」，指民間傳說蒙正夫婦原本居住在不能遮風擋雨的寒窯裏面。「明改本」《破窯記》和《彩樓記》都根據民間傳說故事加以聯想，用「以哀景寫樂」手法改編這段情節，爲蒙正夫婦在寒窯的生活加入小插曲。〔註20〕如《破窯記》的第 9 齣《破窯居止》寫蒙正帶著初次來到破窯的劉千金回家，蒙正把自家破窯的門稱呼爲「禮門」，把石頭桌子稱爲「溫良寶石」，把瓦罐稱爲鍋灶，把「床鋪」的稻草稱爲「龍鬚草」，這段戲頗爲有趣。《彩樓記》第 8 齣《夫妻歸窯》在民間故事和前人改本《破窯記》的基礎上，對這段情節加以改編，首先在蒙正夫婦進門之前，增加蒙正對妻子說家中雖然破，但是也有一番景致，蒙正還指出家中有哪些景致：「（千金白）那有這等一個地名？（蒙正白）娘子你不曉得喲，那破窯中有些景致。（劉千金白）有何景致？（蒙正白）有的是「風掃地」、「月點燈」、「掛壁倉」、「不動床」。（劉千金白）噯，原來這等。」〔註21〕其次，改編者在蒙正夫婦進入窯門以後，圍繞上文蒙正所述的景致，增寫蒙正和妻子的一段對話：

> （劉千金白）你方才說的景致呢？（蒙正白）有嗄，將這窯門一開，一陣旋風刮將進來，將滿窯的塵垢盡皆刮去，豈不是「風掃地」？（劉千金白）「月點燈」呢？（蒙正白）將這草把摘下來，放進月色，照得滿窯燦亮，豈不是「月點燈」？（劉千金白）「掛壁倉」？（蒙正白）就是此物。（劉千金白）那是一個蒲包。（蒙正白）我呂蒙正的家私盡在其內。（劉千金白）「不動的床」？（蒙正白）娘子，這個你叫一千人來，可抬得麼？〔註22〕

〔註20〕《呂蒙正困窯堂》，編委會《中國民間故事集成・江蘇卷》，中國 ISBN 中心 1998 年 12 月 1 版 1 印，第 77～78 頁。

〔註21〕（明）《彩樓記》，黃裳校注，古典文學出版社 1956 年 11 月 1 版，1957 年 11 月 2 印，第 24 頁；另以《古本戲曲叢刊》所收《彩樓記》參校，第 21 頁。

〔註22〕（明）《彩樓記》，第 24～25 頁；《古本戲曲叢刊》本《彩樓記》，第 22 頁。

　　《彩樓記》通過增補這段情節，加強對男主角蒙正形象的塑造，寫出他在艱苦的環境中仍自得其樂，突出他以樂觀的態度調侃家徒四壁的情況並且耐心勸慰妻子，反映蒙正「貧賤不能移」的品格，其寫法也比前人改本具有較爲濃厚的文人色彩。考明代戲曲選集收錄的「呂蒙正」故事折子戲，收錄《破窯記》之「破窯居止」或「歸窯」的戲曲選集有 6 部，而收錄《彩樓記》之「蒙正回窯」或「歸窯」的戲曲選集有 4 部，可見前者較受歡迎。

　　宋元南戲「明改本」根據民間傳說進行改編，爲劇本的主題服務。如描寫馮京故事的宋元南戲舊本「三元記」已不存，僅有殘曲。其「明改本」《三元記》，現存明末汲古閣本，《古本戲曲叢刊初集》據此影印。南戲舊本《九宮正始》收錄的「三元記」條目下，有【桂枝香】【前腔】「財非輕鮮，禮非疏簡……這姻緣，須知悶死人兒也，只怕難期到百年。」，明改本《三元記》第 10 齣《遣妾》改編曲文爲「財非輕鮮，禮非疏簡……這其間，欲訴衷腸事，傷心不可言。」〔註23〕其大意與南戲舊本一致。明改本《三元記》第 34 齣《榮封》有【皀角序】的【尾聲】「今朝始得離學校，坐廊廟經邦論道，這都是辛苦中博來榮耀。」〔註24〕明代戲曲選集《群音類選》、《樂府紅珊》和《樂府菁華》收錄的相關折子戲改爲「今朝喜得登廊廟，佐明君經邦論道。」從《三元記》來看，南戲舊本和明人改本「三元記」的情節，都取材於宋人筆記羅大經《鶴林玉露》記載的民間傳說。《宋史》記載宋代名臣馮京連中三元的故事，民間傳說對馮京及其私人生活進行添油加醋。宋人羅大經的筆記《鶴林玉露》「馮三元」條目下，記載馮京買妾、還妾的事蹟，這段情節爲正史所不載：「馮京，字當世，鄂州咸寧人。其父商也，壯歲無子。將如京師，其妻授以白金數笏曰：『君未有子可以此爲買妾之資。』及至京師，買一妾，立劵償錢矣。問妾所自來，涕泣不肯言，固問之，乃言其父有官，因綱運欠折，鬻妾以爲賠償之計。遂惻然不忍犯，遣還其父，不索其錢。及歸，妻問買妾安在，具告以故。妻曰：『君用心如此，何患無子！』居數月，妻有娠，將誕，里中人皆夢鼓吹喧闐迎狀元，京乃生。……明年遂作三元。」〔註25〕《三元記》根據傳說，把馮京買妾、還妾的事情改爲其父馮商所爲，並且把這段情

〔註23〕（明）《馮京三元記》，王季思《全元戲曲》卷十一，人民文學出版社 1999 年 2 月 1 版 1 印，第 23 頁。

〔註24〕（明）《馮京三元記》，王季思《全元戲曲》卷十一，第 85 頁。

〔註25〕（宋）羅大經《鶴林玉露》，載《中國史料筆記叢刊》，中華書局 2008 年 6 月 1 版 1 印，第 1922 頁。

節的篇幅加以擴充，以四齣關目來搬演，包括第 6 齣《助納》、第 8 齣《託媒》、第 9 齣《鬻女》和第 10 齣《遣妾》，把劇情改為馮商樂善好施，馮商妻勸其買妾生子；馮商買來一名女子，瞭解到這位女子的親人拿她抵債，馮商便將女子送回家，而且分文不取。《三元記》還根據傳說另增馮商還金的故事，其第 15 齣《斷金》和第 17 齣《完璧》寫馮商住宿時撿到一個裝滿銀子的包袱，他張貼告示、延遲住宿時間以等待失主，失主感謝其拾金不昧。改編者又增加馮商贈馬的故事，見第 19 齣《脫韁》、第 20 齣《錯認》和第 21 齣《歸槽》，寫馮商路遇一名失去馬匹的人，將自己的馬贈與這位陌生人，自己步行而歸。改編者還寫了馮商拒淫的故事。《三元記》以改編馮商施善的故事為基礎，在下文新增各路神仙向天庭玉帝彙報馮商之善行，玉帝命文曲星下凡降生於馮家，取名為馮京，馮京連中三元的情節。《三元記》吸取民間傳說，在劇本的上半部分虛構馮商買妾、還妾、贈馬、還金等贊其美德的故事，在下半部分拓展和改編馮京「連中三元」的故事，為這部改本宣揚「善有善報」的主題服務。《三元記》的明人改編本有《四德記》，惜不存，僅散見於明代戲曲選集收錄的折子戲。據學者的研究，南戲舊本《馮京三元記》原本敘述馮京還妾一事，但是今存《三元記》和《四德記》的折子戲在還妾一事以外，增加了拒淫、還金、贈馬三件事，對原作進行接續和改寫。〔註26〕

第三節　從說唱中吸收新題材

　　宋元南戲「明改本」《琵琶記》、《八義記》、陸采《南西廂記》等，從前代說唱中吸取素材進行改編。

　　宋元南戲「明改本」在情節開端處採納說唱題材，引起觀眾注意，激發觀眾的「期待」。

　　《琵琶記》來自於南宋時期的《趙貞女蔡二郎》故事。南宋時期的詩人陸游《小舟遊近村舍舟步歸》詩云「斜陽古柳趙家莊，負鼓盲翁正作場。死後是非誰管得，滿村聽說蔡中郎。」〔註27〕說明陸游曾聽到盲人說唱的鼓詞「蔡中郎」。宋元時期說唱蔡中郎的本子已經不存，在明代《琵琶記》的改編

〔註26〕　（明）《馮京三元記》之《劇目說明》，王季思《全元戲曲》卷十一，人民文
　　　　　學出版社 1999 年 2 月 1 版 1 印，第 2 頁。

〔註27〕　（宋）陸游著、錢仲聯校注《劍南詩稿校注》卷 33，上海古籍出版社 2005 年
　　　　　4 月 1 版 1 印，第 2193 頁。

本中卻可以見其端倪。明末《琵琶記》汲古閣本第 17 齣《義倉賑濟》描寫災區的官員社長和手下里正見面，其實社長和里正都貪污了公家的糧食，里正害怕上級來到查出這醜事，找社長商量如何處理，社長狡猾地把責任推到里正身上，苦了里正。社長和里正有如下一段說唱：

> 【前腔】〔淨上〕身充社長管官倉，老小一家都在倉裏養。〔丑〕好好，你一家老小都在倉裏養。事發時節，如何擺佈？〔淨〕事發盡不妨，里正先吃棒。〔丑〕尊兄饒得你過麼？〔淨〕先打了都官，方才打社長。……大的孩兒不孝不義，小的媳婦逼勒離分，單單只有第三個孩兒本分，常常搶去了老夫的頭巾，激得我老夫性發，只得唱個陶眞。〔丑〕呀，陶眞怎的唱？〔淨〕呀，到被你聽見了。也罷，我唱你打和。〔丑〕使得。〔淨〕孝順還生孝順子。〔丑〕打打哈蓮花落。〔淨〕忤逆還生忤逆兒。〔丑〕打打哈蓮花落。〔淨〕不信但看簷前水。〔丑〕打打哈蓮花落。〔淨〕點點滴滴不差移。〔丑〕打打哈蓮花落。〔淨〕住休。〔丑〕你若不叫住，我直唱到天明。〔淨〕里正，你叫我出來，有甚事說？〔丑〕社長哥，今日官司給散義倉，倉中又無稻子，如何是好？我和你不免合賠些子。〔淨〕呀，倉中稻子都是你搬去吃了，怎的叫我和你合賠？小畜生到不虧了你。上司來時，干我甚事，我自回去抱子弄孫嬉他娘，正是「閉門不管窗前月，一任梅花自主張」。〔下〕〔註28〕

「蓮花落」是一種民間說唱。本劇的改編者新增說唱「蓮花落」的情節。劇中丑腳念誦的每一句末尾都有五字的「打打哈蓮花落」，而末腳負責引起丑的話語，丑來唱、末應和，形成一唱一和的關係。這部改本整段使用說唱的目的是爲何？這段說唱用於本齣的開端之處，可以引起觀眾注意，激發觀眾的期待視野，集中注意力。聯繫上下文來看，本齣劇情描寫民間饑荒，朝廷開倉賑災。基層的官員里正貪污糧食，不巧遇到上級長官視察。聾子和瞎子來領糧食，謊報數目，被識破。趙五娘來領糧食，老老實實，獲得長官的同情。長官查出里正貪污糧食、責令賠償，里正把五娘的糧食搶走，逼得五娘和公婆都想自盡，最後獲得鄰居的救濟，逃過一劫。本齣的劇情高潮處爲五娘的哭戲，氣氛悲苦。陸抄本《琵琶記》沒有這段情節。這段說唱或爲明人

〔註28〕　（明）《繡刻琵琶記定本》，明末毛晉編汲古閣《六十種曲》第 1 冊，中華書局 1958 年 5 月 1 版，1982 年 8 月 2 印，第 66～67 頁。

改編者在改作《琵琶記》時增入並且影響了汲古閣本的改編者，或爲汲古閣本改編者直接採納。汲古閣本《琵琶記》的改編者在劇情開端處增入這段戲，和說唱結合，調劑了劇情氛圍，比陸抄本《琵琶記》的效果要好。汲古閣本《琵琶記》的這段說唱「蓮花落」，韻白相間，句式整齊，且與劇情關係不大，應爲宋元時期說唱「蔡中郎」故事在明代改本中的遺存，爲汲古閣本的改編者吸收到改本之中。

明代的《琵琶記》中尚有多種說唱的遺存。〔註29〕如汲古閣本《琵琶記》第34齣《寺中遺像》，在陸抄本《琵琶記》基礎上增加一首【佛賺】，爲淨扮寺中和尚請神所唱：

〔淨〕元來如此。小僧先請佛。【佛賺】如來本是西方佛，西方佛卻來東土救人多，救人多。結跏趺坐坐蓮花，丈六金身最高大，他是十方三界第一個大菩薩。摩訶薩，摩訶般若波羅糖。〔末〕和尚你念差了，是波羅密。〔淨〕糖也這般甜，密也這般甜，南無南無十方佛十方法十方僧。上帝好生不好殺，好人還有好提掇，惡人還有惡鑒察，好人成佛是菩薩，惡人做鬼做羅刹。第一滅卻心頭火，心頭火。第二解開眉間鎖，眉間鎖。第三點起佛前燈，佛前燈。眞個是好也快活我，快活我，諸惡莫作，奉勸世上人則個。浪裏梢公牢把舵，行正路，莫蹉跎。大家卻去誦彌陀，誦彌陀，善男信女笑呵呵。聽大法鼓冬冬冬冬，聽大法鏡乍乍乍乍。手鍾搖動陳陳陳陳，獅子能舞鶴能歌，木魚亂敲逼逼剝剝。海螺響處，嘖嘖嘖嘖，積善道場隨人做。伏願老相公老安人小夫人萬里程途悉安樂。南無菩薩薩摩訶，金剛般若波羅密。小僧請佛了，請相公上香，通達情旨。

〔註30〕

這支曲子的源頭應爲說佛經故事的說唱【賺詞】。另外明代汲古閣本《琵琶記》中的一些材料多爲陸抄本《琵琶記》所無。如汲古閣本《琵琶記》第3齣《牛氏規奴》開場處，末扮院子敘述牛府美景和牛小姐美德的一段韻白云「風送爐香歸別院，日移花影上閒庭，可知有什麼仙姝玉女，休誇富貴的牛太師，且說賢德的小娘子，眞個好一個小娘子……莫怪蘭香薰透骨，霞衣曾惹御爐

〔註29〕 《琵琶記》與說唱文學的關係，參見黃仕忠《〈琵琶記〉研究》，廣東高等教育出版社1996年10月1版1印，第348～350頁。

〔註30〕 （明）《繡刻琵琶記定本》，明末毛晉編汲古閣《六十種曲》第1冊，中華書局1958年5月1版，1982年8月2印，第134～135頁。

煙。」〔註31〕第34齣《寺中遺像》開場處，末扮五戒敘述寺廟中做道場的氣象一段，云「但見蘭若莊嚴，蓮臺整肅……正是寄言苦海林中客，好向靈山會上修。」〔註32〕第36齣《孝婦題眞》末扮堂侯官敘述書館的景色一段。明代戲曲選集收錄的《琵琶記》「乞丐尋夫」一折，還增入旦扮五娘唱《琵琶詞》一段。這些韻白的材料雖然句式整齊，以駢文居多，但是其詞語俚俗，不同於文人寫作的華詞麗藻，當源於宋元時期說唱「蔡伯喈」故事的文本。

宋元南戲「明改本」取材於前代或同時代的說唱題材加以改編，豐富人物性格。金代說唱諸宮調《董解元西廂記》（簡稱「董西廂」）寫法聰和尚送信：

　　【雙調】【文如錦】細端詳，見法聰生得擸搜相：刁厥精神，曉蹺模樣；牛膀闊，虎腰長。帶三尺戒刀，提一條鐵棒。一疋戰馬，似敲了牙的活象。偏能軟纏，只不披著介冑，八尺堂堂，好雄強，似出家的子路，削了髮的金剛。……【尾】這每取經後不肯隨三藏，肩擔著掃帚藤杖，簇捧著個殺人和尚。〔註33〕

宋元南戲「明改本」陸采《南西廂記》（簡稱「陸西廂」）第12折《邁難》據說唱「董西廂」改編，把法聰和尚送信改爲惠明和尚送信：

　　〔淨〕說哪裏話，惠明從來有福，專吃豬肉狗肉。我佛賜得一臂神力，眞個高強脫俗，二十年梨花槍沒個敵手，十八般少林棍使得慣熟。四大金剛見我低頭，八部龍王就地拜伏。半口氣吸乾了恒河沙水，一隻腳踢倒了須彌山谷。魯智深叫俺爲師爹，孫行者喚我做師叔。聞得先生交我傳書，拼一命去如風速。〔註34〕

「陸西廂」讓惠明自吹自擂：一是他會使用梨花槍和少林棍，使金剛和龍王見了也拜服；二是他還能吸乾恒河水，能踢倒山谷，讓魯智深和孫行者在他面前甘認小輩。魯智深和孫行者分別是宋元話本說水滸、說西遊故事中的人物，也是明代小說《水滸傳》和《西遊記》中家喻戶曉的人物。「陸西廂」吸取前代說唱的情節和同時代小說的人物作爲素材，不僅豐富了惠明的性格，而且有利於激活觀眾的「期待視野」。

〔註31〕　（明）《繡刻琵琶記定本》，第5～6頁。
〔註32〕　（明）《繡刻琵琶記定本》，第128～129頁。
〔註33〕　（金）董解元《董解元西廂記》卷二，凌景埏校注，人民文學出版社1962年1月1版，1980年1月3印，第39頁。
〔註34〕　（明）陸采《陸天池西廂記》，簡稱陸采《南西廂記》，《古本戲曲叢刊初集》第64冊，文學古籍刊行社1954年2月，無頁碼。

　　宋元南戲「明改本」取材於說唱題材並加以改編，使之成為劇情發展的有機組成部分。如明人改本世德堂本《趙氏孤兒記》第 10 齣《張維諷諫》有一段張維說唱「武王伐紂」平話的情節：

> 其時有三個賢臣苦苦進諫。〔淨〕三賢是誰？〔丑〕微子、比干、箕子。微子累諫不從，逃走山谷；比干力諫，紂王怒他，妲己取樂，剖比干腹，剜比干心，驗他七竅；箕子佯狂，紂王禁箕子獄中。〔貼〕殺得無道。〔淨〕殺得好！沒要緊，只管諫，殺得好！〔註35〕

劇情描寫屠夫人想勸諫丈夫不要和德高望重的趙家鬥爭，希望通過家僕張維講說評話達到勸諫的效果。屠岸賈本來心平氣和地聽平話，聽到張維說紂王殺害賢臣時還誇獎道「殺得好」。但是，當屠岸賈聽到周武王起兵討伐無道的商紂王的時候，突然醒悟張維說的是「紂王殺賢臣，被武王推翻」的故事，遂勃然大怒，要殺張維，經屠夫人勸解才作罷。因為張維說中了屠岸賈企圖慫恿晉侯除去趙盾、獨攬朝中大權的心事，以為張維暗示自己若是殺了趙盾，日後也會引起百姓的憤怒，會有人像武王那樣起來推翻自己。「明改本」《八義記》第 10 齣《張維評話》在世德堂本《趙氏孤兒記》的基礎上進行改編，增加了兩段細節，以此反襯奸臣屠岸賈的心懷鬼胎。首先，《八義記》的改編者在張維開始說評話之前，增加一段對話，寫張維和屠岸賈討價還價，張維說屠岸賈的規矩不公平，所以說「人心不平」，屠岸賈本想殺了張維，但是在夫人的勸阻下饒恕了他：

> 〔淨〕張維說得評話。我到不知，叫張維。〔丑〕全憑三寸斕斑舌，打動華堂飲宴人。那個叫張維？〔淨〕夫人說你會說評話，叫你來說。〔丑〕小的會說。〔淨〕你曉得我的心性。說得好賞你，說得不好砍你。〔丑〕說得好不要賞，說得不好不要砍，扯平了罷。〔淨〕這等沒賞罰了。〔丑〕說評話要張卓兒，張維磕頭，說評話有三不平。〔淨〕那三不平？〔丑云〕天不平，地不平，人心不平。〔淨〕把張維砍了。〔老旦〕看妾身之面，饒了張維。〔註36〕

張維說自己有「三不平」，即「天不平、地不平、人心不平」，導致屠岸賈以為他說自己的所作所為天怒人怨，本來要砍張維，後來作罷。這時，張維才

〔註35〕（明）《趙氏孤兒記》，王季思《全元戲曲》卷十，人民文學出版社 1999 年 2 月 1 版 1 印，第 494 頁。

〔註36〕（明）《繡刻八義記定本》，明末毛晉汲古閣《六十種曲》第 2 冊，中華書局 1958 年 5 月 1 版，1982 年 8 月 2 印，第 23～24 頁。

正式進入講說紂王故事的劇情之中。其次，明代早期的改本《趙氏孤兒記》寫屠岸賈在醒悟張維說話的主旨是「紂王殺賢臣，被武王推翻」時發怒，卻沒有點明他的發怒是因爲做賊心虛。後來的明改本《八義記》在前人改本的基礎上，給屠岸賈增加了一句自白：「〔淨〕張維說甚？〔丑〕說紂王殺賢臣。〔淨〕夫人，這是你的見識，張維怎麼敢說？明人點頭即知，癡人拳打不曉。明知我與趙盾不和，故將話來說。左右，拿張維砍了。」〔註 37〕《八義記》增加的這些人物對話，點明屠岸賈知道張維故意諷刺他要殺賢臣、故意對他進行挑釁，所以勃然大怒，比前人改本更能突出屠岸賈的心虛和自卑。

第四節　從小說中吸取新題材

宋元南戲「明改本」善於從前代或同時代的小說、話本、筆記中吸收新題材。如「明改本」《拜月亭記》和《幽閨記》以《龍會蘭池錄》爲基礎進行改編和創作，「明改本」薛仁貴故事，吸收元代話本《薛仁貴征遼事略》和宋元話本「說唐」故事，「明改本」《白兔記》汲取宋元講史話本《五代史平話》，「明改本」岳飛故事《東窗記》、《精忠記》採納明代小說《大宋中興通俗演義》、《說岳全傳》，「明改本」《錦西廂》、「徐西廂」取材於唐代小說《會眞記》、唐人筆記《北里志》、元人筆記《青樓集》等。

宋元南戲「明改本」取材於小說並且進行刪削，突出主幹情節，以男女主角的感情戲和忠臣英雄爲國效忠、建立功勳的過程爲主。

如現存描寫世隆、瑞蘭愛情故事的明代《拜月亭記》或《幽閨記》，研究者普遍認爲以世德堂本《拜月亭記》最接近宋元南戲舊本。世德堂本《拜月亭記》的基本情節和元代小說《龍會蘭池錄》相同，〔註 38〕但把故事放在金國，增加了金國朝中面對蒙古入侵所發生的主戰派與主和派的鬥爭，還有主

〔註 37〕（明）《繡刻八義記定本》，中華書局 1958 年，第 25 頁。

〔註 38〕宋元南戲「明改本」中的「拜月亭」故事有世德堂本《拜月亭記》和汲古閣本《幽閨記》。明人收集宋元話本故事而成《國色天香》收錄《龍會蘭池錄》，《繡谷春容》爲《龍會蘭池》，描寫世隆和瑞蘭的故事，「龍」即世隆，「蘭」即瑞蘭。學界此前多以爲這部小說是明代作品，承襲自元雜劇關漢卿《拜月亭》、南戲《拜月亭記》等。近年有學者考證《龍會蘭池錄》爲元代小說集，例如李劍國、何長江《龍會蘭池錄產生時代考》，原發表於《南開學報》1995（5），後收入其著作《古稗斗筲錄：李劍國自選集》，南開大學出版社 2004年 10 月 1 版 1 印，第 355～362 頁。

戰派陀滿海牙被殺、其子陀滿興福逃難一線，最後興福中了武狀元，與世隆妹瑞蓮相配。這樣小說中一對男女的悲歡離合便變成兩對男女的悲歡離合，形成兩條線索並進的結構。可見「明改本」世德堂本《拜月亭記》的情節要比小說《龍會蘭池錄》豐富。元人關漢卿《閨怨佳人拜月亭》雜劇只存曲詞，對白很少，但主幹情節清楚，和南戲的主幹劇情相似，只是比南戲簡略許多。北雜劇和南曲戲文的「拜月亭」故事在情節上如出一轍。

宋元南戲「明改本」汲古閣本《幽閨記》在小說《龍會蘭池錄》和世德堂本《拜月亭記》的基礎上，仍然以描寫世隆和瑞蘭的愛情故事為劇情主幹，刪去元代小說《龍會蘭池錄》的一些情節：在發展處，小說寫世隆求歡，瑞蘭不允，二人以詩詞問答，《幽閨記》刪去小說這段世隆和瑞蘭行至山林的情節；在波折處，小說寫瑞蘭的父母為了讓瑞蘭改嫁他人，謊稱世隆已經去世，瑞蘭、瑞蓮聞訊痛哭，世隆偶悉祭文，深深為瑞蘭對他的真情感動，《幽閨記》刪去這段情節；在轉機處，《幽閨記》只寫世隆來京赴試，刪去小說中寫世隆和瑞蘭在京城因為《龍會蘭池圖》而重逢的情節；在結局處，小說敘瑞蘭告知父母世隆為新科狀元，父母允婚，名人仇萬頃主婚，《幽閨記》改編為瑞蘭父母為瑞蘭和瑞蓮招贅新科狀元為婿，讓官媒給狀元送絲鞭，世隆因為忠於瑞蘭而不接受絲鞭，後來誤會冰釋，姐妹分別嫁給文武狀元，皆大歡喜。

宋元南戲「明改本」取材於小說進行改編，寫出忠臣英雄為國效忠、建立功勳的過程。如「明改本」描繪薛仁貴故事的《白袍記》取材於元代話本《薛仁貴征遼事略》。《白袍記》在開端處的第 5 齣，〔註39〕取材於話本中高麗大將葛蘇文向唐太宗惡意挑釁的故事，引出作為全劇主線的征遼一事發生的原因；在第 6 齣，取材於話本中唐太宗夢見白袍小將救他一命，令張士貴招募喜穿白袍的士兵，張士貴出榜招人，仁貴妻子歸家告知仁貴的情節，引出主角薛仁貴的出場。此外還有仁貴「拉弓」故事，元代話本《薛仁貴征遼事略》寫薛仁貴應徵軍隊時，為張士貴妒忌，老將程咬金賞識薛且向張推薦，張懷疑薛的武藝，薛向張表現武藝時：「仁貴左手推靶，右手兜弦，一推上弓，連拽數十滿。」〔註40〕仁貴拉滿弓數十次，顯示出他臂力驚人、武藝高強。這段細節和宋元話本「說唐」故事描寫「隋朝第一勇士」宇文成都拉弓的故

〔註39〕 《白袍記》大部分音樂曲牌是南曲，齣目標注為「折」，本文改為「齣」，以示該劇與雜劇的區別。

〔註40〕 （元）無名氏《薛仁貴征遼事略》，趙萬里編，古典文學出版社 1957 年 12 月 1 版 1 印，第 9 頁。

事有所交流。「明改本」《白袍記》取材前代話本中薛仁貴拉弓的故事，改編爲薛仁貴投奔士貴不成，遇見貴人程咬金，拉弓表現武藝，獲得程的賞識，程引薦仁貴，士貴遂接納仁貴爲手下。

宋元南戲「明改本」通過增加和突出劇情的主幹線索，多線並進，詳細鋪敘劇情，詳細、清晰地交代劇情，讓這些線索交匯於大團圓結局之中。如宋元講史話本《五代史平話》劇情線索較單一，主要以劉知遠的視角敘事。「明改本」《白兔記》在此基礎上，以劉知遠離家投軍爲起點，改爲雙線結構，以劉知遠的故事爲一條主線，寫他遇見貴人、「發跡變泰」的故事；以李三娘的故事爲另一條主線，寫她在家受盡哥嫂欺負，懷胎分娩，卻要忍痛送子離家，十幾年來每日挑水挨磨的故事爲一條主線；又以劉承祐打獵追趕白兔而巧遇生母李三娘、母子重逢爲終點，雙線匯聚，引出夫妻母子大團圓的結局。又如，寫薛仁貴故事的「明改本」《白袍記》和《金貂記》，都在開端處保留元代話本《薛仁貴征遼事略》開國元勳程咬金上朝請命，尉遲恭「不服老」要求出征，秦瓊推薦兒子秦懷玉掛印的故事，引出劇中大將程咬金、尉遲恭、秦懷玉等人的故事，這些人物的故事作爲劇情的副線，與描寫薛仁貴故事的主要線索相輔相成，共同構成劇中「忠臣良將」故事的線索。在兩部改本中，唐太宗的故事又是一條副線；皇叔李道宗和諸將不和的故事，以及張士貴屢次冒領仁貴功績的故事，作爲忠臣良將的對立面，構成劇中的副線。在大結局處，這些線索的交匯，體現了改本「懲惡揚善」的主題。再如明代話本《龍會蘭池錄》以瑞蘭和世隆相識相戀的故事爲主線，瑞蓮、興福、王尚書和王夫人的故事作爲副線。「明改本」汲古閣本《幽閨記》和世德堂本《拜月亭記》改爲多線結構，以主線突出世隆和瑞蘭的愛情婚姻故事；增加劇情的副線，敘述世隆和興福結拜，瑞蓮在逃難過程中和王夫人結伴，獲救後與瑞蘭姐妹相稱，最後興福娶瑞蓮爲妻。在結尾處，這兩部改本把多條線索交織爲一體，讓世隆配瑞蘭，興福配瑞蓮。他們與王尚書和王夫人共慶團圓。

宋元南戲「明改本」吸收前代小說中的情節作爲新題材，對劇情進行翻案。以「明改本」南曲系統「西廂」爲例。「西廂」本事來源於唐代元稹的小說《會眞記》。「明改本」「西廂記」多從《會眞記》中吸取素材進行改編。如《會眞記》云：

> 後歲餘，崔已委身於人，張亦有所娶。適經所居，乃因其夫言
> 於崔，求以外兄見。夫語之，而崔終不爲出；張怨念之誠，動於顏

色。崔知之，潛賦一章，詞曰：「自從消瘦減容光，萬轉千回懶下床；不爲旁人羞不起，爲郎憔悴卻羞郎。」竟之不見。〔註41〕

「董西廂」和「王西廂」將張生的「始亂終棄」改爲張生對鶯鶯用情專一。「明改本」則多將《會眞記》中張生對鶯鶯的態度與「董西廂」、「王西廂」中鶯鶯與鄭恒原有婚約重新組合進行改編，改爲張生並未對鶯鶯「始亂終棄」。如明代周公魯的改本《錦西廂》改爲張生聽說鶯鶯已經和鄭恒結婚，於是前往鄭府求見鶯鶯；事實上是紅娘代替鶯鶯與鄭恒結婚；鄭恒讓妻子與張生見面，遭到紅娘拒絕；鄭恒赴宴離家並留張生住宿，紅娘仍以婢女裝束與張生見面，代替鶯鶯拒絕了張生，並留下「絕情詩」，內容取自《會眞記》「自從消瘦減容光」；張生絕望而歸。「明改本」《錦西廂》吸取《會眞記》的情節，其目的是爲了負心薄倖的張生翻案。

宋元南戲「明改本」吸收前代筆記、小說中的人名和詩詞，讓讀者和觀眾易於接受。如「明改本」「徐西廂」的《閒遊遣悶》情節，寫鄭恒、李謨和張生與妓女宴樂。〔註42〕其中有兩處明顯改編：一是劇中的妓女名出於前代筆記。如諸位妓女「珠簾秀、天然秀、芙蓉秀、燕山秀」之名來自元人夏庭芝的筆記《青樓集》。二是劇中情節、詩詞取自前代小說。如鄭恒對楊妙兒、王團兒吟詩並稱讚其美貌，士子對楊妙兒和王團兒的稱讚，其本事源於唐代孫棨的筆記《北里志》，並爲宋代羅燁的筆記《醉翁談錄》和明代小說《豔異編》轉載。

第五節　從雜劇、院本中吸收新題材

宋元南戲「明改本」中的一些醫生看病的情節，改編自前代院本、雜劇中的「雙鬥醫」情節，使用自報家門、插科打諢、人物對話的方式，沖淡醫生看病的凝重氣氛，一般用於嘲諷行醫者的醫術不高，揭露「庸醫害人」的社會現象。金院本、元雜劇《雙鬥醫》，參見明代朱有燉的雜劇《香囊怨》第一折【天下樂】「〔末〕……揀小生不曾見的新雜劇做一個。〔旦唱〕你叫我做一個新的，有一個《雙鬥醫》。〔末〕這雜劇說著個病人，有些不利市。」

<hr>

〔註41〕（唐）元稹《會眞記》，王季思校注、張人和集評《集評校注〈西廂記〉》附錄，上海古籍出版社1987年4月1版1印，第264頁。

〔註42〕（明）徐奮鵬《詞壇清玩槃薖碩人增改定本西廂記》，明萬曆刻本。因這部劇本爲北曲劇本，故不列入明代南曲系統的「西廂」改本中，但它也屬於改編西廂故事的一部「明改本」。

〔註43〕葉德均、胡忌指出在劉唐卿的元雜劇《降桑椹》中有「雙鬥醫」院本，劉曉明指出「雙鬥醫」是院本也是雜劇。〔註44〕在「明改本」《拜月亭記》、《幽閨記》、李日華《南西廂記》、陸采《南西廂記》、《琵琶記》嘉靖本和汲古閣本中，有一些情節內容和院本、雜劇《雙鬥醫》相似。

首先，這些情節都是以醫生看病為題材。其次，這些情節具有共同點，如太醫上場時「自我揭短」說自己醫術平平；在行醫時，醫生常常胡亂診脈，亂說病情，拿病人打趣，並且和其他角色打諢。可見宋元南戲「明改本」醫生看病的題材繼承和發展自前代院本、雜劇《雙鬥醫》。如「明改本」世德堂本《拜月亭記》第 28 齣描寫醫生為男主角蔣世隆診脈，但是他把病人誤判為女子，因而說出一些女子的病症，令人捧腹，經過店家和瑞蘭的糾正，他才發現自己弄錯了，這才規規矩矩地看病和開藥方；世隆吃了他開的藥又吐了，在瑞蘭的質問下，醫生才重新調整藥方。明末汲古閣本《幽閨記》第 25 齣《抱恙離鸞》在世德堂本《拜月亭記》這段情節的基礎上，改編和新增如下內容：

> （末）是我，我店中有個秀才，得了病，請你去醫。（淨）他是甚麼病？（末）去看脈便知道，怎麼問我？（淨）你不曉得，明醫暗卜，問得明白了去，方才看脈也對科，下藥也對病。（末）也說得有理，我說便說，你不要對那秀才說。（淨）你是好意，我怎麼就說？
>
> （末）那秀才因離亂，不見了妹子，憂煩得病。（淨）這等便是憂疑驚恐上來的，不打緊，一貼藥就好。（末）先生略待，我進去說了來請你。小姐，太醫到了。（旦）公公，他是病虛的人，叫他悄悄的進來，不要驚唬了他。（末）先生，那秀才是病虛的，你可悄悄些進去。
>
> （淨）我曉得，我曉得。〔淨進看，擊桌大叫，諢科。生作驚科，旦抱生科。〕（旦）這太醫好沒分曉，病虛的人，為何這般大驚小怪？（淨）這是我醫人的入門訣。（末）怎麼說？（淨）驚一驚，驚出他一身冷汗，病好了也不見得。（旦）倘或不好？（淨）驚死了也罷了，這個叫個活驚殺。（末）先生且看脈。（淨）伸出腳來待我看。（末）還是手。怎麼說腳。（淨）你不曉得，病從跟腳起。〔淨看脈科。旦）先

〔註43〕　（明）朱有燉《劉盼春守志香囊怨》，載（明）沈泰《盛明雜劇》，中國戲劇出版社 1958 年 6 月第 1 版，第 332 頁。

〔註44〕　參見劉曉明《雜劇形成史》，中華書局 2007 年 10 月第 1 版第 1 次印刷，第 379～385 頁，文章在前輩葉德均和胡忌的基礎上提出觀點。

生，用心看一看，是甚麼症候？（淨）這個病症，是亂軍中不見了親人，憂疑驚恐，七情所傷的症候。（旦）好太醫，就如見的。（淨）我實不曾見，是王公才方與我說的。（末）呀，我教你不要說。（淨）我不說，不表你的好意思。（旦）煩太醫再看分曉。

【奈子花】（淨）他犯著產後驚風。（旦）不是。（淨）莫不是月數不通。（旦）這太醫胡說。（末）他是男子漢，怎麼倒說了女人的病症？（淨）我手便拿著官人的，眼卻看了這娘子，故此說到女科去了，待我再看。呀，不好了！

【駐馬聽】（淨）這脈息昏沉，兩手如冰駭死人，叫幾個尼姑和尚，做些功果，送出南門，鬼門關上去招魂，叫些木匠，月月月月，早把棺材釘。（旦哭科。淨）我的人兒！連哭兩三聲。呀，你不曾動。（末）不曾動。（淨）這等不妨，是我差拿了手背，你謊則甚。（旦）如今怎麼？（淨）如今下針。（旦）怎麼這等大針？（淨）待我換。（旦）一發大了。（淨）這等我有藥在這裡。（末）甚麼藥？（淨）是飛龍奪命丹，拿去與秀才吃。（生吃吐科。旦）怎麼吃了就吐？（淨）虛弱得緊，胃口倒了。老官兒，你也吃一服。（末）我沒有甚麼病。（淨）你吃了，髮白再黑，牙落再生。（末）這等好，拿來我吃。（作吐科。淨）二三十兩銀子合的藥，都吐了。你們不會吃，待我吃與你看。（作吐科。末）先生，這是甚麼藥？吃的都吐了。（淨作看科）阿呀，連我也拿差了。這是醫痔瘡的藥，上下不對科了。（末）翁太醫，你還要看症真仔細下藥。（淨）這等，待我再望聞問切。

【剔銀燈】（淨）他渾身上如湯似火燒。（旦）不熱。（淨）口兒裏常常乾燥。（旦）也不。（淨）終朝飯食都不要。（旦）也還吃些。耳聞得蟬鳴聲噪。（旦）也不。（淨）心焦。（旦）也不。（淨）莫不是害勞？（旦）這先生說的一些也不是。（淨）都不是，不醫便了。（下）〔註45〕

這段戲在世德堂本的基礎上新增了幾處細節：一是新增醫生驚嚇病人的戲。雖然店家早已向醫生交代世隆身體虛弱，醫生走路和說話宜輕緩，但是醫生竟然一進門就拍打桌子驚嚇病人，改本提示「淨進看，擊桌大叫，諢科，生

〔註45〕（明）《繡刻幽閨記定本》，明末毛晉編汲古閣《六十種曲》第 3 冊，中華書局 1958 年 5 月第 1 版，1982 年 8 月第 2 次印刷，第 69～71 頁。

作驚科，且抱生科」〔註46〕還美其名曰這種方式叫「活驚殺」。二是採納前代
院本。在【駐馬聽】曲文裏，改編者採納劉唐卿的元雜劇《降桑椹》中的「雙
鬥醫」院本的一段情節，描述醫生說病人已經無藥可醫，讓家屬準備後事，
正在家屬爲即將逝去的親人而悲痛時，醫生發覺原來是他「拿錯了手背」，摸
不到脈象，誤以爲病人將死。三是新增醫生屢次誤診的情節，突出糊塗醫生
的形象。醫生開藥方以後，世隆吃了又吐，瑞蘭質問醫生，醫生讓店家試吃，
店家又吐了，醫生仍堅稱藥方無誤，自己試吃也吐了，醫生這才承認自己開
錯藥方，於是重新開藥。

　　其他宋元南戲「明改本」也有類似的情節。如元雜劇《西廂記》第三本
第四折敍張生中狀元以後，因爲過渡思念鶯鶯而得病，醫生來看病時，提示
云「潔引太醫上，《雙鬥醫》科範了。」〔註47〕「明改本」「陸西廂」第 34 齣
《緘回》在此基礎上搬演太醫看病的情節，其中張生、琴童和醫生的一段科
諢受到了《雙鬥醫》的影響，而且其篇幅是元雜劇的數十倍。

　　宋元南戲「明改本」《白袍記》、《精忠記》吸取金院本「針兒線」爲題材，
以顯示劇中人物的自我膨脹，多用於嘲諷反面角色。胡忌認爲元雜劇《飛刀
對箭》中張士貴的一段科諢便是金院本「針兒線」的遺存。〔註48〕江巨榮、
劉曉明也指出雜劇、傳奇中遺存的金院本「針兒線」。「明改本」採納並且改
編了這段科諢。如早期的「明改本」《東窗記》第 3 齣兀朮開場自吹自擂金軍
的威風，明末的改本《精忠記》汲古閣本在此基礎上進行改寫，其第 7 齣《驕
虜》沒有讓兀朮肆意地自誇，改爲以丑扮金兀朮手下兵卒的一段自白，刻意
扭曲和醜化金兵的形象，增添兀朮及其士兵都是膿包的戲劇性情節。又如描
寫薛仁貴故事的《白袍記》採納院本、雜劇的「針兒線」，在元雜劇《飛刀對
箭》和《衣錦還鄉》的基礎上，以「針兒線」爲題材寫張士貴自報家門，寫
張士貴屢次冒領薛仁貴的功勞，塑造了張士貴不學無術、貪婪奸詐的形象。

〔註46〕　（明）《繡刻幽閨記定本》，明末毛晉編汲古閣《六十種曲》第 3 冊，第 69 頁。
〔註47〕　引文出自王季思校注、張人和集評《集評校注〈西廂記〉》第三本第四折，並
　　　　參見注釋三「雙鬥醫」條，上海古籍出版社 1987 年 4 月第 1 版第 1 次印刷，
　　　　第 131 頁、第 135 頁。
〔註48〕　胡忌《金元戲劇的新資料——針兒線與清閒眞道本》，《光明日報》「文學遺產」
　　　　第 102 期，1956 年 4 月 26 日。江巨榮《宋金雜劇在南戲和明傳奇中的遺存》，
　　　　胡忌主編《戲史辨》第 2 輯，中國戲劇出版社 2001 年 9 月，第 184 頁。參見
　　　　劉曉明《雜劇形成史》對金院本《針兒線》的研究，中華書局 2007 年 10 月
　　　　第 1 版，第 378 頁。劉曉明在前人研究的基礎上進行論述時，以元雜劇《飛
　　　　刀對箭》和明傳奇《精忠記》爲例。本文補充明改本《白袍記》作爲例證。

　　宋元南戲「明改本」採納院本、雜劇的「酒家詩」爲題材。「明改本」世德堂本《拜月亭記》第 24 齣《黃公賣酒》黃公唱曲【臨江仙】。〔註 49〕黃公爲了招攬客人，在曲詞中對客人宣傳自家客店的酒是好酒：

> 果爲宿水多加米，釀成上等香醪。籬邊風旆似相招，三盃傾竹葉，兩臉暈紅桃。不飲傍人應咲，百錢斗酒非交。莫言村店客難邀，曾教神仙晉玉佩。鄉相解金貂。這裡不裝門面看，須知一醉解千愁。
> 〔註 50〕

明末汲古閣本《幽閨記》第 22 齣開頭也有一段類似的情節，但腳色爲末扮，也是誇自家招商店的酒。這兩部改本的詩歌內容和金院本、元雜劇的「酒家詩」相似，或爲宋元戲文「拜月亭」受到金元戲曲中「酒家詩」的影響、爲「明改本」繼承之，或爲「明改本」直接受到金元戲曲傳本的影響。

第六節　從民歌、雜伎中吸收題材

一、從民歌中吸取素材

　　宋元南戲「明改本」《精忠記》吸收船歌，世德堂本《幽閨記》、明刊《牧羊記》等南戲改本吸收回族民歌「回回曲」，有利於調節舞臺氣氛，而且通俗易懂，爲戲曲表演增添了日常生活的情趣，便於戲曲的傳播和接受。

　　一是從山歌中吸收素材。宋元南戲「明改本」《精忠記》第 9 齣在《東窗記》的《臨湖》基礎上，新增一首船歌。劇情敘述秦檜和秦妻結束了西湖泛舟以後下場，末扮院子和丑扮的船家進行對話，船家唱了一段船歌：

> （末）方才唱的山歌，老爺夫人喜得緊。（丑）我如今就把本事山歌，唱與大叔聽何如？（末）最妙。（丑）吃湖船，著湖船，祖宗三代靠湖船。造船並起屋，嫁女及婚男。逢子朋友也要哈酒，遇子娼妓也要使幾個銅錢。到春來泊船在桃花洞口，綠柳橋邊。到夏來雞頭蓮子，更兼白藕新鮮。到秋來香橙黃蟹，新酒菊花天。到冬來三冬景雪漫漫，上鋪被，下鋪氈，三杯濁酒，一枕高眠。有時泊船錢塘門口，湧金門前。有時泊在吳山腳下，靜寺河邊。眼看青山綠

〔註 49〕此處使用的《拜月亭記》版本稱各齣齣目爲「折」，實爲傳奇體制，按汲古閣本統一稱爲「齣」，《古本戲曲叢刊初集》，文學古籍刊行社 1954 年 2 月。

〔註 50〕（明）《新刊重訂出相附釋標注月亭記》卷一，《古本戲曲叢刊初集》第 10 冊影印明世德堂本，文學古籍刊行社 1954 年 2 月，第 38 頁。

水，耳聽急管繁絃。一任閒非不管，一日還我三餐。朝中宰相不如
我，賽過蓬萊閬苑仙。〔註51〕

這首山歌是《精忠記》改編時流行的民歌，以詠唱四季、描寫蘇杭美景爲主
要內容。這齣戲的上文敘述秦檜及其夫人乘船遊西湖，商議抓住岳飛把柄的
事情，爲他們撐船的船家一邊搖船一邊唱山歌，讓秦檜夫婦很高興，令家僕
打賞船家。秦檜等人下場後，船家邀請僕人聊天，船家請他聽原本的山歌，
說明船家爲了安全起見，讓秦檜夫婦聽的歌並非原汁原味。這首原貌的山歌
詳細描繪了船家的美好生活，結尾「朝中宰相不如我」點題，寄寓了劇作家
嚮往悠閒自在的生活和遠離紛爭的理想。明末的馮夢龍改本《精忠旗》在第
32折《湖中遇鬼》開場處也有船家唱船歌：

　　　（外扮梢公上）【吳歌】十里西湖跨六橋，六橋煙景惹人瞧，山
　　明兼子水秀，綠柳間子紅桃。南高峰，北高峰，峰頭相對，保俶塔，
　　雷峰塔，塔頂參霄。湖心亭遊船歌滿，蘇公堤轎馬輪蜩，多少王孫
　　公子錦衣華麗，又有佳人美女粉面妖嬈。也有春籮酒海，也有鼓樂
　　笙簫，眞個朝朝寒食，果然夜夜元宵。只有當朝丞相遊湖多富貴，
　　小船盪漿大船篙。自家西湖遊船上一個梢公是也。〔註52〕

這段歌作爲開場曲，取材於前人改本《精忠記》第10齣船家唱船歌的情節，
但是把歌詞的內容全部改換爲新的內容，引出下文劇情，寫船家爲秦檜等人
遊西湖做準備，寄託了作者寄情山水的意圖。

　　二是汲取少數民族民歌爲題材，爲劇情作鋪墊。「回回曲」爲少數民族回
族的民歌，明代南戲改本吸收該曲爲己用，創造各種副本，如宋元南戲「明
改本」《牧羊記》第3齣《過堤》有【回回曲】，第18齣《望鄉》有【回回歌】；
《九宮大成南北詞曲譜》所引「牧羊記」曲文又有【回回舞】，此曲爲現存「牧
羊記」各本所無。〔註53〕明代改編「拜月亭」故事的世德堂本《拜月亭記》
也出現了詳細的【回回彈】曲。明傳奇《五倫全備記》第25齣改【回回彈】

〔註51〕　（明）《繡刻精忠記定本》，明末毛晉汲古閣《六十種曲》第2冊，中華書局
　　　　　1958年5月第1版，1982年8月第2次印刷，第1369頁。

〔註52〕　（明）馮夢龍《精忠旗》，王季思主編、重訂增注，寧希元審訂、焦文彬、林
　　　　　鐵民注釋《中國十大古典悲劇集》上冊，齊魯書社1991年9月，第317～318
　　　　　頁。

〔註53〕　徐扶明《元代雜劇藝術》第一章《元雜劇的興起和衰落》之《補記》，上海文
　　　　　藝出版社1981年1月第1版，第25頁。

為【回回舞】。〔註54〕可見明代這些戲文、傳奇之間的互相交流和影響。例如，明代世德堂本《拜月亭記》，在第3齣《番王起兵》以曲子「回回彈」寫番將的軍隊氣勢儡人：

> （淨扮番王上）【普賢歌】番家又是錦乾坤，渺漠平沙滿路奔。北方雄嶽鎮，豈有伊自尊，眼日睜睜體態溫。【回回彈】（丑扮番兵）東里東來東里東，東邊諸水盡朝宗。扶桑日出海波紅，東夷歸化仰皇風，仰皇風，萬國同。聖人德化先海東，先海東。（生扮番兵上）西里西來西里西，西邊山水有高低。崦嵫日落路淒迷，西戎歸化畏天威。畏天威，萬里馳。聖人德化通海西，通海西。（小生扮兵）南里南來南里南，南邊風俗語間關。鳶毛御獵天炎炎，南鸞歸化荷皇畢，荷皇畢，樂且耽。聖人德化周海南，周海南。（末扮番兵上）北里北來北里北，北邊風景真殊別。陰山六月雪漫漫，北狄歸化朝天闕，朝天闕，群夷悅。聖人德化沾海北，沾海北。
>
> 〔註55〕

這套曲除番王唱【普賢歌】外，其餘人皆唱【回回彈】，曲文結構一致。在表演形式上，首先是番王唱曲上場，接著是四位番兵唱曲上場，分別以四種腳色行當丑、生、小生和末來扮演，分唱東西南北四支曲，曲內暗喻春夏秋冬四季。宋元南戲「明改本」以這四位士兵象徵番國的四個方位，以褒揚其國地大物博，君王的恩威德化四方。出現這個情節的劇本還有關漢卿的元雜劇《拜月亭》和明末汲古閣本《幽閨記》第3齣《虎狼擾亂》，但它們都沒有使用這套曲子，可見這是世德堂本《拜月亭記》的改編者採擷「唱四方」或「唱四季」等民歌小曲進行改造而成的。改編者新增這支曲子的原因參見下文的劇情：

> （眾見介）巨耐南朝好生無禮欺負咱，每往時三年一度小進貢，五年一度大進貢，如今不來進貢，是何道理？（末）臣啟我主，得

〔註54〕 參見俞為民《南戲〈拜月亭〉考論》，《文學遺產》2003（3）。馬華祥《曲調與曲文的傳承與變異考》，載《明代弋陽腔傳奇考》，中國社會科學出版社2009年5月第1版，第156頁。徐朔方《奎章閣藏本〈五倫全備記〉對中國戲曲史研究的啟發》，載沈善洪《韓國研究》，杭州大學出版社1994年4月，第4頁。黃天驥、康保成《中國古代戲劇形態研究》，河南人民出版社2009年1月第1版，第669頁。

〔註55〕 （明）《新刊重訂出相附釋標注月亭記》世德堂本卷一，《古本戲曲叢刊初集》第10冊，文學古籍刊行社1954年2月，第3頁。

知火速點起番兵，打過南朝，奪取江山，卻不好也？（淨）依鄉所

奏，即時點起軍馬，不得有違。〔註56〕

從這段劇情來看，改編者新增這支【回回彈】曲，是爲番王沒有得到中原的
進貢，遂下令發兵攻打中原，導致世隆、瑞蘭和親人失散的劇情做準備。

二、從雜伎表演中吸取題材

　　宋元南戲「明改本」吸收「藥名戲」、「說曲牌名」、「說馬」和雜耍等雜
伎爲內容。

　　在文學作品中常有以中藥名作詩詞、綴對聯、寫情書的現象，然明代有
一種以中藥名模擬劇中人物進行表演的現象，稱爲「藥名戲」。傳說明代戲曲
家湯顯祖無意中看到一段「藥名戲」，遂寫作《牡丹亭》。戲云：「在牡丹亭邊，
常山紅娘子，貌若天仙，巧遇推車郎於芍藥亭畔，在牡丹花下一見鍾情，托
金銀花牽線，白頭翁爲媒，路路通順，擇八月蘭開吉日成婚，設芙蓉帳，結
並蒂蓮合歡，」〔註57〕現存川劇《請醫》庸醫溫德棟出門前叮囑家人云「吩
咐『丁香』、『藿香』，去到『犀角』之上，看守『廣木香』……然後再到『羌
活』讓他吃點『無極水』。路過『連翹』，莫走『滑石』，猶恐『石膏』『地丁』
『蒼術』之間，折斷『牛膝』；要走『熟地』，莫走『生地』；若遇『木賊』『貢
術』，早爲『蟬蛻』；天晚『當歸』，不可『杏仁』『白芍』，如果『橄欖』，我
請『白頭翁』用『青帶』拴你在『桑枝』上面，落得打你一頓『柴胡』『光條』，
打得你『沙頭』『起包』，『龍眼』上翻，『青皮』發紅，疼痛『川芎』，『貝母』
來保，我也不饒你『半夏』，慢道『附子』無情，須有『厚樸』之分，你要『荊
芥』！『細辛』！『細辛』！」〔註58〕

　　宋元南戲「明改本」中亦有類似現象。如明末汲古閣本《幽閨記》第 25
齣《抱恙離鸞》有一段「說中藥名」的戲：

　　　　（淨半上，向內科）分付丁香奴劉季奴，你每好生看著天門麥

　　　　門，我去探白頭翁蔓荊子，趁些鬱金水銀才當歸，倘有使君子來看

　　　　大麥小麥，可回他說是張將軍李國老家請去了。你蓯蓉把破故紙包

　　　　那沒藥與他去，前者因爲你每不細辛防風，卻被那夥木賊爬過天花

〔註56〕（明）《新刊重訂出相附釋標注月亭記》世德堂本卷一，第3～4頁。
〔註57〕佚名《趣談中藥裏的「藥名戲」》，《中醫藥通報》2008（6）。
〔註58〕川劇高腔《請醫》，周企何、李文傑整理《川劇喜劇集》，中國戲劇出版社 1962
　　　　年 1 月第 1 版，第 622～623 頁。

粉牆，上了金線重樓，打開青箱，偷去珍珠琥珀金銀花子，丹砂褪
子，茯苓裙子，昆布襪子，青皮靴子。那一個豆蔻又起狼毒之心，
走入蓮房，摟定我的紅娘子，扯下褲襠，直弄得川芎血結，咳，苦
腦子，苦腦子。如今可牽海馬到常山下吃些茶草，薄荷邊飲些無根
水，傍晚看天南星出，即掛上馬兜鈴，將紅燈籠，點著白蠟燭，往
人中白家來接我。你若懶薏苡來遲了，叫我黑牽牛茴香，惹得我急
性子起，將玄剖索吊你在甘松樹上，四十蒺藜棍，打斷你的狗脊骨，
碎補屁字字出華撥，饒你半夏分罰子了王不留行。〔註59〕

筆者以為這段戲文大意為：醫生出門行醫，吩咐僕人好生看守家門，如果因
為僕人大意而讓家中遭遇盜賊，回去定要重罰僕人、打斷他的脊樑骨。其實
這段戲把中藥的功能、療效進行擬人化，且模擬各類行當進行想像和搬演，
使藥物人格化，是一種巧妙的表演藝術。醫生在出場表演時極具戲劇性的「半
上」且身體「向內」即向著後臺，一邊講說一邊表演，這是一種「藥名戲」，
並非普通的插科打諢，應屬於雜伎藝術。劉曉明認為這段戲是太醫以藥名為
「猥語」打諢，繼承自宋代官本雜劇中的《醫淡》劇目。〔註60〕但是，同樣
是明人改寫「拜月亭」故事的劇本，世德堂本《拜月亭記》並無這段戲，汲
古閣本《幽閨記》的改編較好。明代戲曲選集選收的「隆蘭拆散」情節皆收
錄「藥名戲」。如明代戲曲選集《怡春錦》收錄取材於汲古閣本《幽閨記》而
進行改編的折子戲《分鳳》，在醫生上場時有一段醫生講述「藥名戲」的情節，
但是醫生說的藥名和汲古閣本的醫生所說藥名有差異。明代戲曲選集《南音
三籟》收錄根據汲古閣《幽閨記》改編的折子戲《拆散》只選收了汲古閣本
的下半齣內容，所以沒有保留這段「藥名戲」。文學中流傳著不少中藥名詩詞、
中藥書信和對聯等，在元雜劇《西廂記》裏也有鶯鶯用藥名寫作情書讓張生
猜的情節，說明元明文學喜用中藥名作為戲曲的組成部分。〔註61〕「明改本」
還採取「說曲牌名」的題材。如明代「陸西廂」第 24 齣《饒舌》紅娘和琴童
賽說曲牌名。

〔註59〕（明）《繡刻幽閨記定本》，明末毛晉汲古閣《六十種曲》第 3 冊，中華書局
1958 年 5 月第 1 版，1982 年 8 月第 2 次印刷，第 68 頁。

〔註60〕劉曉明《雜劇形成史》，中華書局 2007 年 10 月第 1 版第 1 次印刷，第 330～
331 頁。

〔註61〕李祥林《藥名詩・藥名詞・藥名戲文》，《文史雜誌》1993（5）。

宋元南戲「明改本」吸取「說馬」和雜要「墜馬」作爲劇本內容。明末的「明改本」汲古閣本《琵琶記》第 10 齣《杏園春宴》，在陸抄本《琵琶記》的基礎上，對蔡伯喈高中狀元以後參加皇宴的情節進行改編。首先，汲古閣本《琵琶記》在開場處增加了一段戲，敘述丑扮官員和末扮下人逗哏，對於「什麼是好馬」發表了一番言論。這段戲佔了本齣 18 行的篇幅，佔本齣的主要地位。這段戲的實質，是藝人以相聲或順口溜形式「說馬」，暗示蔡伯喈是「馬」，必須受到「伯樂」皇帝的賞識才能成爲眞的「千里馬」，緊扣蔡伯喈榮登狀元榜首的劇情。其次，藝人在這齣戲中賣弄「說馬名」、「墜馬」等技藝，以便引起人們觀看演出的注意力。如汲古閣本的這齣情節比嘉靖本多出一段丑腳「墜馬」的戲：

> （丑墜馬介）救命，救命！爹爹妳妳伯伯叔叔哥哥嫂嫂孩兒媳婦都來救命！（末騎馬上）【水底魚兒】朝省尚書，昨日蒙聖旨，道狀元及第，教咱去陪宴席。（丑叫）踏壞了人了。（末）越著鞭越退，遣人心下疑。（丑）救命救命！（末）轉頭回望，叫我的還是誰？漢子，你是誰？（丑）我是墜馬的狀元。（末扶介）快起來。〔註62〕

這段戲的表演提示，比陸抄本《琵琶記》更詳細。汲古閣本《琵琶記》新增提示指出演員在表演「墜馬」時，扮演「馬」的人要越過丑角身上，表演效果比嘉靖本《琵琶記》要精彩得多。

三、從傀儡戲、打鼓中吸取素材

宋元南戲「明改本」吸取傀儡戲的題材作爲劇本內容。如「明改本」《趙氏孤兒記》和《八義記》都寫趙朔和家人一起擺宴席、看花燈，平民周堅和賣酒的王婆因爲酒債而發生爭執，趙朔路見不平、拔刀相助，幫助周堅還債，並且帶領周堅回趙府詢問原因。兩部劇本都收錄了一段藝人在宮廷承應的戲文，但是內容有所不同。

《趙氏孤兒記》第 5 齣《朔收周堅》原文：

> 【神仗兒】（淨）今宵上元，今宵上元，金吾不禁，銀漏任傳。那門神歌兒，舞迓鼓逞奇巧，駢眞使人觀看，賽煙火怎爭先。（生白）你每有甚本事？（淨）小人會線牽傀儡家風。（末）甚麼好？（生）

〔註62〕　（明）《繡刻琵琶記定本》，明末毛晉汲古閣《六十種曲》第 1 冊，中華書局　1958 年 5 月第 1 版，1982 年 8 月第 2 次印刷，第 41 頁。

別有甚麼本事？（淨）無別本事。……（淨、末唱）【神仗兒】珠簾半卷，珠簾半卷，王宮府眷，和你向前。傀儡家風稀罕，也會藏壓轉，恨去來如電，人見後自欽羨，自欽羨。（生白）用心提傀儡與公主看，提得好，多討東西賞你。〔註63〕

根據《趙氏孤兒記》改編的《八義記》第5齣《宴賞元宵》改爲：

【神仗兒】（丑）金宵上元，金吾不禁，銀漏枉然。我們神歌鬼舞，孩孩迓鼓。孩來好也使人觀看，諸社大鬧爭先。（末）你每是那裡來的？（丑）我每是東方鶴神。（末）敢是樂人？（丑）樂人聞知駙馬與公主飲宴，特來承應。（生）那裡來的？（丑）本司樂人。（生）曉甚本事？（丑）有笛吹得，有弦彈得，有鼓打得。大得勝，小得勝，貓兒滾繡球，陣陣贏，太平古點。（生）天下無非只要太平，打太平鼓罷。〔丑打介。末〕還有甚本事？（丑）曉得二十五孝。（末）只有二十四孝，怎麼有二十五孝？（丑）有一個汆州汆府汆縣汆家村，汆老兒與汆媽媽，生下十個汆兒子，討下十個汆媳婦，才是孝順。（末）怎見得？（丑）我是一哥哥一嫂嫂，頭頂爹爹媽媽，泰安神州廟裏燒香，一個兒子孝順。（照此一氣念七遍，倒地介，末攙介。丑）這個攙我的兒子，才是孝順。知音說與知音聽，不是知音不與談。（下）〔註64〕

元人紀君祥的雜劇《趙氏孤兒》裏面沒有這段戲，可見這段藝人演戲的「戲中戲」，是元代或明代的改編者在改寫孤兒故事的時候新增的，也可能直接採擷自當時明代的宮廷戲。〔註65〕這段戲包含有當時演傀儡戲的材料，有當時演雜伎，如打鼓、說相聲或順口溜的材料。首先，這段戲中體現了當時演傀儡戲的材料。明初早期的戲文《趙氏孤兒記》寫生扮趙朔問淨扮周堅有什麼

〔註63〕（明）《趙氏孤兒記》，王季思《全元戲曲》卷十，人民文學出版社1999年2月第1版，第478頁。

〔註64〕（明）《繡刻八義記定本》，明末毛晉汲古閣《六十種曲》第2冊，中華書局1958年5月第1版，1982年8月第2次印刷，第8頁。

〔註65〕學術界一般以爲南戲《趙氏孤兒記》改編自元雜劇《趙氏孤兒》。近年有學者指出這個說法有誤，認爲南戲影響了元雜劇。代表者有景李虎《元代南戲〈趙氏孤兒記〉的重要價值及版本源流》，中山大學學報1993（2）。吳敢《〈全元戲曲 趙氏孤兒記〉輯校商榷》，《徐州師範大學學報》1999（4）。鮑開愷《南、北趙氏孤兒的改編關係》，《中國社會科學報》第369期，2012年10月22日。筆者贊同他們的說法。

本事，周堅回答說他會傀儡戲「線牽傀儡家風」；末插說一句「什麼好？」；生又問他有什麼本事，淨說沒有別的本事了。這段戲原本只有五句話，改編自《趙氏孤兒記》的《八義記》擴展爲三百多字。明代兩部改本《趙氏孤兒記》和《八義記》都寫趙朔問周堅有什麼才藝，周堅說自己能演傀儡戲，趙朔交代周堅要好好演，演得好有賞，從這段情節可見藝人借機宣傳戲班能演傀儡戲。《八義記》在《趙氏孤兒記》基礎上增加的戲，多爲藝人表演時展露其才藝的方式。其次，這段戲中體現了當時演雜伎，如打鼓、說相聲或順口溜的材料。首先說到趙朔命丑腳扮演的藝人打鼓，即藝人在【神仗兒】曲文中提到的迓鼓。「（生）天下無非只要太平，打太平鼓罷。（丑打介）。」〔註66〕其次是藝人丑和末「唱雙簧」，兩人表演一段自編的相聲「（丑）曉得二十五孝。（末）只有二十四孝，怎麼有二十五孝？（丑）有一個汆州汆府汆縣汆家村，汆老兒與汆媽媽，生下十個汆兒子，討下十個汆媳婦，才是孝順。（末）怎見得？（丑）我是一哥哥，一嫂嫂，頭頂爹爹媽媽，泰安神州廟裏燒香，一個兒子孝順。（照此一氣念七遍）」〔註67〕這段戲在戲曲時空上進行轉換。因爲這是「戲中戲」。這裡還說到丑扮的藝人一口氣念了七遍「我是一哥哥，一嫂嫂，頭頂爹爹媽媽，泰安神州廟裏燒香，一個兒子孝順。」〔註68〕這段話是順口溜，既是爲了賣弄他的口才，也是與觀眾一起遊戲和娛樂。其後舞臺提示藝人「倒地介」，指他因爲「念七遍」而力竭倒地，頗爲誇張。這句舞臺提示和「扶我的兒子」都是藝人在科打諢，達到令劇中的趙朔、公主和舞臺下的觀眾都忍俊不禁的戲劇效果。

第七節　從詩詞文賦中吸收新題材

一、從前朝詩詞中吸取題材

　　宋元南戲「明改本」採用唐詩作爲內容，轉換敘事視角以描寫人物。比如，高明《琵琶記》根據宋元南戲舊本《趙貞女蔡二郎》改編，陸抄本第 10 齣《杏園春宴》寫生、淨、丑三人騎馬上場，並且唱曲【哭岐婆】。其中的曲

〔註66〕　（明）《繡刻八義記定本》，第 8 頁。
〔註67〕　（明）《繡刻八義記定本》，明末毛晉汲古閣《六十種曲》第 2 冊，中華書局1958 年 5 月第 1 版，1982 年 8 月第 2 次印刷，第 8 頁。
〔註68〕　（明）《繡刻八義記定本》，第 8 頁。

文「春風得意馬蹄疾，一日看遍長安花。」爲劇本的改編者採擷自唐代詩人
孟郊《登科後》：「昔日齷齪不足誇，今朝放蕩思無涯。春風得意馬蹄疾，一
日看盡長安花。」〔註69〕改編者藉此描寫新科狀元蔡伯喈榮歸的意氣風發。
明末汲古閣本《琵琶記》第10齣《杏園春宴》把這句詩改爲丑扮下人所說：

> 　　　　（末）鞍馬若完備時節。可牽在午門外廂。等候狀元謝恩出來
> 乘坐。（丑）理會得。只教他春風得意馬蹄疾，一日看遍長安花。（下）
> 〔註70〕

「明改本」汲古閣本《琵琶記》把原本爲蔡伯喈等登科士子所唱的曲文改爲
以下人念誦下場詩，從陸抄本以登科士子的角度看待京城美景，改爲以旁觀
者的角度看待京城美景，寫出狀元郎蔡伯喈等人的春風得意。

　　宋元南戲「明改本」吸收宋詞作爲題材，體現劇作家所在地，也爲提示
劇情服務。「明改本」世德堂本《拜月亭記》第1齣《末上開場》有【滿江紅】
云：

> 　　　　自古錢塘物華盛，地靈人傑。昔日化魚龍之昕，勢分兩浙，十
> 萬人家富豪奢。處士風流文章穴，占鰲頭金榜。蘊心胸，題風月。
> 詩書具，閒批閱。風化事，堪編集。匯珠璣錦繡，傳成奇說，雖然
> 瑣碎不堪觀，新詞頓殊絕，比之他記是何如，全然別。今日未知搬
> 演哪家奇傳（傳奇）？（內應云）幽閨怨，拜月亭。〔註71〕

《拜月亭記》的明人改編者在這首【滿江紅】詞中採納了宋代詞人柳永
《望海潮》的詞句。柳永《望海潮》云：「東南形勝，三吳都會，錢塘自古繁
華。煙柳畫橋，風簾翠幕，參差十萬人家。……市列珠璣，戶盈羅綺，競豪
奢。」〔註72〕明改本《拜月亭記》的詞句「自古錢塘物華盛」、「十萬人家富豪
奢」、「匯珠璣錦繡」由此而來。柳永詞原本寫古杭州的繁華興盛、風景如畫，
改編者採取柳永的詞句讚美杭州，當爲古杭州的書會才人。同樣是改編「拜
月亭」故事的明人改本《幽閨記》汲古閣本第1齣《開場始末》副末云：「【西

〔註69〕（唐）孟郊《登科後》，（清）蘅塘退士編、陳婉俊補注《唐詩三百首》，線裝
　　　　書局2009年2月第1版，第90頁。
〔註70〕（明）《繡刻琵琶記定本》，明末毛晉汲古閣《六十種曲》第1冊，中華書局
　　　　1958年5月第1版，1982年8月第2次印刷，第40頁。
〔註71〕（明）《新刊重訂出相附釋標注月亭記》世德堂本卷一，《古本戲曲叢刊初集》
　　　　第10冊，文學古籍刊行社1954年2月，第1～2頁。
〔註72〕胡雲翼選注《宋詞選》，上海古籍出版社1997年11月第1版，2002年3月第
　　　　4次印刷，第37頁。

江月】〔副末上〕輕薄人情似紙，遷移世事如棋。今來古往不勝悲，何用虛名虛利。遇景且須行樂，當場謾共銜杯。莫教花落子規啼，懊恨春光去矣。」〔註73〕

　　明代改編「白兔記」故事的成化本《白兔記》的開場者「末」在【紅芍藥】曲中完整搬用了秦觀詞《滿庭芳》「（末云）山莫（抹）微雲，天連衰草……傷情處，高成（城）望斷，燈火以（已）黃昏。」〔註74〕末接著念誦開場白：「不是英雄不贈劍，不是才人不賦詩。……這本傳奇虧了誰？虧了永嘉書會才人，在燈窗之下，磨得墨濃，蘸得筆飽，編成此一本上等孝義故事。」〔註75〕秦觀寫作《滿庭芳》詞的地點是浙江紹興，與成化本《白兔記》改編者「永嘉書會才人」的所在地浙江溫州及其「才人」身份相符。此外，秦觀詞原本寫情人別離的場面，明人改編的成化本《白兔記》採納這首詞，暗示即將上演的這部《白兔記》，在劇情中將出現主角離別的情境。然明人改本《白兔記》僅見成化本有秦觀詞，其餘比成化本要晚出的改本，如汲古閣本《白兔記》和富春堂本《白兔記》的第一齣均無這首詞。這兩部晚出的明人改本《白兔記》隨著戲曲表演體制的發展，已在第一齣形成較為固定的開場模式「開場」或「家門」，多為副末開場時誦詞以概括劇情，故把這首婉約含蓄的秦觀詞刪去。

二、吸取詩詞對劇情進行「干預」

　　宋元南戲「明改本」注重「干預」的功能。「干預」，即改編者在完成劇本創作以後，依然把他的觀念形態、價值取向和情感態度以隱蔽的方式，分別潛入「行當」和「角色」的話語之中，假借「行當」和「角色」的聲口，繼續指揮和控制整個劇情的演出，引導劇場觀眾接受視界的審美取向。〔註76〕明代改編者通過表演者對劇情或者劇中人物的當下評論，「干預」、控制劇場演出的進程，引導觀眾的審美取向。

　　宋元南戲「明改本」會通前代詩文來評論劇中人物。如「徐西廂」讚賞楊妙兒的詩：

〔註73〕　（明）《繡刻幽閨記定本》，明末毛晉汲古閣《六十種曲》第 2 冊，中華書局1958 年 5 月第 1 版，1982 年 8 月第 2 次印刷，第 1 頁。

〔註74〕　（明）《新編劉知遠還鄉白兔記》，《續修四庫全書》集部曲類 1745 冊，上海古籍出版社 2002 年 4 月 1 版 1 印，第 410 頁。

〔註75〕　（明）《新編劉知遠還鄉白兔記》，《續修四庫全書》本，第 410 頁。

〔註76〕　參見陳建森《宋元戲曲本體論》，人民出版社 2012 年 9 月第 1 版第 1 次印刷，第 54 頁。

　　魚鑰獸環斜掩門，萋萋芳草憶王孫。醉憑青瑣窺韓壽，困擲金
梭惱謝鯤。不夜珠光連玉匣，鬥寒釵影落瑤樽。欲知明惠多情態，
役盡江淹別後魂。〔註77〕

其中，「萋萋芳草」取自唐代白居易的詩《賦得古原草送別》。「韓壽」取自《晉書·賈充傳》和宋代《世說新語》所記「韓壽偷香」故事，後來成爲情人約會的雅稱；元雜劇王實甫《西廂記》也曾使用該典故；《南西廂記》的作者陸采也有傳奇《懷香記》敷演這個故事；詩中「青瑣窺韓壽」採用明傳奇《懷香記》女主角賈午在鎖孔裏窺視韓壽並一見傾心的故事。「役盡江淹別後魂」取自南朝江淹的文賦《別賦》「黯然銷魂者，惟別已矣」的意境。改編者在此處以詩歌評價對象，表現吟詩者鄭恒對眾美女的讚賞，而張生卻不爲美色所動，以示其用情專一。

　　宋元南戲「明改本」以人物「自報家門」和上下場詩褒貶人物。如王實甫《西廂記》（簡稱「王西廂」）第二本第一折孫飛虎「自報家門」云：「自家姓孫，名彪，字飛虎。……擄鶯爲妻，是我平生願足。」〔註78〕「明改本」李日華《南西廂記》（簡稱「李西廂」）第11齣《亂倡綠林》孫飛虎的「自報家門」，在「王西廂」的「自家姓孫名彪」之前增加上場詩：

　　劍氣猩紅帶血磨，因貪女色逞僂羅。龍珠欲取探龍窟，虎子還
求入虎窠。欺白起，笑廉頗，殺人放火妄爲多。營門忽報非常樂，
管取春嬌馬上駝。〔註79〕

「李西廂」讓孫飛虎甫上場就向觀眾宣示「貪女色」的品性，其中就暗含改編者的貶抑。明代陸采《南西廂記》（簡稱「陸西廂」）第10折《嘯聚》在「李西廂」基礎上，增改孫飛虎的「自報家門」爲上場詩：

　　小子名喚孫飛虎，一身上陣多威武。主將無端奪戰功，不待升
遷脫戎伍。官卑祿薄也休提，夜間一苦最是苦。沒個老婆相伴眠，
醒眼看燈聽更鼓。兩腳伸去冷似鐵，雙手抱來只有我。這家妻小十
二三，那家婢妾十四五。一般頭面一般人。偏俺生身是泥土。因此
心中抱不平，連夜商量做賊房。聞之普救有鶯鶯，一貌如花善歌舞，

<hr>

〔註77〕　（明）徐奮鵬《詞壇清玩槃薖碩人增改定本西廂記》下卷，明萬曆刻本。
〔註78〕　（元）王實甫《西廂記》，王季思校注、張人和集評《集評校注〈西廂記〉》，
　　　　　上海古籍出版社1987年4月第1版第1次印刷，第48頁。
〔註79〕　（明）李景雲、崔時佩《南西廂記》，明末毛晉汲古閣《六十種曲》，中華書
　　　　　局1958年5月第1版，1982年8月第2次印刷，第30頁。

便領半萬把都兒，圍在寺門恣劫擄。駝歸馬上入轅門，獨馬單槍戰

一火，好似艄公打老婆。〔註80〕

「陸西廂」採取「李西廂」的上場詩代替「自報家門」，形式改為順口溜，更
便於念誦。另外，孫飛虎原為匪首，形象接近草莽英雄，而「陸西廂」通過
新增上場詩，讓孫飛虎自嘲仕途不順「不待陞官最是苦」，又缺乏家庭溫暖「沒
個老婆相伴眠」，令其形象市民化，也隱含改編者對類似人物的嘲諷。人物的
上下場詩也寄寓改編者對劇中人的評論。

　　宋元南戲「明改本」的改編者，善於通過新增詩詞形式評論人物、塑造
人物形象、推動劇情的發展，使詩詞成為戲曲表現形式的有機組成部分。

　　宋元南戲「明改本」以詩的形式評論劇中人物。如「王西廂」第四本第
一折敘崔張正式約會的時間到了，鶯鶯經紅娘勸說才慢慢走出閨房，原本並
無下場詩。「李西廂」第 26 齣《巫姬赴約》在「王西廂」的基礎上，增加紅
娘的下場詩「（俺姐姐）語言須是強，腳步早先行。」〔註81〕以旁觀者紅娘的
視角，評論鶯鶯表面上矜持，但鶯鶯走向西廂的腳步洩露她著急的心理。又
如「王西廂」和「李西廂」敘張生對鶯鶯一見鍾情時並不念詩。但是根據「王
西廂」和「李西廂」改編的「徐西廂」，在《佛殿奇逢》一折增入張生念詩的
情節，寫張生以旁觀者的視角評論鶯鶯的美貌，表達他對鶯鶯的讚歎。

　　宋元南戲「明改本」在人物上場和下場時，對其上下場詩的內容和形式
進行改易。如「王西廂」第二本第一折鶯鶯念誦上場詩敘遊園懷春：

　　　　（旦引紅上云）自見了張生，神魂蕩漾，情思不快，茶飯少進。

　　早是離人傷感，況值暮春天道，好煩惱人也呵！好句有情憐夜月，

　　落花無語怨東風。〔註82〕

鶯鶯的上場詩為「好句有情憐夜月，落花無語怨東風。」抒發鶯鶯對張生的
思念之情。「陸西廂」在「王西廂」的基礎上，在第 4 折中，把鶯鶯首次登場
亮相的上場詩改為：

　　　　霜風摧古松，女蘿失其主。老鳳去丹山，孤雛不能舉。物類有

〔註80〕　（明）陸采《陸天池西廂記》，簡稱陸采《南西廂記》，《古本戲曲叢刊初集》
　　　　　第 64 冊，文學古籍刊行社 1954 年 2 月。

〔註81〕　（明）李景雲、崔時佩《南西廂記》，明末毛晉汲古閣《六十種曲》第 3 冊，
　　　　　中華書局 1958 年 5 月第 1 版，1982 年 8 月第 2 次印刷，第 75 頁。

〔註82〕　（元）王實甫《西廂記》，王季思校注、張人和集評《集評校注〈西廂記〉》，
　　　　　上海古籍出版社 1987 年 4 月第 1 版第 1 次印刷，第 48 頁。

所憑，況彼閨中女。妾本五侯家，少小長羅綺。一旦失慈父，漂泊河之滸。朽骨縈網絲，玄旐掩秋雨。哀哀餘寡親，力弱值途阻。回首昔年榮，雲天渺何許。獨把瑤琴彈，泠泠泛宮羽。請爲思歸吟，幽咽不成語。欲因晨風翔，送我返鄉宇。〔註83〕

「陸西廂」的這首上場詩有 130 字，篇幅爲全本改本之冠。詩體由七言改爲五言，以「松、蘿、雨、琴、幽」等意象結構全詩，比「王西廂」的「好句有情憐夜月，落花無語怨東風。」更具古韻，以清冷的詩境，襯托出鶯鶯性格裏清雅高潔的一面。明代這幾部「西廂記」改本的改編者，通過詩詞的增改，使詩詞與劇情的發展和人物形象的塑造巧妙地融爲了一體。

第八節　融合前代各種文學作品改編而成

大多數宋元南戲「明改本」不僅取材於一部前代文學作品，而是採納了前代多部文學作品的題材內容進行改編，體現了文學作品之間的相互交流影響以及「雜」的特徵。

如明代《白兔記》改本汲取宋元南戲舊本「劉智遠」、前代和同時代的史書《五代史》、小說《五代史平話》、說唱《劉知遠諸宮調》、民間傳說、民歌「囉哩嗹」、秦觀《滿庭芳》等題材爲己用。明代三部「白兔記」的改編者都安排男主角劉知遠住在「西廂」，取自唐代以來流傳廣泛的「西廂」故事。女主角李三娘「月夜燒香」、遇到有緣人的情節，取自宋元以來流傳的「拜月」故事和女性「拜月」祈禱的民俗現象。男女主角以「金釵」爲信物私定終身的情節，取自明代「金釵記」等愛情故事。明代「白兔記」改本中的劉知遠故事也和民間傳說中的劉邦故事有互動之處，從明改本的描述可見明改本與「說漢」故事，以及相關講史平話、歷史演義小說的交流。

又如，明人馮夢龍改本傳奇《精忠旗》，是在宋元南戲舊本「東窗事犯」、前代史書《宋史》、元雜劇《東窗事犯》以及時間稍早的「明改本」《東窗記》和《精忠記》等「前文本」的基礎上改編而成。其中有如下三個改編的案例：第一，《宋史》記載何鑄審訊岳飛，判斷岳飛無罪。馮夢龍《精忠旗》第 6 齣《奸黨商和》採納史書的內容，保留何鑄其人而改編其事，把他列爲群奸之

〔註83〕（明）陸采《陸天池西廂記》，簡稱陸采《南西廂記》，《古本戲曲叢刊初集》
第 64 冊，文學古籍刊行社 1954 年 2 月。

一，令他構諂岳飛以諂媚秦檜；改編者通過寫何鑄和其他奸黨一起爲秦檜祝壽，描寫小人的出乖露醜。第二，岳銀瓶爲父親繡戰袍事，見《東窗記》和《精忠記》，原爲院子奉命令裁縫製袍、裁縫插科打諢，對劇情發展意義不大；馮夢龍《精忠旗》第 8 齣《銀瓶繡袍》把本齣主線改爲銀瓶通宵繡戰袍和岳字旗幟，表現父女情意和塑造銀瓶「孝」的形象。第三，孔文卿的雜劇《東窗事犯》敘述何宗立緝拿瘋僧，得知瘋僧爲地藏王所扮以後，轉而捉拿秦檜夫婦去陰司受審。馮夢龍《精忠旗》第 35 齣《何立回話》在孔文卿《東窗事犯》的基礎上，改爲秦檜病中曾派押衙何立去泰山嶽廟進香，何立在嶽廟，夜裏夢見秦檜帶鎖披枷被牛頭馬面押著，何立回來報告了秦檜妻王氏，王氏因此一病不起。

　　再如，宋元南戲「明改本」《三元記》又名《馮京三元記》，是明人沈壽卿在「三元記」、宋人筆記和史書等「前文本」的基礎上改編而成。宋元南戲舊本「三元記」的殘曲現存於鈕少雅《九宮正始》等曲譜，主要寫馮商還妾一事，這件事取材於宋人羅大經筆記《鶴林玉露》。《三元記》改編後，在故事情節中加人了賑饑、拒寢和還金等事，改編爲現存《六十種曲》本《三元記》。明代還有根據《三元記》而改編的《四德記》，已佚，現存的僅有折子戲。明人呂天成《曲品》云：「馮商還妾一事，盡有致。近插入三事，改爲《四德》，失其故矣。」〔註84〕《三元記》僅吸取《宋史》中的一些人物作爲劇中主要人物，如馮京其人、宰相富弼及其女兒；取材於少量的歷史事件並且加以擴充和改編。據趙景深考證，《三元記》的劇情還受到一些筆記史料的啟發與影響，如第三十齣《榮封》中「婢女潑粥污衣」細節借用了《後漢書》劉寬的史料。沈壽卿《三元記》在筆記、史料的基礎上，在劇本的上半部分虛構馮京的父親馮商如何行善積德的事，如還妾、拒寢、還金等，而且把他的名字從筆記的「馮式」改爲「馮商」；在劇本的下半部分，虛構馮京如何「連中三元」的故事。明代戲曲選集選收了一些根據《三元記》改編的折子戲，選收的內容多集中於馮京「連中三元」這件與史實相關的事情上。明代戲曲選集《群音類選》選收「三元報捷」折、戲曲選集《樂府玉樹英》選收「三元捷取」折、戲曲選集《樂府菁華》選收「三元捷報」折、戲曲選集《樂府

〔註84〕　（明）《三元記》的劇情參見李修生《古本戲曲劇目提要》，文化藝術出版社　1997 年 12 月，第 235～236 頁；呂天成的評價參見齊森華、陳多、葉長海《中國曲學大辭典》，浙江教育出版社 1997 年 12 月，第 139 頁。

紅珊》選收「報捷三元」折，可見根據《三元記》改編的描繪士子登科的折子戲較受歡迎。

　　宋元南戲「明改本」在改編過程中廣泛地吸收了前代文學作品的精華，融匯爲新的文學形式和內容。改編者能根據題材類型，對故事情節、人物形象等方面進行改編，其虛構的內容與劇本的類型緊密聯繫。「明改本」善於從相關文獻史料中吸取題材進行改編，吸取歷史人物作爲劇中人，吸收歷史事件作爲故事內容。部分「明改本」取材史料和虛構新增情節的關係爲「一實九虛」、「七虛三實」，這些劇本中的故事情節和人物形象與史實差距較大，以虛構情節爲主。部分「明改本」對史料和虛構的處理情況「虛實參半」。改編者在尊重史實的基礎上塑造忠臣義士、英雄人物的形象，揭露姦臣的嘴臉。這類劇作的改編者大多遵循正史，取材和採納正史並且進行虛構和改編，通過詳盡的鋪敘加深情節的曲折程度，體現了改編者的褒貶。「明改本」融匯文學精華於一爐，體現了改編者對前人的接受和交流。

第二章　宋元南戲「明改本」對情節的增刪改易

前人對「明改本」故事情節的改編研究，多關注熱門劇目的探究，尚存研究空間。宋元南戲「明改本」多保留原本的主要情節，然根據表演的需要對故事情節有所增刪，多崇尚眞「情」和「忠信孝義」，追求「雅」趣和「理」趣；強調主要情節，突出主角的感情戲、忠臣英雄報國盡忠的戲和勇士恪守信義的戲，加強劇情的偶然性和戲劇性；通過增改與重要線索和信物相關的情節，爲下文劇情做鋪墊；對枝蔓情節和次要情節進行刪削，縮減次要人物的戲份。

第一節　主要情節的增刪改寫

清代戲曲理論家李漁在其著作《閒情偶寄・減頭緒》中指出：

> 「荊劉拜殺」之得傳於後，止爲一線到底，並無旁見、側出之情。三尺童子，觀演此劇，皆能了了於心，便便於口，以其始終無二事，貫串只一人也。後來作者，不講根源，單籌枝節，謂多一人可增一人之事。事多則關目亦多，令觀場者如入山陰道中，人人應接不暇。……作傳奇者，能以「頭緒忌繁」四字刻刻關心，則思路不分，文情專一，其爲詞也，如孤桐勁竹，直上無枝，雖難保其必傳，然已有「荊劉拜殺」之勢矣。〔註1〕

〔註1〕（清）李漁《閒情偶寄》，《中國古典戲曲論著集成》第七集，中國戲劇出版社1959 年 7 月 1 版，1982 年 11 月 2 印，第 18 頁。

李漁以宋元戲文「荊劉拜殺」的創作為例，認為戲曲作家在創作時，因為「事多則關目亦多」，要刪去劇中多餘的頭緒，使劇情「專一」。

　　大部分宋元南戲「明改本」多保留宋元南戲舊本的主要情節並進行增刪改易，力圖以明代戲曲體制再現宋元南戲故事。例如，「明改本」愛情戲多保留男女主角的感情主線，英雄傳奇戲多保留英雄成長主線，神仙教化戲多保留凡人成仙的主線，婚變戲多保留主角的婚姻狀態如何變化的主線，科舉戲多保留士子如何發奮讀書的主線等。改編者在保留主要情節的同時，也對它們進行改編。改編者多剪去「明改本」的次要情節和枝蔓情節。經過裁剪，主角的戲份更集中、緊湊。

一、增加情節

　　宋元南戲「明改本」在改編感情戲時，大多在保留主幹劇情的基礎上，增加情節，加強其戲劇性和偶然性。偶然性指巧合的情節，戲劇性即「有戲」之處。

（一）虛構和新增戲劇性的情節，補充情節結構的缺漏，使劇情曲折多變

　　較為典型的例子有宋元南戲「明改本」《白兔記》增加「白兔遇母」等情節，「明改本」南曲系統「西廂」增加「聽琴」、「鬧齋」等情節，「明改本」《趙氏孤兒》、《八義記》、《錦西廂》等增加「僕人代主」的情節，「明改本」《精忠記》、《精忠旗》增加忠臣英雄的妻女「死節」的情節等。

　　一是劇本通過增加情節，增強了故事的戲劇性。以兩部明代《白兔記》改本增加的「白兔遇母」情節為例。在明代以前描寫劉知遠故事的文本中，劉知遠和李三娘原為結髮夫妻，後來劉知遠離家投奔軍隊，再娶岳千金，仕途順暢。但是，劉知遠離家多年，從未回去探望受苦的李三娘，三娘相當於一名棄婦。在前朝敘述劉承祐事蹟的史書《五代史》、話本《五代史平話》和說唱《劉知遠諸宮調》裏面，都沒有「白兔」這一劇情線索。因而，這些「前文本」的情節存在漏洞：劉知遠在離家十幾年以後，突然回鄉探親，迎接李三娘。劉知遠為何突然想起家中的三娘？這令人心存疑惑。兩部「明改本」《白兔記》成化本和汲古閣本都在《五代史平話》的基礎上對這段情節進行改編，以「白兔」作為劇情線索，首先引起劉承祐和李三娘的母子重逢，接著引出劉知遠和李三娘的夫妻重逢。「明改本」改編以後的

「白兔遇母」的情節，敘述承祐在狩獵白兔時，和生母李三娘相遇；承祐此時還不知道三娘是生母，他看到三娘在受苦，便起了惻隱之心，傾聽三娘訴苦；承祐回家向父親彙報這段遭遇，得知三娘竟是承祐的生母。「明改本」增添的「白兔」這一劇情線索，在敘事效果上比「前文本」都要好。「白兔」把上下文的劇情自然地聯繫起來，讓明代改編本的結構更合理。在《白兔記》表演的時候，舞臺上的兩位劇中人，雖然是母子，卻互相不知道。作者對劇情進行「干預」，造成除了劇中人以外、觀眾都知道他們是母子的戲劇化情節，頗具觀賞性趣。「明改本」成化本《白兔記》最早新增這段情節。「明改本」汲古閣本《白兔記》也有「白兔」。明代戲曲選集收錄「白兔遇母」情節的大多數折子戲也有「白兔」。而「明改本」富春堂本《白兔記》雖然名為「白兔記」，實則刪去「白兔」，故俞為民認為富春堂本實名為「咬臍記」而非「白兔記」。〔註2〕從明前期的成化本《白兔記》到晚明的汲古閣本《白兔記》，「明改本」對「白兔遇母」情節的虛構逐漸增強，承祐的戲份也逐漸增加。就情節的設置和效果而言，有「白兔」出現的成化本《白兔記》和汲古閣本《白兔記》，比沒有「白兔」的富春堂本《白兔記》要好，劇情線索更為明晰。

二是部分宋元南戲「明改本」在以愛情婚姻和歷史為題材的劇作中增加「僕人代主」的戲劇性情節，如《趙氏孤兒記》、《八義記》、《錦西廂》等。部分「明改本」在歷史題材的劇作中增加「僕人叛主」的戲劇性情節，強化正邪對立，如馮夢龍改本《精忠旗》、汲古閣本《八義記》、世德堂本《趙氏孤兒記》等。「明改本」通過對這類情節的增改，寫出這些僕人的自我犧牲精神和高尚品格，塑造其「忠義」形象。

「僕人代主」的情節分為兩種情況。

第一種情況是僕人代替主人而死、代主人投敵或代主人復仇。這類宋元南戲「明改本」較多。如明傳奇《錦西廂》，為明人周公魯改作，寫琴童代替張生與山寨女首領成親，紅娘代替鶯鶯嫁給鄭恒。一方面是紅娘代主：鄭恒高中狀元以後要娶鶯鶯為妻，鶯鶯不願意，紅娘自告奮勇代替小姐嫁給鄭恒，紅娘因其義舉被老夫人認為義女，紅娘和鄭恒婚後幸福。另一方面是琴童代主：孫飛虎的遺孀伏虎女要搶張生為夫，琴童自告奮勇代替主人，琴童和伏虎女婚後也很幸福，琴童接替伏虎女的位置成為山寨首領，改名為七絃大王，

〔註2〕俞為民《宋元南戲考論續編》，中華書局2004年3月第1版，第240頁。

並輔助張生成就軍功偉業。〔註3〕清代文人改編的南曲系統「西廂」故事也多沿襲「明改本」《錦西廂》的類似情節。又如，「明改本」《趙氏孤兒記》、《八義記》在宋元南戲舊本《趙氏孤兒》的基礎上，寫晉國的大臣趙盾偶然救了周堅，並且收納周堅爲僕人。在官兵抄查趙家的危急時刻，周堅挺身而出，代替趙盾之子趙朔而死，以回報趙家的恩情。「明改本」的改編多突出周堅爲了報恩，舍生取義，死而無憾。僕人代主人復仇的情節參見「明改本」根據史傳記載進行改編的施全故事。再如，「明改本」《東窗記》和《精忠記》都有一段取材於史料的情節，寫岳飛的手下或家僕施全，企圖代替岳家復仇、刺殺秦檜、遭遇失敗的情節。在音樂形式上，《東窗記》第 32 齣的音樂曲牌原爲南北合套，《精忠記》第 29 齣《告奠》不僅改爲南曲套數，而且刪去超過一半的單曲。經過改編的《精忠記》流傳較廣，其中「施全祭主、刺秦」的情節爲多部明代戲曲選集選錄和改編。如明代戲曲選集《醉怡情》選收根據《精忠記》改編的折子戲《祭主》，明代戲曲選集《樂府遏雲》選收其折子戲《行刺》，明代戲曲選集《樂府歌舞臺》收錄其折子戲《祭主》。可見在明代後期，忠僕祭主、刺殺仇家的戲廣受歡迎，接受程度較高。

第二種情況是僕人獻出子嗣以代替主人的子嗣，讓孤兒成人以後代替主人復仇。這類宋元南戲「明改本」有《趙氏孤兒記》和《八義記》，描寫春秋時晉國大家族趙家的家僕程嬰，爲了保護趙家的孤兒，把自己剛出生的兒子獻出來代替趙氏孤兒，卻悲憤交加地看著自己的兒子被仇人所殺。這兩部改本敘述僕人程嬰獻出自己的兒子，自己忍辱負重撫養主人的兒子成人，最後成功復仇，其思想內涵與僕人代替主人而死的內在意蘊是一致的，且是一般的忠僕難以做到的。程嬰感激趙家對他的恩情，爲了報答趙家，他寧願犧牲自己的兒子，其「忠」、「義」之舉具有極強的戲劇感染力。程嬰爲了報恩而獻出兒子的情節尤其令人震撼。這個過程在「明改本」《趙氏孤兒記》裏用五齣搬演。〔註4〕《八義記》改編自「明改本」《趙氏孤兒》，保留了這段重要的劇情，還把《趙氏孤兒》第 30 齣《嬰計存孤》和第 31 齣《嬰杵共謀》合併

〔註3〕劇情根據（明）周公魯《錦西廂》第 5 齣《替嫁》、第 9 齣《代主》概括，《古本戲曲叢刊五集》第一函，上海古籍出版社 1986 年 5 月第 1 版，無頁碼。

〔註4〕（明）《趙氏孤兒記》第二十九齣《榜募孤兒》、第三十齣《嬰計存孤》、第三十一齣《嬰杵共謀》、第三十二齣《程嬰首孤》，王季思《全元戲曲》卷十，人民文學出版社 1999 年 2 月第 1 版，第 544～551 頁。

爲一齣，又壓縮爲四齣戲。〔註5〕程嬰的故事，實際上也是僕人讓主人的下一代爲父報仇的故事。

「僕人叛主」的戲劇性情節，在遵循歷史事實進行改編的宋元南戲「明改本」中較爲多見。如「明改本」《趙氏孤兒記》、《八義記》中姦臣屠岸賈的手下鉅霓和張維：屠岸賈對鉅霓有恩，鉅霓受命於屠岸賈，伺機刺殺忠臣趙盾。鉅霓瞭解到趙盾是忠臣，於國於民有利，不忍心下手刺殺，但自己又無法違抗恩人之命，左右爲難，遂觸槐自盡而死。他的自盡等於背叛了主人屠岸賈。鉅霓以犧牲屠岸賈對他的恩惠「小義」，保全趙盾，求得「大義」。而史書原無這些人物，改編者刻意增加之。改編自前朝岳飛故事的「明改本」《精忠旗》增加何立此人以及相關情節，改爲秦檜的家僕何立自小蒙受秦檜的恩惠，他受主人之命來到東嶽廟進香，無意中看到秦檜被鬼神押到陰司審問，何立偷聽了審判的過程，知道自己的恩人原爲大姦臣，遂出家爲道士，等於背叛了主人的「小恩」，擁護岳飛等人的「精忠」。

三是在宋元南戲「明改本」愛情戲中，改編者增加的「有戲」情節，多爲主角互生情愫、互相試探、私定終身、生離死別、遭遇困難和衝破阻撓等關目，如改編「拜月亭」故事的明汲古閣本《幽閨記》之《曠野奇逢》、《招商諧偶》和《抱恙離鸞》；改編「西廂」故事的明汲古閣本「李西廂」之《佛殿奇逢》、《琴心寫恨》和《月下佳期》；改編「荊釵記」故事的明汲古閣本《荊釵記》的《投江》、《祭江》等關目。這些關目都吸取了宋元南戲舊本的情節大意，但它們的具體內容多與舊本不同。

如宋元南戲「明改本」改寫「拜月亭」故事的兩部改本，有汲古閣本《幽閨記》和世德堂本《拜月亭記》。汲古閣本《幽閨記》第39齣《天湊姻緣》描繪世隆和瑞蓮、瑞蘭重逢，首先是妹妹瑞蓮因爲看到世隆而驚喜萬分，接著是妻子瑞蘭見到久別的丈夫世隆。世德堂本《拜月亭記》第42齣《夫妻相會》的相關情節在描寫這段情節的時候有所不同。這部劇本敘述瑞蓮和瑞蘭一起出來看見世隆，因爲瑞蘭身體嬌弱，經不起久別重逢的刺激，她看到久未謀面的世隆，就激動得暈倒在地：「（旦貼）出接介……與生相見介（旦）

〔註5〕　（明）《繡刻八義記定本》，第33齣《捉捕孤兒》、第34齣《替換孤兒》、第35齣《僞報岸賈》和第36齣《公孫赴義》，明末毛晉汲古閣《六十種曲》第二冊，中華書局1958年5月第1版，1982年8月第2次印刷，第70頁～78頁。

悶倒介（生貼扶起且介）」﹝註6﹞瑞蘭暈倒的情節爲明末汲古閣本所無。世德堂本《拜月亭記》的改編者增加舞臺提示，給這段情節增加了戲劇性。

又如宋元南戲「明改本」李日華《南西廂記》（簡稱「李西廂」）、徐奮鵬《定本西廂記》（簡稱「徐西廂」）和陸采《南西廂記》（簡稱「陸西廂」），對源於宋元南戲舊本李景雲《西廂記》（簡稱「景西廂」）的殘曲和元雜劇王實甫《西廂記》（簡稱「王西廂」）第二本第五折的「聽琴」情節進行增改，主要源於「王西廂」。「聽琴」情節在「西廂」戲曲中是重要情節，劇情敘述崔鶯鶯去後花園燒香，張生在紅娘的提議之下選擇這個時機對鶯鶯彈琴表白。此時，鶯鶯和張生之間雖然隔著一道牆壁，但張生深情的琴聲讓有情人心意相通。錢南揚根據《九宮正始》、《九宮十三調譜》等曲譜，輯得南戲舊本「景西廂」描寫鶯鶯月下聽琴的曲子共 12 曲一套，首尾俱全。﹝註7﹞根據宋元南戲改編的「西廂」明人改本改編了舊本的曲文，加強了這個情節的戲劇性。如「李西廂」第 20 齣《琴心寫恨》取自「王西廂」的「聽琴」，擴大篇幅，把敘事視角從鶯鶯的視角改爲崔張共同的視角，均衡了崔張的戲份；結尾增加張生和琴童的弔場，增強表演性。「徐西廂」的《琴心挑引》在「王西廂」「聽琴」的基礎上增加約 300 字的細節：在張生上場時，增加琴童的自言自語；在張生彈琴時，增加其傾訴的賓白；在結尾處增添張生和紅娘的對話。明人改本通過增改細節，引起懸念，促進劇中人物之間的交流。這套曲有三支曲子【畫眉序】【啄木兒】【三段子】描寫張生彈琴，鶯鶯聽到響聲，猜說這是何種聲音：

> 【畫眉序】欲成鸞鳳交，甚物將人夢驚覺？是誰家庭院，故把琴調？方才待弦續鸞膠，誰想道風吹別調？靜聽句意十分妙，光風霽月逍遙。

> 【啄木兒】弦中正，指下高，是餘音太古雅操。拍託勾剔打抹挑，泛聲清拂度好。輕如點水蜻蜓小，鬧如夜宿烏鴉噪。小間勾輪引吟揉，似仙音鶴鳴九皋。

﹝註6﹞（明）《新刊重訂出相附釋標注月亭記》世德堂本卷二，《古本戲曲叢刊初集》第 10 冊，文學古籍刊行社 1954 年 2 月，第 39 頁。

﹝註7﹞參見錢南揚《宋元戲文輯佚》，中華書局 2009 年 11 月 1 版 1 印，第 166～168 頁。

【三段子】夜深靜悄，此曲中有才調。指法更好，此琴中果奇妙。伊家怎曉？高山流水知音少。怎訴與相如知道？使文君春心蕩了。〔註8〕

這些曲子的曲辭不甚整齊，句式從三言到七言不等，以七言爲主，體制形式較爲接近宋詞長調，當繼承自配樂吟誦的慢詞，可見宋元南戲和宋詞的緊密聯繫。元雜劇「王西廂」第二本第五折的「聽琴」也出現類似的情節，寫鶯鶯聽到琴聲時詢問紅娘，紅娘佯裝不知，鶯鶯以唱段連續猜說八次「莫不是」，最後確定張生在西廂彈琴。「王西廂」的曲牌和曲辭與「景西廂」完全不同，以八句整齊押韻的「莫不是」寫出鶯鶯對琴聲的各種猜想，演唱形式爲鶯鶯「一人主唱」，突出鶯鶯的戲份，可惜鶯鶯和紅娘之間缺乏交流：

（旦云）這甚麼響？（紅髮科）（旦唱）

【天淨沙】莫不是步搖得寶髻玲瓏？莫不是裙拖得環珮玎玲？莫不是鐵馬兒簷前驟風？莫不是金鉤雙控，吉丁當敲響簾櫳？

【調笑令】莫不是梵王宮，夜撞鐘？莫不是疏竹瀟瀟曲檻中？莫不是牙尺剪刀聲相送？莫不是漏聲長滴響壺銅？潛身再聽在牆角東，原來是近西廂理結絲桐。〔註9〕

明人改本「李西廂」汲古閣本第19齣《琴心寫恨》在宋元南戲「西廂」和「王西廂」的基礎上改爲：

（旦）是甚麼響？（貼）小姐，你試猜一猜。

【漁燈兒】莫不是步搖得寶髻玲瓏？（貼）不是。（旦）莫不是裙拖得環珮叮咚？（貼）也不是。（旦）莫不是鐵馬在簷前驟風？（貼）也不是。（旦）莫不是金鉤雙控，咭叮噹敲響簾櫳？（貼）姐姐許多般都猜不著，你再猜一猜。

【前腔】莫不是梵王宮夜撞鐘？（貼）不是。（旦）莫不是疏竹蕭蕭曲檻中？（貼）也不是。（旦）莫不是牙尺剪刀聲相送？（貼）也不是。（旦）莫不是漏聲長滴響壺銅？（貼）一發不是了。你且聽著。（旦做聽介）呀，我只道甚麼響，卻原來近西廂誰理絲桐！〔註10〕

〔註8〕 錢南揚《宋元戲文輯佚》，第167～168頁。

〔註9〕 （元）王實甫《西廂記》，王季思校注、張人和集評《集評校注〈西廂記〉》，上海古籍出版社1987年4月第1版第1次印刷，第92頁。

〔註10〕 （明）李景雲、崔時佩《南西廂記》，明末毛晉汲古閣《六十種曲》第三冊，中華書局1958年5月第1版，1982年8月第2次印刷，第51～52頁。

「李西廂」以南戲舊本爲基礎進行改寫，使用新的曲牌，把舊本曲辭全部改換爲新曲辭，而且把舊本參差不齊的句式改爲整齊劃一的七言。這令演員演唱時能夠依腔合律，而且增加鶯紅之間的賓白問答，讓鶯鶯以唱猜說「莫不是」，紅娘以八次「不是」來否定鶯鶯猜說的細節。這種曲白相間的形式，加強了主角鶯鶯和紅娘的交流互動。

（二）新增「神仙相助」等偶然性情節，加強劇情的巧合和懸念

多數宋元南戲「明改本」在主角危難之時，增加「神仙相助」的情節。以明末毛晉輯刻《六十種曲》汲古閣本的系列「明改本」爲例，就有汲古閣本《幽閨記》第 7 齣《文武同盟》寫太白金星命令土地相助陀滿興福，世德堂本《拜月亭記》第 7 折相關情節中的音樂曲牌與汲古閣本完全不同，而且刪去太白星和他唱的曲子【旋風子】。富春堂本《趙氏孤兒》第 36 齣《山神點化》和第 37 齣《朔議下山》寫土地點化趙朔下山打探妻兒的消息，汲古閣本《八義記》第 37 齣《山神點化》改編自前者，把兩齣合併爲一齣。汲古閣本《琵琶記》第 27 齣《感格墳成》寫神仙奉玉帝旨意命猿虎二將助趙五娘修築墳墓，改編自陸抄本《琵琶記》的相關情節，並且對陸抄本加以擴展。汲古閣本《荊釵記》第 25 齣《發水》寫神仙囑咐船家云有節婦投江，讓船家撈救錢玉蓮；第 26 齣《投江》寫船家在神諭之下救起投江自盡的錢玉蓮，明代戲曲選集多選收根據汲古閣本改編的折子戲「投江」等。

例如，明人改本《破窯記》改編自宋元南戲舊本的殘曲，可以見於《九宮正始》【梧葉兒】引錄宋元南戲「呂蒙正」曲文：「施威猛烈，業畜震驚。小神勇猛，凶徒難近，直教四境保安寧，功績達天庭。」[註11] 描寫神仙收服老虎的情節。明人改本《破窯記》根據南戲舊本，改編和擴充這段神仙救援劉千金的情節。現存《古本戲曲叢刊初集》所收「明改本」李九我評本《破窯記》，其中第 18 齣《虎近窯門》就以南戲舊本爲基礎，改編劇情爲：呂蒙正赴京，留下妻子劉千金獨守寒窯；風雪之夜，老虎企圖進入寒窯，劉千金危在旦夕，千鈞一髮之際，神仙出現，保護劉千金，趕走猛虎。明人改本《破窯記》對這段情節的處理較爲簡略。明傳奇《彩樓記》根據明人改本《破窯記》改編，把《破窯記》的這齣戲擴展爲兩齣戲，即擴展爲第 14 齣《虎撞窯

〔註11〕（清）鈕少雅《南曲九宮正始》，俞爲民、孫蓉蓉《歷代曲話彙編》清代編，黃山書社 2008 年 10 月第 1 版，第 674 頁。

門》和第 15 齣《神壇伏虎》，主要增寫眾神如何伏虎的過程，敘述山神、土地和小鬼前來幫助劉千金驅虎，孰料伏虎失敗，山神等人請來眾神奉玉帝之命相助，終於成功伏虎，加入眾神插科打諢的內容，比前者《破窯記》更富有喜劇色彩。此外，這類「主角有難，神仙搭救」的情節，不僅在「明改本」中出現，也在明代其他文學作品中出現，如章回小說《三國演義》等，可見文學作品之間的互相交流。

　　宋元南戲「明改本」還善於增加一些偶然發生的情節，令劇情一波三折，加強對主角的考驗。同樣是描寫世隆和瑞蘭愛情故事的「明改本」世德堂本《拜月亭記》和「明改本」汲古閣本《幽閨記》，前者第 42 齣比後者第 39 齣《天湊姻緣》多出一段情節，寫世隆聽到瑞蘭和瑞蓮在後堂吟詩，聽出她們的聲音十分熟悉，似乎是親人的聲音，遂留意她們的舉動。這段情節是世德堂本《拜月亭記》的改編者有意設置的懸念，是他故意為下文兄妹重逢、夫妻重逢的情節而做的鋪墊。又如，明代描寫「拜月亭」故事的話本《龍會蘭池錄》有一段情節描繪王尚書和女兒瑞蘭如何再次重逢，瑞蘭見信鴿方知父親歸來。「明改本」汲古閣本《幽閨記》第 25 齣《抱恙離鸞》的下半部分，改為招商店中的瑞蘭偶然見到家僕六兒，六兒通知王尚書，王尚書和王瑞蘭父女重逢。這段新增的情節使改本敘事發生突轉，加強了劇情的偶然性。

二、刪削情節

　　宋元南戲「明改本」刪去前人的「明改本」或其他「前文本」的枝蔓情節，突出劇情主線，讓情節緊湊集中。

　　明人改本刪去前人的「明改本」的枝蔓情節，如明人陸采的改本《南西廂記》第 18 齣《寫怨》，以宋元南戲舊本李景雲《西廂記》、〔註12〕李日華《南西廂記》、王實甫的元雜劇《西廂記》的「聽琴」情節為基礎進行改編。「王西廂」寫張生在月下彈琴並吟詩《鳳求凰》，借漢代文人司馬相如追求卓文君的故事，引起鶯鶯的共鳴，是整部戲的一個重要的關目。「陸西廂」刪去這段戲，改為「弔場」，頭緒過多，反而削弱了表現張生和鶯鶯感情的主幹戲。「陸西廂」刪去這段細節以後，還增加張生和琴童打諢「弔場」這場戲的篇幅。

〔註12〕錢南揚《宋元戲文輯佚》輯得宋元南戲李景雲《西廂記》的「聽琴」情節殘曲一套 12 支，除兩曲為張生所唱，其餘為鶯鶯所唱，這些曲子的形式和內容與現存各部「西廂記」不同，僅大意一致，中華書局 2009 年 11 月 1 版 1 印，第 166～168 頁。

明代戲曲選集《時調青昆》選收的折子戲「聽琴」根據「陸西廂」的改編方式，縮減鶯鶯和紅娘燒香的細節，刪去張生彈琴、鶯鶯聽琴的戲，重點突出鶯鶯聽琴的感受，然這樣的刪減重編突出了「曲」而削弱了「戲」。改編者通過「雲斂晴空，冰輪乍湧」之夜的隔牆聽琴情節，把「琴」、「月」和「牆」組合爲戲劇情境，多通過改編加強這段情節的偶然性和戲劇性，使其更富於抒情化氣息，使戲曲的敘事性更深入。這種情境也成爲士大夫的理想境界的演繹。清人葉堂《納書楹曲譜》多收錄「李西廂」曲文，說明「李西廂」的改編較佳。根據傅惜華編《西廂記說唱集》所錄，說唱單曲少收「聽琴」，全本多收「聽琴」。可見「李西廂」對「聽琴」的刪改效果較好，流傳較廣。

　　明人改本對「前文本」的情節進行刪改。如元代小說《龍會蘭池錄》描寫世隆、瑞蘭故事，宋元南戲「明改本」《拜月亭記》和《幽閨記》在南戲舊本「拜月亭」的基礎上，採取小說《龍會蘭池錄》的主要情節，對其中的枝蔓情節加以刪削，詳見文後的附錄2。

　　首先，元代小說《龍會蘭池錄》中有大量詩詞文賦，其中有興福自占、世隆和瑞蓮同念、世隆和瑞蘭互相酬唱的詩詞、瑞蘭因爲拜月亭而自撰的「拜月亭」詩等，還有世隆或瑞蘭撰寫的《拜月亭賦》、《拜月亭記》、《花房十詠》、書信、祭文、卦書、聯句等內容。這兩部明人改本多刪去其中大量的詩詞，新編爲人物的上下場詩詞。但是，明人改編者刪去小說《龍會蘭池錄》中與「拜月」本事有關的「拜月亭」詩、《拜月亭賦》和《拜月亭記》，使這些明人改本缺少了一段描寫男女主角與「拜月亭」的故事，就劇本的結構而言是一個漏洞。

　　其次，明人改編者皆刪去元代小說《龍會蘭池錄》中一些與主題無關的情節，如「說神仙」、「說戲名」等，以突出主角悲歡離合的劇情。小說中有一段情節，寫世隆病重，瑞蘭打算去鎮山廟爲世隆祈神，世隆列舉了一系列的神仙，如釋迦牟尼、觀音、達摩、佛祖、關公、鍾馗、灶神、戶神、海神等，以勸阻瑞蘭，他認爲神仙尚且不能控制自己的生死，又何以保祐人類，瑞蘭聽從了他的建議，放棄巫術，轉而請醫生給世隆看病。這裡又寫世隆病體漸漸痊癒，受邀參加梨園子弟的樓會，世隆列舉熟悉的宋元戲曲，如《琵琶記》、《趙氏孤兒記》、《西廂記》、《胭脂記》、《玉匣記》、《劉文龍》、《白兔記》、《金印記》、《破窯記》等。然明人改本《拜月亭記》和《幽閨記》都刪去了「前文本」中這兩段敘述世隆「說神仙」和「說戲名」的情節，突出了劇情的主線。

　　第三，元代小說《龍會蘭池錄》原有作者借世隆批判鬼神的情節，體現作者宣揚「無神論」的意圖，明人改本對此進行刪削，讓世隆和瑞蘭的感情戲更集中，如上文所述世隆指出神仙無法保祐人類的情節，又如小說寫世隆病重時床鋪忽然開裂，瑞蘭以為不祥之兆，世隆認為這是正常的現象。小說敘述瑞蘭與父親重逢的時候，出現瑞蘭看到鸚鵡來預報親人到來等細節。明改本《拜月亭記》和《幽閨記》都刪去這類宣揚「無神論」或「有神論」的情節。改編者取材於元代小說並且進行改編，通過大量刪削與主題無關的詩詞文賦或與感情戲無關的情節，收到較好的改編效果。明代戲曲選集根據這兩部改本收錄的「拜月亭」折子戲也比較豐富，可見明人對前代小說《龍會蘭池錄》的改編較為成功。

　　明人根據南戲舊本李景雲《西廂記》、金代說唱《西廂記諸宮調》而改編的改本，如李日華《南西廂記》、陸采《南西廂記》、周公魯《錦西廂》和徐奮鵬《定本西廂》，對南戲和說唱中的一些配角人物及其功能進行增改，也對一些次要情節進行刪改。

　　首先，這些明人改本「西廂」都刪去宋元南戲舊本中除紅娘以外的婢女「小玉」。「小玉」應為早期南戲對婢女的普遍稱謂。明代宣德年間的《金釵記》也有婢女小玉，標注「玉」。金代《西廂記諸宮調》和元人王實甫《西廂記》的紅娘都是劇中唯一的婢女。然而，元代南戲舊本「景西廂」現存殘曲之中，有一支【中呂過曲】【永團圓】：

　　　　夫人小玉都睡了，莫辜負好良宵。望天外月如洗，看砌畔花陰
　　繞。韶光半老，雙岸小溪花繡草。樓閣侵雲表，風清露皎。山隱隱，
　　水迢迢，悶把湖山靠。羅襪鞋兒小，雲鬟亂，金鳳翹。慢行休羅唣，
　　惟恐怕外人瞧。〔註13〕

這支曲子為沈璟《增定南九宮曲譜》、鈕少雅《九宮正始》和《九宮大成南北詞曲譜》等曲譜收錄。其中曲文「夫人小玉都睡了」說明元代南戲「景西廂」中，除婢女紅娘外，還有婢女小玉，這和我們現在看到的「西廂」劇本中的人物設置不同。

　　其次，元代「景西廂」出現「下棋」情節，描繪崔鶯鶯和紅娘下棋。在「西廂」故事的流傳過程中，改編者多把南戲舊本「景西廂」、前人的改作和民間小曲等內容，融合於新編的「西廂」戲曲之中。但是明代全本戲的改編者

〔註13〕錢南揚《宋元戲文輯佚》，中華書局 2009 年 11 月 1 版 1 印，第 168 頁。

都刪去這段「下棋」情節。「下棋」情節最早爲各種曲譜收錄，參見《寒山堂曲譜》、鈕少雅《九宮正始》，以及明前期戲曲摘匯本《雍熙樂府》、《盛世新聲》和《詞林摘豔》等。在它們收錄的「西廂記」題目下，出現【聚八仙】「巴到西廂……全不省琴中恨，棋內心」。〔註14〕【梁州序】「三百六十先賢留下個」〔註15〕從這些殘曲中可見鶯紅「著棋」和張生「跳牆」的情節應爲宋元南戲舊本「景西廂」中連續演出的兩個情節。元末明初的詹時雨撰寫的《補西廂弈棋》和晚進王生《圍棋闖局》就分別描寫鶯紅下棋的情景。有部分學者認爲《補西廂弈棋》是爲了增補王實甫《西廂記》第一本第三折崔張聯吟以後的內容。〔註16〕筆者認爲《補西廂弈棋》應根據元代南戲「景西廂」而來，證據有兩個：一是根據明人評價云：「又言《對弈》一折，不詳何人所增，然大有元人老手，亦非近筆所能」〔註17〕二是從明刊本「王西廂」收錄它的情況來看，《補西廂弈棋》見於現存的明弘治本、熊龍峰本、劉龍田本、閔遇五《六幻西廂》本和凌濛初本的附錄之中。各本對它的題名略有不同，如閔遇五本題爲《圍棋闖局》，凌濛初本題爲《對弈》，熊龍峰本題爲《鶯紅下棋》等。但是，這些明刊本「王西廂」都沒有把「下棋」的情節放在正文裏面，可見明人刊刻者不認可這兩本短劇《補西廂弈棋》和《圍棋闖局》在「王西廂」中的地位，詹時雨和晚進王生也不一定是爲了增補「王西廂」而寫作這兩本短劇的。明嘉靖間戲曲選集《風月錦囊》收錄民間小曲《新增皂羅袍》描繪鶯紅下棋：「此間是東廂之下，那西廂便是崔家。如今卻見活菩薩，早晚可卜姻緣卦。也來木樨樹下，觀棋戲耍。愛推車殺象，砲行打馬。瑤琴操出孤鶯話。」〔註18〕《風月錦囊》

〔註14〕 參見錢南揚《宋元戲文輯佚》，有的曲譜如《九宮正始》標注爲【聚八仙】，有的戲曲選集如《雍熙樂府》把【聚八仙】、【拗芝麻】和尾聲爲一套，中華書局 2009 年 11 月 1 版 1 印，第 169 頁。

〔註15〕 參見鄭振鐸《中國文學研究》上冊，人民文學出版社 2000 年 1 月，第 583 頁。孫崇濤《風月錦囊考釋》，中華書局 2000 年 7 月，第 247 頁（跟孫、黃《箋校》不是一本書，注意區別）。

〔註16〕 張人和、趙春寧認爲它是增補「王西廂」的作品，參見張人和《關於〈圍棋闖局〉的作者》，《東北師大學報》1988（2）；趙春寧《〈西廂記〉傳播研究》，廈門大學出版社 2005 年 3 月第 1 版。戚世雋《明代雜劇研究》對這個問題進行了簡要的梳理，指出前人研究的一些疏漏，廣東高等教育出版社 2001 年 1 月第 1 版，第 52 頁。

〔註17〕 蔡毅《中國古典戲曲序跋彙編》第二冊卷六，齊魯書社 1989 年 10 月第 1 版，第 804 頁。

〔註18〕 黃仕忠、孫崇濤《風月錦囊箋校》，中華書局 2000 年 8 月 1 版 1 印，第 67 頁。

還把「下棋」和「跳牆」視為連續出現的情節。明萬曆年間戲曲選集《群音類選》選收。李日華《南西廂記》題目下也有《跳牆弈棋》一折，但這折戲不見於現存的李日華《南西廂記》和陸采《南西廂記》。很多清代藝人也善演《著棋》折子戲。〔註19〕從宋元南戲舊本、小曲、到傳奇的規律看，估計是元代一直流傳下來的南戲的舞臺遺存。清代專門收錄舞臺演出本的戲曲選集《綴白裘》，也選收了《著棋》，考其中的曲牌和曲文，有元代南戲舊本「景西廂」的曲子，可知《綴白裘》的編選者曾看到舊本「景西廂」的劇本。經梳理，「下棋」情節源於元代南戲舊本「景西廂」。而在金代、元代和明人南曲系統的「西廂記」中，改編者並未採納這個情節。按時間順序看，「下棋」情節的發展，是從「景西廂」到元末明初詹時雨的《對弈》、晚近王生的《圍棋鬪局》，再到明嘉靖間《風月錦囊》收錄的小曲，又到明萬曆間戲曲選集收錄的《著棋》折子戲，最後到清代戲曲選集《綴白裘》收錄的折子戲和花部。由此可見「下棋」情節的生命力很強。

最後，明代「西廂」改本對「鬧齋」情節加以改造，在肅穆的背景下改編「鬧齋」情節，削減次要人物及其戲份，突出描繪主角及其感情線索。「王西廂」第一本第三折寫普救寺的和尚為逝去的崔相國做法事，張生藉此機會在崔鶯鶯面前留下好印象。明人改本「李西廂」、「陸西廂」和「徐西廂」對這段情節進行大幅度的刪削，保留崔張的感情戲，削減次要的戲份。如「李西廂」第10齣《鬧攘齋壇》削減做法事細節和眾僧為鶯鶯傾倒的細節，突出崔張之間的眉目傳情，也突出了主幹劇情和主角。「徐西廂」的《齋壇鬧會》一折，在做道場的情節裏，通過增加老夫人、鶯鶯、法本和張生的曲子，新增他們拈香禱告以及法本誦經、法聰撒花的細節，突出做道場的戲；末尾加上「李西廂」張生懇求紅娘陪伴的細節。「徐西廂」因頭緒過多，未能突出崔張感情戲，然它突出眾人做法事的盛大排場，較適合表演。「陸西廂」第9齣《赴齋》增補法朗、法聰和張生打諢的細節，超過整齣的三分之一。「陸西廂」裏張生的唱段、臺詞比鶯鶯多，可見陸采仍側重以張生的視角敘述該情節。全本戲的改編以「李西廂」改動最佳。明代據此改編的「西廂」折子戲則強調主角的感情戲，削減次要情節和配角的戲份。如明代戲曲選集《風月錦囊》收錄這個情節的折子戲主要摘錄「王西廂」的曲文，刪減做道場情節和眾人

〔註19〕　明清戲曲選集收錄的「下棋」折子戲和清代藝人演出「下棋」的情況參見趙春寧《〈西廂記〉傳播研究》，之《附錄》，第297～316頁。

因為看見鶯鶯而神魂顛倒的情節，在賓白上把崔張對話以外的其餘對白都加以刪除。〔註20〕明後期戲曲選集《群音類選》所收《張生鬧道場》折子戲，在「李西廂」的基礎上，刪去次要人物法本和法聰開場的戲，縮減次要人物紅娘、老夫人和眾僧的戲。〔註21〕明末戲曲選集《萬家合錦》選收《齋堂鬧會》折子戲，主要摘錄「王西廂」的曲文，刪減次要人物如法本、法聰的開場對話，刪去眾僧做道場的科諢賓白。〔註22〕由此可見，明代描寫「鬧齋」情節的「西廂」戲曲，注重削減次要人物及其戲份，突出描繪主角及其感情線索的情節。

三、改動情節

明人改本通過增刪改易、合併移動關目，改造原本的情節，重塑人物形象。尤其在宋元南戲的大結局裏，多描寫主要人物對曾經蔑視、欺負他的人進行懲罰，明人改編本根據宋元南戲進行改編。如明成化本《白兔記》寫知遠和三娘懲罰哥嫂，富春堂本《白兔記》對此進行改編。明萬曆間富春堂本《金印記》寫蘇秦懲罰家人，據此改編的《金印合縱記》改編了前人的結局。明李九我批評本《破窰記》寫蒙正懲罰曾經捉弄他的僧人，據此改寫的明抄本《彩樓記》對這段情節進行改編。明初《荊釵記》寫王十朋和錢玉蓮懲罰孫汝權，明末汲古閣本《荊釵記》改編之。明富春堂本《白袍記》寫唐太宗懲罰張士貴，明萬曆間據此本改編的《金貂記》又進行改寫，等等。

有部分改編者通過改編大結局，對主要人物性格進行重塑，把人物性格從睚眥必報改為寬宏大量。如明代的三部宋元南戲「明改本」《白兔記》，都在大結局部分，敘述劉知遠發跡以後回到家鄉，對哥嫂進行懲罰。明成化本《白兔記》和改編自成化本的明末汲古閣本《白兔記》在結局處，寫惡毒的嫂嫂曾許下諾言說如果劉知遠能發達，她就做個照天蠟燭；後來劉知遠衣錦還鄉，命令嫂嫂兌現諾言做照天蠟燭，即燒死。但是，這兩部改本都寫劉知遠在三娘的懇求之下，饒恕了曾經對他們很惡劣的哥哥，可見改編者對嫂嫂和哥哥的態度是截然不同的。晚明的改本《白兔記》富春堂本在前面兩部改本的基礎上，改為

〔註20〕參見（明）徐文昭《全家錦囊北西廂》卷四，孫崇濤、黃仕忠《風月錦囊箋校》，中華書局 2000 年 8 月 1 版 1 印，第 351～353 頁。

〔註21〕參見（明）胡文煥《群音類選》，王秋桂《善本戲曲叢刊》，臺灣學生書局 1987 年 11 月，第 1351 頁。

〔註22〕參見（明）《萬家合錦》，王秋桂《善本戲曲叢刊》，第 48 頁。

惡毒的哥哥和嫂嫂悔過自新，三娘和知遠也寬恕了他們，讓他們活命。成化本《白兔記》刊刻時間在成化間，與汲古閣本屬於同一系統的改本，而且成化本《白兔記》早於萬曆間富春堂本《白兔記》，可見這兩部《白兔記》對壞人的懲罰程度由重到輕。富春堂本《白兔記》由文人謝天祐改定，作者把「前文本」中「睚眥必報」的大結局改為「以德報怨」，把劉知遠形象從有仇必報重塑為胸襟寬廣之人，為劉知遠日後成為後漢的建立者增添了光環。

又以描寫蘇秦故事的兩部宋元南戲「明改本」為例。明人改本《金印合縱記》改編自較早的明改本《重校金印記》，在寫蘇秦衣錦還鄉時，把蘇秦的性格由「以怨報怨」改為胸襟廣闊，比前者更具有文人色彩。但是《金印合縱記》增加「家人奪印」的情節，比前者《重校金印記》更具有民間的色彩。首先，刊刻時代較早的明人改本《重校金印記》寫蘇秦在貧困時飽受家人的冷落和嘲笑，蘇秦官拜六國丞相以後衣錦還鄉，哥嫂父母夾道相迎，紛紛為以前的行為辯護，蘇秦逐一反駁他們，讓他們羞愧有加；在恩人蘇三叔的調和之下，蘇秦饒恕了勢利的家人，並且突然轉變態度，對他們封賞有加。這部劇本並未交代蘇秦為何輕易地在三叔的勸解之下調整思想，可以視為一個劇情上的漏洞，因此《重校金印記》的結局顯得略微生硬和文人化。其次，同樣是寫蘇秦故事的「明改本」《金印合縱記》，根據《重校金印記》、史書、雜劇等「前文本」改編，其總體的筆調比前人改本《重校金印記》更流暢幽默。尤其是《金印合縱記》在結尾處增加了一段情節，生動地描寫了家人獲得蘇秦的寬恕以後，紛紛搶奪蘇秦的「六國大相」官印，以為自己若搶得官印就能當丞相，頗為有趣。《金印合縱記》的改編者在增加蘇秦家人「奪印」情節的同時，削弱了「前文本」《重校金印記》中蘇秦的家人辯解失敗這段細節的篇幅，改為皇帝下詔對蘇家進行封贈，削弱了《重校金印記》蘇秦駁斥家人這段情節的色彩。其實，《金印合縱記》和《重校金印記》對情節的改寫並沒有固定的規律，或者說並未表現出改編者屬於哪一類階層，改編者只是根據劇情隨機組合題材，把文人視野和民間視野融匯於一體。比如《金印合縱記》把蘇秦改為胸襟廣闊的人，比前人改本《重校金印記》更具有文人色彩，但是它又在結尾處增加「家人奪印」情節，比前人改本《重校金印記》更具有民間色彩。此外，明人改本《金印合縱記》在大結局處出現「家人奪印」情節，和已佚的元雜劇《李三娘麻地捧印》、成化本《白兔記》大結局「李三娘麻地捧印」的情節有交流，體現了文學作品之間的互動。

　　此外，宋元南戲「明改本」還善於通過增加與劇中重要信物有關的情節，為主要劇情做鋪墊。如「明改本」描寫「拜月亭」故事的世德堂本《拜月亭記》在改編男女主角的感情戲時，抓住重要的信物「雨傘」，收到良好的效果。「雨傘」為世隆和瑞蘭感情戲中的重要道具，是主角定情的信物。明代改寫「拜月亭」故事的改本世德堂本《拜月亭記》和汲古閣本《幽閨記》在「曠野奇逢」情節中，敘述世隆和瑞蘭因為尋找各自失散的親人而相遇，瑞蘭對世隆芳心暗許，請求和世隆一起趕路，世隆答應了瑞蘭的請求，兩人同撐一把傘，在風雨中同行，互生情愫。世德堂本《拜月亭記》第14齣中出現了雨傘這一道具，劇情寫兄妹世隆和瑞蓮同行，兩人分別兩次念誦上場詩，世隆叮囑妹妹走路要小心，並說前面下雨，要把雨傘撐起來，這段戲為下文「曠野奇逢」情節做鋪墊。這時舞臺當表演下雨天世隆和妹妹撐傘同行的場景。這齣戲被汲古閣本《幽閨記》改編為第14齣《風雨間關》，是引起第17齣《曠野奇逢》的關鍵劇情。《幽閨記》這齣戲也描寫世隆和瑞蓮兄妹同行，但沒有出現世隆和瑞蓮兄妹共傘的細節。這齣戲保留了世隆的上場詩，寫他叮囑妹妹要小心，還刪去妹妹念的詩，接著寫世隆著急趕路，一時間顧不得走得慢的妹妹，先走一步。在這段情節裏，世德堂本《拜月亭記》寫世隆撐傘而行的細節，為世隆和妹妹失散、巧遇瑞蘭並且「共傘」的重要情節做了鋪墊，故世德堂的改編效果比沒有雨傘的汲古閣本要好。

第二節　對其他情節的增刪改寫

　　宋元南戲「明改本」不僅在原著的基礎上，對主要情節加以加工和改造，也對其他情節進行增刪改易，讓劇情轉折自然、敘述順暢，並突出主要情節和主角的形象。

　　首先，宋元南戲「明改本」《破窯記》和《彩樓記》以南戲舊本「呂蒙正」為基礎，改編「潭府逐婿」、「梅香送米」、「夫妻歸窯」「蒙正乞粥」等情節。

　　宋元南戲「明改本」《破窯記》第5齣《相門逐婿》取材於南戲舊本「呂蒙正」的「逐婿」情節。根據《九宮正始》所收南戲舊本「呂蒙正」有曲子【纏枝花】【前腔】「相府相府多榮貴，要你這窮丐為女婿。瘋子枉自生狂意，不嫁你空嘔氣。他樣兒甚所為，怎生地求佳配？與你有何干係？恁出語沒巴

臂。」〔註23〕觀其內容，應爲劉千金的父親劉相國所唱，意爲嫌棄蒙正窮酸，
無法接納這位窮女婿。《破窯記》把情節擴充爲如下內容：呂蒙正接受了劉千
金的彩球並且跟隨劉千金來到劉府，劉父甚爲欣賞蒙正，但是爲了鍛鍊女婿
的才幹，要取回劉千金招親的絲鞭，劉千金不聽從父親的命令，父親狠心地
把女婿女兒逐出家門。《破窯記》中仍保留這南戲舊本中一些劉相國所唱的曲
子，在南戲舊曲的基礎上，保留了相國指責蒙正窮酸的曲文大意和零星字句，
把原曲的曲文拆分到【八聲甘州】【前腔】【前腔】【解三醒】【前腔】之中，
體現了相國對這位未來女婿的不滿。其中，【八聲甘州】外扮劉相國唱「都是
孩兒不忖量，看此人焉是我家東床？」又有【前腔】外唱「相門容貴，不道
玷辱門牆？」【不是路】外唱「……豈他家配偶，這般姻契我兒休想」【解三醒】
附帶的【前腔】外唱「笑窮酸恁般不忖量，惱得我怒氣衝冠沒處藏。」〔註24〕
《破窯記》還在南戲的基礎上，把「逐婿」的篇幅增加至 7 頁，構成一齣首
尾連貫、劇情完整的戲。明人改本《彩樓記》第 5 齣《潭府逐婿》在南戲舊
本「呂蒙正」和明代前人改本《破窯記》的基礎上，把這段戲改爲劉相國和
蒙正之間的衝突：首先保留前者的【解三醒】「告雙親怎生擔當」，把第一句
曲文的演唱者由劉千金獨唱改爲蒙正獨唱，改變開端處的曲文「告雙親」爲
「告大人」；在第二句曲文中，把蒙正獨唱改爲蒙正和劉相國分唱，把曲文內
容改爲劉相國認爲蒙正太猖狂，蒙正認爲劉相國太嚴厲，劉相國堅持婚姻要
門當戶對，還在曲文中加上劉相國貶低蒙正的賓白；保留南戲舊本和《破窯
記》中劉相國嘲笑蒙正的曲子【前腔】「笑窮酸恁般不思量」，加上一段蒙正
的滾白和曲文「又道朱門生餓殍」、「試看我胸藏錦繡文章」，把這支曲子的內
容改編爲相國嘲笑蒙正窮酸，蒙正雖然受驚，但是馬上反應過來，有理有據
地反駁相國；最後刪去前者在這支曲中寫的劉千金和蒙正的對話。明人改本
《彩樓記》的改編，在《破窯記》的基礎上，突出了蒙正勇於追求幸福、奮
力與家長爭辯的形象，寫出了蒙正對劉千金的珍惜。

　　「明改本」《破窯記》和《彩樓記》還通過改編一些次要的情節，爲蒙正
和劉千金的生活加入浪漫色彩。如「明改本」《破窯記》第 9 齣《破窯居止》

〔註23〕（清）鈕少雅《南曲九宮正始》，俞爲民、孫蓉蓉《歷代曲話彙編》清代編，
　　　　黃山書社 2008 年 10 月第 1 版，第 391 頁。
〔註24〕（明）《呂蒙正風雪破窯記》，王季思《全元戲曲》卷十，人民文學出版社 1999
　　　　年第 1 版，第 292 頁。

在開端處，有一段「夫妻歸窯」的情節，描述呂蒙正在把新婚妻子劉千金帶回寒窯的途中發生的故事。其中，蒙正和劉千金分唱的三支曲子【夜行船】【啄木兒】【前腔】還有他們之間的賓白，寫他們處於從京城的客店趕赴寒窯的途中，離寒窯越來越近了。據《破窯記》改編的《彩樓記》第8齣《夫妻歸窯》在開頭處保留了這段情節，但是對這段情節進行縮減，把三支曲子改為一支曲子【劃秋兒】，其曲文取材於前者的【前腔】，而且在前者的基礎上加入「劉千金腿軟介，蒙正攬介」的舞臺提示，寫出新婚夫婦之間的真情。現存地方戲川劇《彩樓記》的《返窯》一折，以明人改本《彩樓記》的《夫妻歸窯》為基礎，改以特殊的舞臺表演方式體現這對夫婦「雙雙把家還」的深情厚誼。川劇《彩樓記》的《返窯》表演時間雖短，卻是一場優美的舞蹈。扮演蒙正和劉千金的兩位演員走過獨木橋，踏著荊棘遍地的曲徑，邊走邊演，唱做俱佳，身段優美，表情豐富，能激發觀眾的想像力去感同身受。川劇的改編，讓演員入戲，也讓觀眾入戲，達到「物我兩忘」的戲曲境界。

　　其次，明代「白兔記」改本對南戲舊本「劉智遠」中劉知遠、李三娘夫婦「遊春」的情節加以改造。元代南戲舊本「劉智遠」在【金羅紅葉兒】條目下，收錄以起始曲牌為【江兒水】的兩支集曲，分別為「【江兒水】沽酒誰家好，前村問牧童。【梧葉兒】遙指杏園中，【水紅花】好新豐，青簾風送。正好提壺挈檻，那更玩無窮，咱兩個醉春風也囉！【淘金令】雙手共出，共出莊門，聽取西郊，樂聲風送。【皂羅袍】（合）合你百年歡笑，兩情正濃，百年偕老，兩心正同，恩情又恐怕如春夢。」〔註25〕另外一支格式相同的集曲，起始曲子為【江兒水】「想像襄王夢，巫山十二峰」。明末汲古閣本《白兔記》以這兩支集曲為基礎，把曲牌改為【金井水紅花】，曲文大意不變，僅改動個別字句。

　　宋元南戲「明改本」多保留原本的主要情節，然根據表演、接受和傳播的需要對故事情節有所增刪，注重情節的跌宕起伏，對主要劇情進行鋪敘和擴展，「明改本」改編情節時，寫出主要人物的高尚品格，崇尚人物自然樸素的「真性情」和「忠信孝義」的美德，構築「情景交融」的審美境界。「明改本」在改編的時候注重情節的跌宕起伏和鋪敘詳盡。晚明時，這些改本中的精彩情節被改編為折子戲，並且對清代的「花部」劇目造成影響，促進了戲曲的通俗化傳播。

〔註25〕 （清）鈕少雅《南曲九宮正始》，俞為民、孫蓉蓉《歷代曲話彙編》清代編，
　　　　黃山書社 2008 年 10 月第 1 版，第 713～714 頁。

第三章　宋元南戲「明改本」對人物形象的改寫和重塑

　　前修時賢多關注宋元南戲「明改本」熱門劇目人物形象的改編研究。通過文本比勘，我們發現，「明改本」在宋元南戲舊本的基礎上，對主要人物形象進行改寫或者重塑，豐富了人物性格，寫出了主角之間的親情、愛情、愛國之情和忠義之情；「明改本」對主要人物形象的改寫，大多刪去低俗的情節，把人物形象改得較爲正面，強調男女主角的「眞情」，充滿積極向上的樂觀精神；南戲舊本中的次要人物，性格單薄、形象蒼白、不引人注目，缺乏敘事功能，然「明改本」賦予其自主意識，強化其敘事功能。

第一節　主要人物形象的改寫

　　情節是人物性格發展的歷史。宋元南戲「明改本」在宋元南戲舊本的基礎上，從其他「前文本」中吸取創作經驗，通過增刪情節豐富主要人物的性格。

一、男主角的改寫

　　宋元南戲「明改本」通過增補情節和次要人物，刻畫男主人公形象。

　　宋元南戲「明改本」中的男主角分爲兩種。一種是文人書生，「明改本」主要描寫他們以一介寒儒的身份，如何與佳人相遇結合，在這個過程中強調他們通過科舉考試和其他途徑博取功名的過程。如「明改本」《拜月亭記》和《幽閨記》的蔣世隆，《破窯記》和《彩樓記》的呂蒙正，《荊釵記》的王十

朋，明代南曲系統「西廂」改本的張生等。一種是帝王英雄，改本多寫他們從平民成長為英雄的道路，詳細描寫他們建功立業的過程，把他們的感情故事和婚姻生活作為劇情的點綴，包括《白兔記》的劉知遠，《白袍記》的薛仁貴，《金貂記》的薛丁山，《金印記》的蘇秦等。

在對待感情的態度上，大多數的「明改本」延續宋元舊本男主角正直、真摯、執著等優點，並通過增刪改易情節，對他們的優點進行深入刻畫，突出人物的「真情」。

明代改編者通過增加情節，強調男主角對待感情的真誠和專一。如改編者分別在「破窯記」和「拜月亭」故事中增補了男主角「接絲鞭」的情節，塑造了他們對於真感情勇於爭取、堅定執著的品格。宋元舊本殘曲「呂蒙正」沒有這段情節。但是，明代戲曲選集《樂府紅珊》收錄的《呂狀元宮花報捷》一齣，題為《絲鞭記》，其曲文與李九我批評本《破窯記》基本相同。俞為民指出此處「從劇名來看，不題《破窯記》而題《絲鞭記》，顯然劇中必定有遞絲鞭的情節，」〔註1〕但現存明代「破窯記」的改本都沒有這個情節。

宋元南戲舊本「拜月亭」結尾處的「誤接絲鞭」情節描寫官媒誤投絲鞭，錯把瑞蘭許配給興福，把瑞蓮許配給世隆，世隆和瑞蘭也接受了官媒的許婚，違背了當初的誓言；在婚宴上，世隆和瑞蘭得知對方錯接絲鞭，互相指責；官媒得知此事，隨機應變，轉遞絲鞭，成人之美。清代鈕少雅《九宮正始》冊二正宮過曲【四邊靜】也引錄宋元南戲舊本「拜月亭」的「轉卻絲鞭，夫妻兩隨」一曲。明代世德堂本《拜月亭記》第42齣的【四邊靜】繼承自宋元南戲舊本。鈕少雅《九宮正始》冊七越調過曲【二犯排歌】曲下，引錄宋元南戲舊本「拜月亭」的「文官狀元」一曲，描寫世隆和瑞蘭因為絲鞭的事情相互埋怨。明代戲曲選集《秋夜月》也選錄《誤接絲鞭》一折，其內容與明代戲曲選集《南音三籟》選錄的相關情節相似。〔註2〕

宋元南戲「明改本」繼承和改編這段「接絲鞭」的情節。「明改本」的汲古閣本《幽閨記》第36齣《推就紅絲》，也敘述官媒給新科文狀元世隆、新科武狀元興福提親。陀滿興福本來就孑然一身，所以高興地接受了官媒的絲鞭，接受官媒的撮合；但是，世隆掛念在患難之中結親的妻子王瑞蘭，所以遲遲不肯接受絲鞭。這段情節塑造了世隆感情專一的形象。「明改本」世德堂

〔註1〕俞為民《宋元南戲考論》，臺灣商務印書館1994年9月第1版，第173頁。
〔註2〕俞為民《宋元南戲考論》對此有較為詳細的論述和分析，參見第125～128頁。

本《拜月亭記》第 39 齣《官媒送鞭》也描寫了官媒給世隆和興福送絲鞭,讓兩位狀元「接絲鞭」的情節。雖然世德堂本《拜月亭記》的曲牌和曲文與汲古閣本《幽閨記》完全不同,但這齣戲的情節梗概相同,主要人物官媒、興福和世隆也相同,然在處理主角的形象上面有所不同:世德堂本《拜月亭記》寫世隆首先接受了官媒的絲鞭「(淨丑)從人少佳,請文武狀元接受絲鞭。(淨)與生介。」〔註3〕但是世隆思量再三,「(生)【啄木兒】承媒氏禮甚嘉,始進身登科方顯達,未曾得補報微分,豈可安享榮華?……【三段子】我自詳自察,他那裡知咱怨咱。」〔註4〕世隆覺得接受了官媒的提親就等於背叛了他和瑞蘭的愛情,他不能辜負髮妻王瑞蘭,於是退還絲鞭,然而之後又猶豫不決,在媒人的幾番勸說之下接受了絲鞭:「(生)絲鞭還淨介。(淨)狀元你不接呵,我怎麼答忍下得辜他負他。(生)沉吟介」。〔註5〕汲古閣本《幽閨記》第 36 齣《推就紅絲》把這段情節改爲世隆在媒人遞送絲鞭的時候就斷然拒絕了:

> (末丑)我兩人是王尚書府中差來的,一來奉天子洪恩,二來領尚書嚴命,特來遞送絲鞭,請二位老爺同諧佳偶。(小生收科。末丑)二位小姐眞容在此,狀元請看。(生看,沉吟,悲科。小生)哥哥,今日遞送絲鞭,是個喜事,爲何墮下淚來?(生)兄弟,你自受了絲鞭,我斷然不受。〔註6〕

這顯得世隆意志堅定、沒有猶豫,其形象顯然比世德堂本《拜月亭記》的塑造更爲堅決。

「西廂」中的張生,在宋元南戲中的形象是執著而堅定的,在元雜劇中對鶯鶯的態度也十分專一。宋元南戲舊本「景西廂」現存殘曲,描述了張生對鶯鶯的眞情。根據錢南揚《宋元戲文輯佚》所收,這些曲子包括描寫月下聽琴的【黃鍾過曲】【滴溜子】「聽別院,聽別院,漏聲漸冉。香風靄,香風靄,楚雲飄渺。告天,天還知道。願逢冰上人,月下老,早叫我一雙雙團圓到老。」〔註7〕描寫張生跳牆以後,鶯鶯翻臉,張生懊悔的【南呂過曲】【前

〔註3〕 (明)《新刊重訂出相附釋標注月亭記》世德堂本卷二,《古本戲曲叢刊初集》第 10 冊,文學古籍刊行社 1954 年 2 月,第 31 頁。

〔註4〕 (明)《新刊重訂出相附釋標注月亭記》世德堂本卷二,第 30～31 頁。

〔註5〕 (明)《新刊重訂出相附釋標注月亭記》世德堂本卷二,第 31 頁。

〔註6〕 (明)《繡刻幽閨記定本》,明末毛晉汲古閣《六十種曲》第 3 冊,中華書局 1958 年 5 月第 1 版,1982 年 8 月第 2 次印刷,第 104 頁。

〔註7〕 錢南揚《宋元戲文輯佚》,中華書局 2009 年 11 月 1 版 1 印,第 168 頁。

腔】「我忒恁志誠，你爲人忒負心。把一首新詩明寫，西廂下迎故人。我特地赴佳盟，恐來遲辜負您。」【仙呂近詞】【河傳序】「……使咱憔悴損。自迷做個無情鬼，落得甚？閻王行只得攀下您。問春花，又那曾辜負東君？」【前腔換頭】「先世紅絲曾結定，陪了多少志誠，吃了無限顛驚。非是輕可緣分，不是容易到今。」〔註8〕等等。

　　明代南曲系統的早期改本「李西廂」汲古閣本遵循南戲舊本的路徑塑造張生形象，主要體現張生對鶯鶯的深情、執著和專一。如「李西廂」汲古閣本第23齣《乘夜逾垣》仍寫張生跳牆被鶯鶯假意指責一段，在舊本曲文的基礎上，把這齣戲改爲鶯鶯獨唱或鶯鶯與紅娘分唱，僅在末尾出現張生的唱段，把張生的唱詞改爲【普天樂】「再休題春宵一刻千金價，準備著寒窗更守十年寡。猜詩謎羞了杜家，尤雲殢雨休誇，莫指望西廂月下。山障了拂牆花枝低亞，偷香手做了話靶。參不透風流調法，淫詞兒早已折罰。」〔註9〕又如，汲古閣本「李西廂」第29齣《秋暮離懷》寫張生與鶯鶯「長亭送別」，上半場演張生和鶯鶯的告別，張生一開場就和鶯鶯分唱【臨江仙】，接著張生獨唱【普天樂】「碧雲天，黃花地」，〔註10〕張生和鶯鶯分唱【雁聲犯】，張生獨唱【傾杯序】，然後與鶯鶯合唱【尾聲】；下半場演老夫人、紅娘、法本等人一起來到長亭送別張生，他們唱的曲子較多，故張生有份額唱的曲子比上半場少得多，僅【前腔】和【一撮棹】兩支曲子。明代戲曲選集胡文煥的《群音類選》的《南西廂記》條目選收《長亭送別》折子戲，根據「李西廂」改編而來。這場戲主要表現張生和鶯鶯的依依惜別之情，刪減了老夫人、紅娘和法本爲張生餞行的戲，僅留下老夫人唱【催拍】和眾人合唱的一支曲；刪去張生上場曲【臨江仙】，保留張生詠歎情侶分別的經典唱段【普天樂】「碧雲天，黃花地」；保留張生和鶯鶯的對手戲。《群音類選》的改編，突出了主角的感情戲，尤其突出張生對鶯鶯的依依惜別之情。而「陸西廂」增加一段張生遊妓院的情節，但是張生認爲這些美人都不及鶯鶯美麗，改編者的目的顯然是通過寫張生對妓院眾位美人的不動心，以示張生對鶯鶯的「眞情」。明代周公魯的改本《錦西廂》描繪張生第一次考試未中狀元，仍對鶯鶯癡情，不肯屈就

〔註8〕　錢南揚《宋元戲文輯佚》，中華書局2009年11月1版1印，第169頁。
〔註9〕　（明）李景雲、崔時佩《南西廂記》，明末毛晉汲古閣《六十種曲》第三冊，中華書局1958年5月第1版，1982年8月第2次印刷，第68頁。
〔註10〕　（明）李景雲、崔時佩《南西廂記》，第84頁。

伏虎女；被皇帝欽賜爲狀元以後，對鶯鶯仍然十分堅定，保持「志誠」形象，顯然受到《琵琶記》的影響。明代無名氏的改本《東廂記》寫鶯鶯病逝，張生非常思念鶯鶯並祭奠之，因而夢見鶯鶯。〔註11〕這些「明改本」或增加新的情節，或加強細節的刻畫，或改變表演方式，讓張生形象更豐滿。

　　在對待事業的態度上，宋元南戲「明改本」通過增補戲劇化的情節，把男主角形象塑造爲理想的士大夫形象，突出其才華橫溢的特點。

　　明代改編者在劇本中新增一些士子遊玩的情節，如「陸西廂」、《幽閨記》、《三元記》、《四德記》等。這些改本以莊重肅穆的科舉考場作爲士子們娛樂消遣的場所。這不僅是因爲劇作家拿科舉制度來消遣，而且體現了作家對社會不良現象的揭露。改編者以其他士子的游手好閒與男主角認眞苦讀詩書的態度進行對比，高下立見。

　　明代改編者還通過增加一些戲劇性的情節，寫出士子登科的偶然性，寄託士大夫希望獲得賞識的理想。如明人周公魯《錦西廂》寫張生初次赴試時，發揮失常，不幸落榜；當朝皇帝在檢閱科舉考試的試卷時，偶然看到張生的詩作，又因爲文臣白居易在皇上面前極力推薦張生，皇上對張生十分青睞，召見張生，當朝殿試；皇上對張生讚賞有加，於是破格欽賜狀元。這段新增的情節，寄託了懷才不遇的白衣秀才們希望抓住機遇，實現「朝爲田舍翁，暮登天子堂」的理想，讓千古士大夫的美夢成眞。有的「明改本」還把寒士、書生改爲文武雙全的才子。如富春堂本《白兔記》保留「前文本」中寫劉知遠偶然打敗瓜精，獲得兵書、寶劍的巧事；通過新增描寫他既勤奮學習兵法、熟讀兵書，又能把知識運用於戰場之中、立下汗馬功勞的情節，塑造其文武全才的形象。如明人周公魯的改本《錦西廂》敘張生奉旨帶兵打仗，張生不負眾望，凱旋而歸。明代改編者新增這些情節，寫出男主角既能寫文章，也能征戰沙場，改變了他原本是草莽之士或者是文弱書生的形象，讓主角的才能更豐富。

　　明代改編者多渲染科舉考場的氛圍，通過增加配角，襯托男主角的卓爾不群和過人的才華。如明人改本《破窯記》第 16 齣《同僚赴選》和據此改編的劇本《彩樓記》第 13 齣《春闈應試》，在情節上大致一樣，都描寫呂蒙正

〔註11〕（明）《東廂記》已佚，折子戲參見（明）胡文煥編《群音類選》選收《東廂記》之《致祭感夢》，王秋桂《善本戲曲叢刊》，臺灣學生書局 1987 年 11 月，第 1342 頁。

等士子參加科舉考試的過程。「明改本」《破窯記》中的生扮蒙正，淨丑末分別扮演三位士子，這四位人物一起奔赴考場。相對於衣冠楚楚的其他三位士子而言，蒙正衣著寒酸，所以這三人都輕視蒙正。在《破窯記》的這段戲裏面，生腳只唱了一支曲子，其餘的曲子爲淨丑末三個腳色分唱。這齣戲的曲文的數量和對白所佔篇幅均等，各自佔據戲文內容的一半。根據前人改本《破窯記》而改編的「明改本」《彩樓記》在前者基礎上縮減這齣戲的篇幅，讓音樂曲文退居次要地位，改爲以對白和科諢爲主要戲份。《彩樓記》讓生扮蒙正，丑扮配角士子，雜、眾和外分別扮演考官和督考者，以蒙正和配角士子在考場上的不同反應製造對比效果：在考官出題時，蒙正對答如流、「腹有詩書氣自華」，而配角士子抓耳撓腮、東拼西湊、不知所云，考官勃然大怒，下令把配角士子逐出考場，這突出了蒙正的才華之高。這齣戲末尾還在前者的基礎上，增加外扮考官的一首下場詩，內容爲考官自白其心中已有新科狀元的人選，但是沒有說破，這便引起了觀眾對劇情的「期待」。《彩樓記》的改編者以增改的方式表現蒙正的才高八斗。又如明代「西廂」改本，如「陸西廂」、「徐西廂」、《錦西廂》等改本，都在明初改本「李西廂」的基礎上，描寫張生赴試，增加鄭恒等人與張生一同參考科舉考試的情節，寫士子鄭恒等人不學無術，其才華、人品都不如男主角張生。明代「西廂」的改編者通過這些配角的插科打諢，反襯張生對待科舉的嚴肅正經，以此塑造男主角出類拔萃的美好形象。類似的改編情況還有明人改編的汲古閣本《琵琶記》第8齣《文場選士》增補陸抄本《琵琶記》蔡伯喈參加科舉考試的情節，與其他實力不如蔡伯喈的士子進行對比，以顯示蔡伯喈的鶴立雞群；汲古閣本《幽閨記》第33齣在世德堂本《拜月亭記》的基礎上，簡要地提示「照例開科」即遵循表演科舉考試情節的熟套來演出這一齣戲，寫世隆和興福分別參加文狀元和武狀元的科舉考試，並且拔得頭籌，表現他們的實力超群。

二、女主角的改寫

宋元南戲「明改本」對於女主角的改寫可分爲兩種：一種是將矜持羞澀的女性形象改寫爲勇於爭取愛情和婚姻自由的女性形象。改編者多描寫這些女性遇見有緣人、戀愛結婚的過程。如「明改本」《拜月亭》和《幽閨記》的王瑞蘭，《破窯記》和《彩樓記》的劉千金，《荊釵記》的錢玉蓮，明代部分南曲系統「西廂」改本的崔鶯鶯等，大致都把這些女性的形象由大家閨秀、

千金小姐改寫爲主動追求幸福的女性。一種是把率真大膽的女性改寫爲「賢妻」、「節婦」或「妒婦」形象。改編者多描寫這些女性的婚姻生活，尤其是妻子和丈夫、家人和鄰里之間的關係。如明人改本《琵琶記》的趙五娘和《白兔記》婚後的李三娘，《白袍記》的柳氏、《殺狗記》的楊氏、《金印記》和《金印合縱記》的周氏形象，都被增補潤色爲「賢妻」形象。明人改本《東窗記》、《精忠記》和《精忠旗》把岳夫人的形象改爲烈女，《續西廂升仙記》改寫婚後的崔鶯鶯爲妒婦等。

（一）將矜持羞澀的女性形象改寫為勇於爭取愛情和婚姻自由的女性形象

宋元南戲「明改本」汲古閣本《幽閨記》本自宋元南戲舊本「拜月亭」。南戲舊本「拜月亭」在描述世隆和瑞蘭「曠野奇逢」的情節時，有【撲燈娥】一曲，云「自親不見影，他人怎相庇？既然讀詩書，惻隱怎生周急？我是孤兒你是寡女，廝趕著教人猜疑。亂軍中誰來問你？緩急間，語言須是要支持。」〔註12〕「明改本」世德堂本《拜月亭記》第19齣《隆遇瑞蘭》在舊本的基礎上，改編爲世隆和瑞蘭因爲尋找各自的親人而相遇，瑞蘭主動提出與世隆結伴同行，世隆起初拒絕了瑞蘭，瑞蘭遂游說世隆使之同意。其中有一段情節，寫瑞蘭俏皮地說世隆身爲讀書人，卻沒有讀過《詩經》的「窈窕淑女，君子好逑」，這段對話取自南戲舊本「拜月亭」的曲文「既然讀詩書，惻隱怎生周急？」也源於《詩經》「窈窕淑女，君子好逑」的典故，細膩地展現了男女主角的情意萌動。根據南戲舊本和前人「明改本」世德堂本《拜月亭記》改編的汲古閣本《幽閨記》第17齣《曠野奇逢》，在【古輪臺】【前腔】【撲燈娥】之間增加一段世隆和瑞蘭的對白，世隆試探瑞蘭是否婚配，瑞蘭回答說沒有，世隆竊喜道「要知窈窕心中意，盡在搖頭不語中」〔註13〕可見此時的世隆已對美麗大膽的「窈窕淑女」瑞蘭暗生情愫，然他這時頗爲羞澀，只好根據瑞蘭的神態舉止猜測佳人的想法。如果將這兩部明改本中的兩段對話合併，其表演效果應該比改本的原本精彩，更能表現男女主角互相試探的心理。

〔註12〕 （清）鈕少雅《南曲九宮正始》，俞爲民、孫蓉蓉《歷代曲話彙編》清代編，黃山書社2008年10月第1版，第291頁。

〔註13〕 （明）《繡刻幽閨記定本》，明末毛晉汲古閣《六十種曲》第3冊，中華書局1958年5月第1版，1982年8月第2次印刷，第90頁。

改編者多關注這些女性對待愛情婚姻的態度，多把她們遇到「有情人」以後的心態從被動改爲主動。如宋元南戲「明改本」《破窯記》之《破窯居止》一齣，原有蒙正唱【前腔】以安慰新婚妻子劉千金，說自己日後必定發達，再也不讓妻子受苦。劉千金接著蒙正唱了兩支【前腔】曲子，曲文描寫她聽從了丈夫的勸解，調整心態，希望日後丈夫也要爭氣。根據這個劇本改編的《彩樓記》第8齣《夫妻歸窯》刪去這三支【前腔】，把曲文改爲賓白，描寫劉千金對蒙正說：「官人，但願你立志。若做高官，不枉奴家受今日之苦。」〔註14〕《彩樓記》把《破窯記》中劉千金的態度從被動跟隨蒙正改爲主動跟隨。在這裡，劉千金沒有哭泣，也沒有因爲蒙正居住寒窯而嫌棄他，而是以這句話表示甘願陪伴丈夫一起受苦，相信丈夫必能出人頭地。《彩樓記》的改編者新增的這句話，豐富了劉千金的個性，體現她具有良好的心態和堅毅的愛情信念。

但是，也有的明人改本把女性對待婚姻的態度從主動改爲被動。如宋元南戲舊本「劉智遠」的殘曲【望妝臺】寫李父爲女兒「許婚」情節，三娘唱道「爹爹說話好不知機……山雞怎入我鳳皇棲？」〔註15〕可見舊本應有一段這樣的情節：劉知遠是個普通的平民漢子，李父看見劉知遠日後必然發跡，便做主把女兒三娘嫁給劉知遠，三娘不理解父親的用意，便對父親說出自己的疑惑，父親勸說三娘，使之答應婚事。明代改本《白兔記》在宋元舊本「許婚」情節的基礎上，吸取宋元《五代史平話》、金代《劉知遠諸宮調》的相關情節，增刪劇情關目，對李三娘的形象進行改寫。《劉知遠諸宮調》改爲「李自主薦婚」。《五代史平話》改爲「李父做主嫁女」。明代成化本《白兔記》保留前者「金蛇引郎君」情節，沒有採納南戲舊本「劉智遠」的【望妝臺】曲子和《劉知遠諸宮調》的「李自主薦婚」情節，在《五代史平話》「父親做主嫁女」情節的基礎上擴展爲：

> （外白）眞個要見了休害怕。孩兒，這不是？（旦白）見了後此心驚料，莫是妖精把他纏？（外唱）孩兒休得氣衝衝。大貴人蛇穿七竅中，一朝運通，九霄氣衝，異日喧昂，他把妻子來封。（外白）孩兒，蛇穿五竅，五霸諸侯；蛇穿七竅，大貴人也。〔註16〕

〔註14〕 （明）《彩樓記》，黃裳校注，古典文學出版社 1956 年 11 月，第 23～24 頁；《古本戲曲叢刊》本《彩樓記》，第 23 頁。

〔註15〕 （清）鈕少雅《南曲九宮正始》，俞爲民、孫蓉蓉《歷代曲話彙編》清代編，黃山書社 2008 年 10 月 1 版 1 印，第 271 頁。

〔註16〕 （明）《新編劉知遠還鄉白兔記》，《續修四庫全書》集部曲類 1745 冊，上海古籍出版社 2002 年 4 月 1 版 1 印，第 416 頁。

這段情節改爲「李三娘跟隨金蛇而來，看到劉知遠蛇穿七竅，父親告訴她劉知遠日後必然富貴，李三娘答應親事」。明代汲古閣本《白兔記》第 6 齣《牧牛》中的這段情節與成化本《白兔記》類似。但是，這部改本採納了南戲舊本「劉智遠」的【望妝臺】，並且改編曲牌爲【傍妝臺】，僅改易個別曲辭。在這兩部明人改本《白兔記》成化本和汲古閣本中，李三娘對婚姻的態度由主動變爲被動，從大膽爭取愛情的「農家女」變爲矜持的深閨小姐。

改編者多突出女主角對待感情的「眞」。如宋元南戲舊本和元雜劇中「西廂」故事中的鶯鶯是一位有才智有主見，勇於追求眞愛的千金小姐。「明改本」「西廂記」多保留其女主角的地位和小姐身份，強調鶯鶯對張生用情至深。「王西廂」有鶯鶯等候張生迎娶自己的情節，強調鶯鶯對張生的癡情和執著。明人周公魯《錦西廂》則改爲鶯鶯和老夫人回到老家等候張生的消息。又如，宋元南戲舊本「拜月亭」刻畫了瑞蘭感情忠貞的美好品格。如《九宮正始》收錄舊本「拜月亭」的三支曲子，〔註17〕寫王尚書嫌貧愛富，強行拆散病重的世隆和瑞蘭。明人改本《拜月亭記》吸取了宋元南戲舊本「拜月亭」的相關曲文，以及元代小說《龍會蘭池錄》瑞蘭不畏父權而勇敢地爲世隆辯護的情節，突出瑞蘭追求愛情自由的鮮明個性。元代小說《龍會蘭池錄》原本寫瑞蘭與世隆私自成親以後，不顧父母的阻撓，不願意改嫁，而是執著地守候世隆，塑造了瑞蘭的癡情形象。明代兩部「拜月亭」改本的改編，對瑞蘭形象及其相關情節加以增刪改易。如元代小說《龍會蘭池錄》有如下一些情節：瑞蘭的父母不同意她和世隆的婚姻，打算讓她改嫁他人，瑞蘭被父母軟禁在家，又收到世隆已逝的小道消息，遂肝腸寸斷、爲之痛哭，她爲「亡夫」世隆撰寫了一篇情眞意切的祭文，這篇文章感動了瑞蓮；世隆因緣際會看到瑞蘭的這篇祭文，也深深地被瑞蘭的眞情感動。這段情節突出瑞蘭對世隆的「眞情」。然明人改本《幽閨記》汲古閣本的改編者沒有選取在《龍會蘭池錄》中的上述情節，較爲可惜。

大多數宋元南戲「明改本」把女主角改爲正面、積極的形象，也有的改本將女主角改爲自私、貪財的負面形象。例如，明人周公魯的改本《錦西廂》寫鶯鶯讓紅娘代替自己嫁給鄭恒，鶯鶯擔心鄭恒瞭解眞相以後前來興師問罪，不顧及紅娘的情況，連夜和老夫人遠走高飛。這讓鶯鶯的形象遜色不少。

〔註17〕　（清）鈕少雅《南曲九宮正始》，俞爲民、孫蓉蓉《歷代曲話彙編》清代編，黃山書社 2008 年 10 月第 1 版，第 665 頁收錄【灞陵橋】敘述「拆散」情節，第 678 頁【二犯六么令】描寫「拆散」情節，第 708 頁收錄【尹令】描寫「蘭訴衷情」情節。

（二）將大膽潑辣的少婦改寫為「賢妻」、「節婦」等形象

根據宋元南戲舊本「蔡伯喈」改編的明人改本《琵琶記》，多改編趙五娘吃糠、代替公婆嘗湯藥、剪長髮湊棺材費、以手挖墳葬公婆、彈琵琶千里尋夫、描畫公婆真容等情節。根據南戲舊本「劉智遠」改編的「明改本」《白兔記》，多改編李三娘拒絕改嫁、汲水、挨磨、產子、送子、守候丈夫等情節。取材於宋元南戲舊本「凍蘇秦」的「明改本」《金印記》和《金印合縱記》，多描寫蘇秦的妻子周氏忍受親人的譏誚，為了給蘇秦湊路費而當釵、賣釵、當絹等情節。還有取材於宋元南戲的「明改本」《白袍記》和《金貂記》，改編薛仁貴的妻子柳氏告知丈夫皇上招兵的消息，十幾年如一日地在家守候丈夫立功歸來的情節。

如「明改本」成化本《白兔記》為塑造李三娘的性格而保留「前文本」中的「搶棍」、「捧印」等情節，描寫李三娘的大膽潑辣。比如，明成化本《白兔記》在結尾處，寫李三娘和劉知遠久別重逢，有一段情節：

> （旦）【鎖南枝】聽你說轉痛心思，知你是薄倖人，你離了家裏戀新婚，撇奴家冷清清。我真繫守，等你受榮華。奴遭薄倖，上有青天，終不成誤我前程。（生）浩娘子免憂，指娘子免憂。若不是娶秀英，焉能勾做官人？我將綠襖挾金冠前來娶你，今朝做一個夫人。
>
> （旦）官人，你既有娶我之心，你將什麼為引？（生）我懷中有四十八兩黃金印，這個是李三娘麻地捧印，劉知遠衣錦還鄉。〔註18〕

劉知遠告訴三娘自己在外多年，已再娶岳小姐為妻。李三娘希望獲得大夫人的位置，要求劉知遠日後安排岳夫人位居第二，她看到知遠猶豫不決，便要怒罵劉知遠。這段情節改編自金代《劉知遠諸宮調》和已佚失的元雜劇《李三娘麻地捧印》。《劉知遠諸宮調》的結尾有一段情節敘述李三娘怒罵欺負了自己十幾年的哥嫂。明成化本《白兔記》以此為基礎，刪去三娘怒罵哥嫂的情節，新增了三娘怒罵劉知遠的情節，以此發洩三娘對丈夫停妻再娶、享受榮華富貴，而自己卻被迫受苦的憤怒。此外，劇中新增李三娘雖然看到劉知遠歸來，但是她沒有完全確信劉知遠當上了高官，也不相信劉知遠說要再次迎娶她的諾言，她主動詢問久別的丈夫「你既有娶我之心，你將什麼為引？」於是劉知遠給李三娘展示「四十八兩黃金印」作為憑據，三娘這才相信了知

〔註18〕　（明）《新編劉知遠還鄉白兔記》，《續修四庫全書》集部曲類 1745 冊，上海古籍出版社 2002 年 4 月 1 版 1 印，第 432 頁。

遠。但是，明前期成化本《白兔記》以樸素的筆調塑造的這位潑辣的三娘，卻在明末汲古閣本《白兔記》中被作者改爲隱忍順從的女性，如第 32 齣《私會》：

> （旦）我的受用，不比你的受用。來這裡看，這是磨房，這是水桶。
>
> （丟桶介，旦倒，生扶介。）【孝南枝】（旦）聽伊説轉痛心，思之你是個薄倖人。伊家戀新婚，交奴家守孤燈。我眞心待等，你享榮華，奴遭薄倖，上有蒼天，鑒察我年少人。【前腔】（生）告娘行聽諾啓，望娘行免淚零。若不娶繡英，怎得我身榮。將彩鳳冠來取你，取你到京中做一品夫人。三姐，我有三臺金印在此，你可收下，三日後來取你，還我金印。如不來取你，就把他撇在萬丈深潭。他不能出世，我不能做官。（旦）官人，如今哥嫂知道了怎麼好。（生）你如今往三叔家住下。（旦）曉得哥哥使心機。（生）明日教他化作灰。善惡到頭終有報，只爭來早與來遲。（旦取水桶，生踢介，同下。）

〔註19〕

在這段情節裏，三娘性格中的「野性」被削弱，「奴性」被增加。在汲古閣本改本《白兔記》中，三娘沒有主動要求丈夫以信物作爲憑據，其形象比成化本缺少了主動性；而且，三娘和劉知遠闊別十幾年以後，自然會產生疏離感，成化本《白兔記》三娘的主動索取，比汲古閣本《白兔記》的三娘更爲符合常情。此外，汲古閣本《白兔記》增加了三娘丟水桶和拿水桶的動作「（丟桶介，旦倒，生扶介。）」和「（旦取水桶，生踢介。）」這爲三娘的性格增添了「逆來順受」的一筆，而劉知遠把這象徵哥嫂的水桶踢走，象徵他們從此可以不再受到哥嫂的壓迫。

第二節　主要人物形象的重塑

宋元南戲「明改本」對部分主要人物的形象，多在改易宋元南戲舊本和其他「前文本」的基礎上進行重塑，改變主角人物的性格特徵，讓他們的形象煥然一新。

〔註19〕（明）《白兔記》，明末毛晉汲古閣《六十種曲》第 11 冊，中華書局 1958 年 5 月第 1 版，1982 年 8 月第 2 次印刷，第 86 頁。

一、男主角的重塑

　　部分宋元南戲「明改本」把男主角從地痞無賴、心胸狹窄的人變為謙謙君子。這些改本有明代汲古閣本《幽閨記》、富春堂本《白兔記》、《彩樓記》等。

　　改編者刪去低俗的劇情，突出男主角的正面形象。宋元南戲舊本「拜月亭」中的世隆形象較為正直。現存收錄南戲舊本「拜月亭」的曲譜《九宮正始》僅收錄描寫世隆和瑞蘭洞房花燭情節的曲子一支，名為【江頭送別】，曲文云「天台路，當日曾，降臨二仙。桃花岸，武陵溪，賺入劉阮。不爭再把程途踐，仙凡自此隔遠。」〔註20〕從曲子的內容可見這支曲子借助劉晨、阮肇遇仙女的典故，描繪世隆和瑞蘭的結合。小說《龍會蘭池錄》原為元人創作，明人收錄於小說集《國色天香》和《繡谷春容》之中。據考證，這部小說創作時間在明代之前，即早於明人改本世德堂本《拜月亭記》和汲古閣本《幽閨記》，從小說的主幹情節中可見它對這兩部明人改本的影響。

　　明改本世德堂本《拜月亭記》和汲古閣本《幽閨記》在宋元南戲舊本的基礎上，刪掉了明代話本《龍會蘭池錄》中有損男主角蔣世隆形象的一些低俗情節，重塑了世隆的儒生形象，詳見本文附錄2，舉例如下：

　　（1）明代話本《龍會蘭池錄》中的世隆形象，原為有才貌、深情、有流氓氣的白衣秀士，經過科舉考試而高中狀元，最後和女主角瑞蘭終成眷屬。「明改本」世德堂本《拜月亭記》和汲古閣本《幽閨記》刪去他好色無賴的性格，改為積極正面的形象。

　　（2）小說《龍會蘭池錄》曾經詳細敘述世隆和瑞蘭同行，世隆對瑞蘭求歡，遭到瑞蘭的拒絕，「明改本」世德堂本《拜月亭記》和汲古閣本《幽閨記》刪去這些情節，塑造世隆斯文有禮的形象。

　　（3）小說《龍會蘭池錄》在世隆和瑞蘭私定終身的劇情處鋪敘詳盡，具有濃厚的色情意味。「明改本」世德堂本《拜月亭記》和汲古閣本《幽閨記》刪去這些露骨的描寫，注重描寫他們在精神層面上的結合。如汲古閣本第22齣《招商諧偶》在中間部分描寫有情人你追我趕的情況，在結尾處只提及一對新人在證婚人王公和王婆的祝福之下共拜天地。汲古閣本的改編方式，使全劇的思想境界比小說要高雅。

〔註20〕　（清）鈕少雅《南曲九宮正始》，俞為民、孫蓉蓉《歷代曲話彙編》清代編，黃山書社2008年10月第1版，第576頁。

（4）在世隆生病的情節裏，小說《龍會蘭池錄》敘述世隆病重，瑞蘭悉心照顧，二人的感情加深。小說原有世隆不顧自己患病而要求和瑞蘭合歡、遭到瑞蘭拒絕的細節。「明改本」世德堂本《拜月亭記》和汲古閣本《幽閨記》刪去這段細節。通過比較，宋元南戲舊本中的蔣世隆較為真摯、誠懇，小說《龍會蘭池錄》中的蔣世隆較為無賴、庸俗，而「明改本」《幽閨記》刪去有損世隆形象的細節，重塑了正直、誠實的蔣世隆形象。可見，「明改本」改編者的思想境界比元代話本作者要高。

又如，在《九宮正始》收錄的宋元南戲舊本「呂蒙正」中，有蒙正「乞寺撞鐘」的情節。《九宮正始》收錄明人改本《彩樓記》蒙正中狀元以後，回憶當年在寺廟乞討時被和尚耍弄的「撞鐘」情節，有【撼亭秋】云「聽得鐘聲傳送，不覺的怒盈胸。記取當年此門中，特地相調弄。尋思起，怎不教人惡氣衝衝？」〔註21〕《九宮正始》又收錄蒙正因為家境貧寒，無米下鍋，不得不在大雪天氣去寺廟「乞粥」，或稱「邏齋空回」的情節，有【江兒水】第五格云「謁盡朱門遍，只落得空手回。漫空中大雪紛紛地，寂寞孤村無鄰里。這些粥食從何至？問取娘行來歷。說與因依，也知詳細。」〔註22〕《九宮正始》又有【小女冠子】云「腰金衣紫身榮貴，喜得功名譽，動達丹墀。今朝特地遊山寺，可看取舊日留題。」〔註23〕這三支曲子說明在宋元南戲舊本「呂蒙正」中，有一段情節描寫蒙正在大雪天去寺廟乞粥，卻被勢利的和尚耍弄，把飯前敲鐘改為飯後敲鐘；蒙正中了狀元以後，重回寺廟，回憶起當年的這段經歷，不禁怒氣衝衝。

「明改本」《破窯記》和《彩樓記》根據南戲舊本，改編呂蒙正「乞寺撞鐘」的情節，寫蒙正去附近的寺廟乞齋飯，卻受到和尚捉弄，故意讓他趕不上用膳的時間；蒙正發跡以後重回寺廟，和尚們對蒙正的態度發生逆轉。《破窯記》第26齣《夫妻遊寺》敘述蒙正夫妻同遊當年破窯附近的木蘭寺，蒙正發現當年自己的詩歌被和尚們罩上碧紗罩，和尚們認為是神仙題詩。蒙正告訴妻子當年自己如何題詩的故事，還在現場續寫了這首詩。《彩樓記》第19齣《重遊舊寺》在《破窯記》的基礎上進行改編，新增一些滑稽的情節：首先，和尚們為了不得罪狀元爺，想辦法給蒙正的舊詩套上漂亮的紗罩。此時，

〔註21〕　（清）鈕少雅《南曲九宮正始》，俞為民、孫蓉蓉《歷代曲話彙編》清代編，
　　　　　黃山書社2008年10月第1版，第211頁。
〔註22〕　（清）鈕少雅《南曲九宮正始》，第712頁。
〔註23〕　（清）鈕少雅《南曲九宮正始》，第378頁。

蒙正一行人已經來到寺門外。和尚們無路可走，妝扮為廟中佛像。狀元爺的先鋒隨從進入寺內，奉命捉拿和尚。《彩樓記》在此處新增一段表演提示「手下虛白打丑，倒介，一手下通丑鼻孔，拿下。」〔註24〕改編者以「繩牽畜生」為喻，讓隨從代替蒙正懲罰了嫌貧愛富的和尚，表演情形滑稽可笑。其次，在《破窰記》中，蒙正讓手下各打和尚四十大板以示懲戒；《彩樓記》改為蒙正讓手下各打兩位和尚三十大板，又因為夫人的求饒而罷休，減少了打板子的數量，保留了夫人求饒的情節。最後，《破窰記》寫蒙正原本要親自懲罰和尚，妻子勸他要以德報怨，蒙正遂罷休。《彩樓記》新增蒙正不計前嫌，還要捐錢修寺的情節：

> （蒙正白）寺院為何如此頹墮？（二丑和尚白）年深日久，都倒壞了，狀元老爺。（蒙正白）看緣簿過來。（丑和尚取介。）（蒙正白）待我書上，信官呂蒙正，同妻劉氏，捨銀一千兩，重修木蘭寺。去罷。（院子應，寫介）〔註25〕

可見，明代《彩樓記》把蒙正從斤斤計較的小人重塑為寬容大量的大丈夫。

明代改編者還把男主角從負心漢重塑為重情重義的好丈夫。如在宋元南戲舊本「劉智遠」、小說《五代史平話》和說唱《劉知遠諸宮調》中，男主角劉知遠好賭、尚武、喜歡鬥雞走狗，而且十幾年來對李三娘棄之不顧，是一位負心人的形象。《五代史》、《五代史平話》、《劉知遠諸宮調》都描寫劉知遠神蛇附體，突出他從平民百姓發跡變泰成為帝王的傳奇故事。〔註26〕「明改本」富春堂本《白兔記》逐步消除劉知遠身上神靈附體的色彩，有意弱化劉知遠的地痞氣息，轉而強調他為環境所迫、背井離鄉，在艱苦環境中與命運、社會抗爭的過程。

如劉知遠在史書、「說唱」和「小說」裏原為只懂得耍槍弄棍的武夫，明代萬曆年間的富春堂本《白兔記》將「發跡變泰」的負心漢劉知遠重塑為重情重義的好丈夫。明末汲古閣本《白兔記》在富春堂本的基礎上，增入劉知遠吟詩賞酒的情節，將其文人化。如汲古閣本《白兔記》第 8 齣《遊春》多被明代折子戲選集收錄；第29齣、第32齣和第33齣的「唱四季」曲文也和遊賞情節相關。還有，富春堂本《白兔記》第22折詳細描繪劉知遠如何運用兵法來佈陣，表現劉知遠深得戰術要領，其形象從莽漢變為文武兼備的將軍。

〔註24〕（明）《彩樓記》，黃裳校注，古典文學出版社 1956 年 11 月，第 67 頁。
〔註25〕（明）《彩樓記》，第 67～68 頁。
〔註26〕本文主要論述三部「明改本」《白兔記》，包括成化本、汲古閣本和富春堂本。

富春堂本《白兔記》改編者在改編「金蛇引見如意郎君」這段情節時，與明成化本、汲古閣本都不同，也並未遵從史書、筆記、說唱和小說的敘事模式，將「前文本」中劉知遠熟睡時「金蛇穿七竅」的關目改爲第 7 折「掃廳」：描寫劉知遠受雇李家，打掃廳堂，李父通過「面相」，認定劉知遠必「貴不可言」，即爲女兒做主，讓劉知遠入贅。富春堂本《白兔記》中的劉知遠亦由「前文本」中神靈附體、發跡變泰的神變成了文武兼備、重情重義、腳踏實地的人，文人氣息亦比成化本、汲古閣本《白兔記》更濃厚。明清時期，以「掃廳」爲內容的折子戲經常上演，並被改編爲地方戲，流傳廣泛。可見富春堂本《白兔記》的改編得到民眾的普遍認同。

　　有些宋元南戲「明改本」將男主角從君子變爲市井無賴。改編者或在男主角的戲份中增添許多品味低下的語言，把他們對待感情的態度從一心一意變爲用情不專，還寫出他們性格中的薄情寡義。又如部分明代「西廂記」改本顛覆了「董西廂」以來張生對鶯鶯一往深情的形象，塑造其三心二意的形象，尤其和紅娘關係曖昧。明代改本「李西廂」雖然主要按照「董西廂」、「王西廂」的思路塑造張生，然在第 24 齣《臨期反約》增加一段情節，寫張生跳牆，鶯鶯翻臉，張生並未滿足，遂以言語調戲紅娘，向紅娘借裙帶，遭紅娘拒絕，「（生抱紅作解衣鋪地介）」〔註27〕紅娘詐稱琴童到來，掙脫跑下，張生還怨責紅娘的薄情。在「陸西廂」第 22 折中，改編者對此進行擴充：

　　　　（生）小生死也，願借裙帶一用。（貼）要怎的？（生）要解來
　　自縊。（貼）呸，哄我脫了裙兒，要我哩。（生）不敢，煩小娘子送
　　我書房中去。（貼）禽獸，姐姐不肯倒要我替。（生）小娘子休見棄，
　　片時而已。〔註28〕

明代「徐西廂」也有類似的情節：

　　　　（生）小姐氣殺人也，紅娘誤殺人也，我也奈小姐不何，只是
　　扯紅娘進我書房裏去，把著實常個小姐來用。（生扯科，紅走科，云）
　　你適才遇著小姐不曾強，到來強扯我。（生）小姐是個嫩嬌花，不禁
　　強風驟雨，你則不同了。〔註29〕

〔註27〕　（明）李日華《南西廂記》之《點校說明》，張樹英校注，中華書局 2000 年
　　　　11 月第 1 版，第 4 頁。
〔註28〕　（明）陸采《陸天池西廂記》，簡稱陸采《南西廂記》，《古本戲曲叢刊初集》
　　　　第 64 冊，文學古籍刊行社 1954 年 2 月，無頁碼。
〔註29〕　（明）徐奮鵬《詞壇清玩槃薖碩人增改定本西廂記》上卷《偷情阻興》情節，
　　　　明萬曆刻本，第 77 頁。

明代的「黃西廂」甚至寫張生和鶯鶯成婚以後和紅娘關係曖昧，居然想納紅娘為妾，他屢次向紅娘求歡，遭到紅娘的拒絕；鶯鶯因妒忌而藉故辱罵紅娘，張生為紅娘辯護。明人增加男主角三心二意的情節，可見部分改編者對「一夫多妻」制度的津津樂道。改編者還在男主角的戲份中增添一些俚俗的語言。如明代戲曲選集《玄雪譜》所選「聽琴」折子戲的開場，在「李西廂」的基礎上，新增張生的賓白「事成就了，買一副三牲祭獻你，若不成就，把你碎碎劈了當柴燒。」〔註30〕這段賓白將張生塑造為市井之徒。

有的「明改本」突出男主角的薄情寡義。如汲古閣本《白兔記》第 24 齣《見兒》寫竇公向劉知遠訴說遠方的李三娘如何受苦、孩子如何名為「咬臍郎」、自己「千里送子」時沿途求乳等辛酸之事，又寫劉知遠對這個兒子很薄情。當劉知遠將自己有髮妻的情況向新婚妻子岳小姐坦白以後，詢問岳小姐是否願意接受咬臍郎：

> （生扶起介）是我，起來。（淨）你一發擴充了。（生）懷抱小廝是那個？（淨）是你的兒子。【山坡羊】（生）幸然孩兒來至，不覺交人垂淚。謝伊送我孩兒到此，面貌與娘俱無二。竇老兒，可有乳名了麼？（淨）三娘沒有剪刀，把口咬斷臍腸，叫他咬臍郎。（生）兒名咬臍，是你親娘自取的。聞伊見說，見說肝腸碎，兩淚交流一似珠。孩兒，你親娘在那裡？孩兒，爹在東時娘在西。（淨）劉官人不要啼哭了，三姐在家受苦，早早回去。（生）竇公，待我進去稟過夫人。（淨）這裡又是一個夫人？（生）我入贅在岳府了。（淨）劉官人，石灰布袋，處處有跡。（生進介小旦）相公，甚麼人？（生）夫人，實不相瞞，前日府中說沒有妻子。下官不才，我有前妻李氏三娘，生下一子，著火公竇老送到這裡來。夫人肯收，著他進來；夫人不肯收，早早打發他回去。〔註31〕

劉知遠面對親生兒子，對新婚夫人說「假如你不喜歡他，我便可以不要這個兒子。」汲古閣本的這段細節體現了劉知遠「發跡變泰」以後，把糟糠之妻拋於腦後，還為了討好新婚妻子，寧願不接受親生兒子。幸好劇中描寫岳小

〔註30〕 （明）鋤蘭忍人《玄雪譜》，王秋桂《善本戲曲叢刊》，臺灣學生書局 1987 年 11 月，第 88 頁。

〔註31〕 （明）《白兔記》，明末毛晉汲古閣《六十種曲》第 11 冊，中華書局 1958 年 5 月第 1 版，1982 年 8 月第 2 次印刷，第 67 頁。

姐責怪劉知遠，應收下兒子，否則劉知遠對待岳小姐的諂媚嘴臉實在令人厭惡。汲古閣本《白兔記》的改編者也新增竇老諷刺劉知遠的話道：「這裡又是一個夫人」、「石灰布袋，處處有跡」等，以旁觀者視角寫出作者對劉知遠另攀高枝、喜新厭舊的鄙視。改編者新增劉知遠的賓白如「夫人肯收，著他進來，夫人不肯收，早早打發他回去」，描寫了他入贅權貴之門以後對待糟糠之妻的寡情薄義，具有批判色彩。明代早期的成化本《白兔記》也有鄰居給劉知遠「千里送子」的劇情，卻沒有這段話，該本中劉知遠的形象比汲古閣本顯得更有人情味。

二、女主角的重塑

宋元南戲「明改本」對女主角形象進行重塑，或進行美化，或扭曲和醜化。明代多數改編者對女主角形象進行美化。如明代三部具有代表性的《白兔記》改編本，在「前文本」的基礎上，對李三娘形象進行重塑，將其由「前文本」中大膽潑辣、吃苦耐勞的「農家女」，寫成孝順父母、善良賢惠、吃苦耐勞、忠貞不二、重視家庭、寬宏大量、集傳統美德於一身的「賢妻」。明初成化本《白兔記》將李三娘從「前文本」中「劉知遠背後的女人」升級爲故事女主角，改變了李三娘在故事中的地位。明代後期汲古閣本《白兔記》的改編，一是增加「留莊」、「說計」和「強逼」等情節；二是擴充「分娩」、「送子」和「私會」等情節。汲古閣本《白兔記》在「捱磨」、「汲水」、「分娩」、「私會」等齣，以蘸滿感情的筆墨強調三娘受苦的過程，突出其善良、堅韌的性格特徵。早於汲古閣本的富春堂本《白兔記》，和前兩部改本的情節相似，增加更多細節描述三娘的性格。如富春堂本《白兔記》第 24 折敘述三娘被哥嫂逼改嫁、誓死不從的基礎上，增加三娘被強剪頭髮的情節。這段「剪髮」情節承襲自《劉知遠諸宮調》，然諸宮調的原文已經佚失。汲古閣本《白兔記》並無剪髮情節。富春堂本《白兔記》對「剪髮」的保留，反映改編者在題材的選擇上較注意表現三娘「如何生子」的過程，其目的是爲了突出三娘生子的艱辛，戲劇效果非常突出。汲古閣本《白兔記》刪之，戲劇效果不如富春堂本。又如敘述三娘夢中分娩，富春堂本《白兔記》第 27 折原有「末扮土地引鬼抱兒子上」的情節，土地自述三娘注定日後富貴，玉帝頒旨恩賜三娘產子，玉帝令土地告知三娘兒子有危險，必須千里送子。汲古閣本《白兔記》沒有這段細節，比富春堂本的三娘形象更爲人性化。值得注意的是，明代《白

兔記》全本改編最多的是夫妻的對手戲和三娘受苦的戲，如「遊賞」、「分別」、「挨磨」、「汲水」等。改編者突出塑造三娘的賢妻形象，讚賞李三娘的「美」和「德」。

　　有的宋元南戲「明改本」有意拔高女主角的形象，或把她們的性格改爲忠貞節烈，或把她們改爲慈悲爲懷。如明代三部改寫岳飛戲的《東窗記》、《精忠記》和《精忠旗》，都對史傳中的岳夫人形象進行拔高。史傳原本記載岳飛和岳雲死後，其家眷舉家遷往嶺南。岳飛妻子和女兒爲史書忽略。宋元南戲舊本「東窗」殘曲並未提及岳飛妻女的結局。「明改本」《精忠記》改爲岳飛的大部分親眷追隨岳飛而死節。《精忠記》虛構了她們的相關戲份。岳飛的妻女共在五齣戲裏出現：第 2 齣《賞春》，寫岳夫人、女兒岳銀瓶和岳飛、岳雲等其樂融融；第 13 齣《兆夢》，寫岳夫人做惡夢，第 14 齣《說偈》，寫岳夫人請解夢，得知此夢不吉；第 24 齣《聞訃》，寫岳飛父子遇害，僕人告知岳夫人和銀瓶；第 25 齣《畢命》，寫岳夫人和銀瓶來到岳飛父子遇害的杭州，以便收斂家屬遺體，岳夫人祭奠丈夫和兒子時，銀瓶投井自盡，岳夫人也隨之撞死。《精忠記》寫岳夫人和岳銀瓶以自盡的方式保全節操，有意突出他們的「貞烈」。改編者爲何增加這些虛構的情節以塑造岳飛妻女形象？明代社會宣揚女性遵從「三貞九烈」的道德觀念，改編者當受影響。又如明代富春堂本《白兔記》寫李三娘迎接發跡的丈夫劉知遠回家，劉知遠要懲罰哥嫂，卻在李三娘的勸解下饒恕了他們。富春堂本的三娘有意拔高三娘，容易產生反效果，故不受歡迎。

　　還有的宋元南戲「明改本」對女主角形象進行醜化。個別明代南曲系統「西廂」改本將善良美麗的千金小姐鶯鶯塑造爲妒婦形象。如「黃西廂」寫鶯鶯和張生結婚以後的生活。鶯鶯善妒，不讓張生和紅娘接近，企圖把紅娘許配給琴童，遭到紅娘拒絕。這部改本中的鶯鶯原本心胸狹隘、惡毒善妒，屢次爲難紅娘，最後終於在紅娘的點化之下悟道升仙。

第三節　其他人物的改寫

　　宋元南戲「明改本」中的其他人物，分爲兩類。一類是正面、善良、友好的人物，包括「明改本」《白兔記》李三娘的親戚李三叔、鄰居竇老和友人史弘肇，《琵琶記》趙五娘的鄰居李大公，《拜月亭》蔣瑞蓮、陀滿海牙和陀

滿興福父子，《金印記》蘇三叔，《趙氏孤兒記》的公主，明代南曲系統「西廂」改本的紅娘、惠明、杜確、琴童、法聰等。改編者對於這類人物，多豐富他們的人物性格，增加其個性，通過插科打諢，取得喜劇性和戲劇性的效果。部分人物原本不具備敘事功能，然在改編之後具有敘事功能和自主意識。一類是勢利、奸詐、醜惡的人物，包括《金印記》蘇秦的父母和哥嫂，《荊釵記》錢玉蓮的繼母、姑姑和孫汝權，《東窗記》、《精忠記》和《精忠旗》秦檜及其黨羽，明代南曲系統「西廂記」改本的孫飛虎和鄭恒等。改編者對於這類人物，大多進行醜化或重塑，具備敘事功能和自主意識，寄寓劇作家的褒貶之情。

一、對主角起正面作用的人物形象的改寫

宋元南戲「明改本」亦注重對和主角關係好的人物，如鄰里、僕人、丫鬟、和尚、友人等進行改寫。

（一）有意突出其他人物友好、善良、正直、樂善好施等性格

三部宋元南戲「明改本」「李西廂」、「陸西廂」、「徐西廂」，對宋元舊本中「惠明下書」的情節進行增改。在宋元舊本中，崔府一家人暫居普救寺，遭遇孫飛虎帶領賊兵圍寺欲強搶崔鶯鶯，幸虧張生出計給白馬將軍杜確寫信解圍，此時缺乏送信者，住持法本推薦惠明和尚；惠明和尚出場，張生用激將法令其送信，惠明成功完成任務。這段和尚送信突圍的情節一般寫惠明獨自送信。

「陸西廂」第 12 齣在惠明上場時增加他和張生、法本的插科打諢。〔註32〕這使這齣戲的頭緒增加，沖淡了情節主線，使這段情節變得次要。張生智激惠明本是有戲之處，陸采卻改為以純粹的對話為主，故改編效果不如其他本。「李西廂」汲古閣本把描寫惠明的齣目增改為三齣，其中第 14 齣《潰圍請救》為「董西廂」和「王西廂」所無，寫惠明並非只懂得以武力衝鋒陷陣，然主要以智力取勝。「徐西廂」的《馳書解圍》不僅人物、情節和敘事模式取自「王西廂」，音樂形式上亦然，描繪惠明下書的【滾繡球】套數和曲文照搬「王西廂」。

通過對明代的折子戲進行研究，可以考察「惠明下書」情節的受歡迎程度。明代戲曲選集多收「惠明下書」折子戲。戲曲選集《群音類選》收「南西廂」之《書遣惠明》一折，選錄「李西廂」《許婚救援》的曲子，刪去《潰

〔註32〕（明）陸采《陸天池西廂記》，簡稱陸采《南西廂記》，《古本戲曲叢刊初集》第 64 冊，文學古籍刊行社 1954 年 2 月。

圍請救》表現惠明如何突圍的曲子。戲曲選集《萬壑清音》收錄和改編「王西廂」《惠明帶書》一折，用「王西廂」原文。〔註33〕這些折子戲都重點表現惠明如何肩負起送信的任務。清代戲曲選集《審音鑒古錄》選收《慧明》一折，特意增加舞臺提示「淨扮慧明，垂頭、懶怠、倦眼，拖棍上介」，〔註34〕劇本評點云此齣：

> 俗云「跳慧明」。此劇最忌混跳。初上，作意懶聲低，走動形若病體，後被激，聲屬、目怒，出手起腳俱用降龍伏虎之勢，莫犯無賴綠林身段，是劇皆宜別之。〔註35〕

它強調惠明的表演要體現從懶散到剛猛的轉變，如此才能加強戲劇效果，抓住人物形象塑造的關鍵。傅惜華《西廂記說唱集》收錄南詞《西廂記》和《惠明寄書》的相關小曲，〔註36〕其曲文摘取「王西廂」和「李西廂」的相關語句改造而成。此外，在《西廂記說唱集》中收錄《西廂記鼓詞》、《西廂記子弟書全本》和《六才子西廂南音全本》等關於「惠明下書」的曲文。〔註37〕由宋元南戲「明改本」、折子戲和清代說唱的收錄和改編，可見從明至清，「惠明下書」折子戲都比較受歡迎。

　　由此可見，「惠明下書」是崔張愛情發展的重要組成部分，對劇情發展其關鍵作用：一是使劇情的波折，讓張生衝破障礙，救得美人；二是為男女主角的感情線埋下伏筆，為下文鶯鶯得救和崔張感情進的一步發展做準備。惠明形象以「李西廂」的改寫為宜。惠明在「董西廂」裏原本就是有戲之人，「王西廂」改編為戲劇性較強的人物，明人改本「西廂」仍注重保留或加強其戲劇性，有意突出惠明的正直、俠氣。故明人改本「李西廂」對惠明的改寫流傳較廣，多被明代戲曲選集選收的折子戲收錄，改編效果較好。

〔註33〕 上述明代戲曲選集載於王秋桂《善本戲曲叢刊》，臺灣學生書局 1984～1987年；其中《群音類選》選收李日華《南西廂記》之《書遣惠明》於第 1353 頁以及收王實甫《西廂記》之《白馬解圍》於第 1773 頁，《萬壑清音》收《惠明帶書》於第 169 頁，臺灣學生書局 1987 年 11 月。

〔註34〕 （清）《審音鑒古錄》，王秋桂《善本戲曲叢刊》，臺灣學生書局 1987 年 11 月，第 648 頁。

〔註35〕 （清）《審音鑒古錄》，第 653 頁。

〔註36〕 清代馬如飛說唱《西廂記》第 395 頁，南詞《惠明寄書》第 397 頁，載傅惜華編《〈西廂記〉說唱集》，上海古籍出版社 1986 年 8 月第 1 版。

〔註37〕 《〈西廂記〉鼓詞》第 215 頁，《〈西廂記〉子弟書全本》第 332 頁，《南音六才子西廂全本》第 421 頁，載傅惜華編《〈西廂記〉說唱集》。

（二）有意拔高其他人物的形象，增強次要人物的敘事功能

宋元南戲「明改本」改編者在「前文本」的基礎上，改寫其他人物的形象，有意拔高這些人物的形象，增強他們的敘事功能。

如宋元南戲舊本「拜月亭」中蔣世隆的妹妹蔣瑞蓮，本來是一位次要人物。從南戲舊本殘存的曲文和情節來看，蔣瑞蓮在劇中的地位不如女主角王瑞蘭。如《九宮正始》收錄【二郎神慢】曲子，敘述「姊妹拜月」情節：「拜新月，寶鼎中名香滿熱。只願我拋閃下男兒疾較些，得再睹同歡同悅。我這裡悄悄輕將衣袂扯，卻不道小鬼頭春心動也。那嬌卻，無言俯首，熅熅紅滿腮頰。」〔註38〕《九宮正始》收錄又一曲【鶯集御林春】為集曲「【鶯啼集】恰才的亂掩胡遮，事到如今漏泄。【集賢賓】姊妹每心腸休見別，父親每是有些周折。教他難推怎阻？【簇御林】一星星對伊仔細從頭說。【三春柳】他姓蔣，世隆名，中都路是家，是我男兒受儒業。」〔註39〕這兩支曲文，講述瑞蘭和瑞蓮一起在後花園燒香拜月，瑞蓮為了丈夫世隆而對月祈禱，被瑞蓮聽見，以向父親告狀為由，讓瑞蘭坦白；瑞蘭遂道出夫君的姓名，兩個人才知道原來世隆是聯繫他們的又一道紐帶，她們既是姊妹也是妯娌。時間與南戲舊本「拜月亭」相當的元代小說《龍會蘭池錄》，多把筆墨花在瑞蘭形象的塑造上，花在瑞蓮身上的筆墨很少。明改本汲古閣《幽閨記》第32齣《幽閨拜月》採納南戲舊本的曲文以塑造瑞蓮形象，把這兩支曲子分別改編為【二郎神】和【鶯集御林春】：

> 【二郎神】（旦）拜新月，寶鼎中明香滿熱。（小旦潛上聽科。
> 旦）上蒼，這一炷香呵，願我拋閃下男兒疾較些，得再觀同歡同悅。
> （小旦）悄悄輕將衣袂拽。姐姐，卻不道小鬼頭春心動也。（走科。
> 旦）妹子到那裡去？（小旦）我也到父親行去說。（旦扯科。小旦）
> 放手，我這回定要去。（旦跪科）妹子，饒過了姐姐。（小旦）姐姐
> 請起，那喬怯，無言俛首紅暈滿腮頰。
>
> 【鶯集御林春】（小旦）恰才的亂掩胡遮，事到如今漏泄。姊妹
> 每心腸休見別，夫妻每是有些周折。（旦）教我難推怎阻？罷罷，妹
> 子，我一星星對伊仔細從頭說。（小旦）姐姐，他姓甚麼？（旦）姓

〔註38〕（清）鈕少雅《南曲九宮正始》，俞為民、孫蓉蓉《歷代曲話彙編》清代編，黃山書社2008年10月第1版，第508頁。

〔註39〕（清）鈕少雅《南曲九宮正始》，第540～541頁。

蔣。（小旦）他也姓蔣，叫甚麼名字？（旦）世隆名。（小旦）呀，

他家住在哪裏？（旦）中都路是家。（小旦）姐姐，你怎麼認得他？

他是甚麼樣人？（旦）是我男兒受儒業。〔註40〕

汲古閣本《幽閨記》在南戲舊本的基礎上，對這段情節進行增改。主要加入
瑞蓮的賓白和舞臺動作，如在【二郎神】的曲文中加入瑞蓮打趣瑞蘭的賓白
「〔小旦〕我也到父親行去說。」「放手，我這回定要去。」「姐姐請起」，又
加入瑞蓮的舞臺動作提示「〔小旦潛上聽科〕」、「〔走科〕」，顯出瑞蓮的調皮。
改編者還在【鶯集御林春】中加入瑞蓮的賓白，以一連串的發問道出瑞蓮探
聽瑞蘭情事的好奇態度：「〔小旦〕姐姐，他姓甚麼？」「他也姓蔣，叫甚麼名
字？」「呀，他家住在哪裏？」「姐姐，你怎麼認得他？他是甚麼樣人？」當
她得知姐夫就是自己的哥哥世隆以後，不禁喜出望外。改編者通過給瑞蓮新
增一系列的提示和賓白，進一步塑造瑞蓮俏麗活潑的形象。

　　宋元南戲「明改本」汲古閣本《幽閨記》和世德堂本《拜月亭記》，主要
以南戲舊本「拜月亭」為藍本，也採納了元代小說《龍會蘭池錄》對瑞蓮形
象的塑造方法，增加瑞蓮的戲份，通過心理刻畫、行動描寫等，豐富了她的
性格，把小說中性格單薄、戲份不多的瑞蓮，改為性格鮮明的女性形象，加
強了瑞蓮的自主意識。同時，「明改本」汲古閣本《幽閨記》和世德堂本《拜
月亭記》在「前文本」的基礎上，對瑞蓮與哥哥在逃難中顯露出來的手足之
情，瑞蓮和王夫人在戰火中結伴而行的患難之情，瑞蓮對嫂嫂瑞蘭的愛戴之
情等進行細緻的描寫。在明人改本中扮演瑞蓮的行當多為「貼」或「小旦」，
有的時候扮演劇中的丫鬟，如「西廂記」的紅娘和「牡丹亭」的春香。「貼」
或「小旦」這類腳色是從「旦」或「正旦」中分化出來的，南戲舊本原為「梅
香」。明中葉以後，腳色分工發展成熟，扮演「貼」或「小旦」的演員多妝扮俊
俏，舉止輕盈，性情活潑，以襯托「旦」即女主角的端莊嫻靜。「明改本」改為
讓活潑的瑞蓮和端莊的瑞蘭搭檔做戲。如汲古閣本《幽閨記》第32齣《幽閨拜
月》，改編者讓這兩位女演員一動一靜，一伶俐一端莊，形成鮮明的對比，其改
編效果比南戲舊本和小說都要精彩，故「拜月」一折多見於明代戲曲選集中。

　　在宋元南戲「西廂」故事裏，紅娘對崔張的感情起著穿針引線的作用。
隨著劇本的演變，紅娘的形象也發生了變化。紅娘原本是配角，後來，她的

─────────────

〔註40〕　（明）《繡刻幽閨記定本》，明末毛晉汲古閣《六十種曲》第3冊，中華書局
　　　　　1958年5月第1版，1982年8月第2次印刷，第95～96頁。

形象甚至超過了崔鶯鶯和張生，成爲最能表現戲劇性衝突的人物，形成了獨特的「紅娘現象」。〔註41〕紅娘在唐傳奇《會眞記》中是一名消息傳遞者的形象，在「董西廂」裏面變爲鶯鶯和張生的撮合者，在元雜劇「王西廂」裏成爲無私、正直、熱心的媒人形象。紅娘「撮合山」的形象深受人們的喜愛，正如紅娘在《大西廂》所唱的「這麼一點小事您把您的心寬放，哎喲我小紅，管保你們二人雙雙對對，對對雙雙，入了洞房，你們地久（喲）天（哪）長。」〔註42〕紅娘作爲深閨小姐的貼身丫鬟，成爲熱心爲單身男女牽線的媒人。人們通過戲曲的演出，都知道有這麼一位俊秀的紅娘，比媒婆可愛多了。「明改本」中的紅娘形象，多在作者「願天下有情人終成眷屬」的思想上，重塑紅娘形象，改變她在劇中的地位。

紅娘在明代早期的「西廂」改本中開始發生變化。紅娘不僅是喜歡逗口舌之快的人物，還與張生、琴童、法聰等人有曖昧關係。如「李西廂」第24齣《臨期反約》敘述張生向紅娘借裙帶，紅娘婉拒。〔註43〕在「徐西廂」裏也有類似情節。「陸西廂」第22折也有類似的情節，所佔篇幅更長：

> （生）小生死也，願借裙帶一用。（貼）要怎的？（生）要解來自縊。（貼）呸，哄我脫了裙兒，要我哩。（生）不敢，煩小娘子送我書房中去。（貼）禽獸，姐姐不肯倒要我替。（生）小娘子休見棄，片時而已。〔註44〕

「明改本」這一齣在清代改本裏面被擴展。如清代曲選《綴白裘》選收的折子戲《著棋》演張生跳牆而遭遇崔鶯鶯翻臉，轉而想和紅娘成好事，它的篇幅是「徐西廂」的四倍、「陸西廂」的兩倍。

紅娘在明代後期成爲更爲大膽的丫鬟。「徐西廂」的《傳語會情》寫紅娘和琴童插科打諢，紅娘罵琴童是「色中餓鬼」〔註45〕。另外一段情節《接書誌喜》，寫紅娘傳遞書簡，張生見到崔鶯鶯約會的情詩，懇求紅娘把她當做小

〔註41〕 蔣星煜《紅娘的膨化、越位、回歸和變奏》，《河北學刊》1991（3）。

〔註42〕 （清）《大西廂》，胡孟祥、王中一主編《孫書筠京韻大鼓演唱集》，中國民間文藝出版社1989年11月第1版，第242頁。

〔註43〕 （明）李日華《南西廂記》之《點校說明》，張樹英校注，中華書局2000年11月第1版，第4頁。

〔註44〕 （明）陸采《陸天池西廂記》，簡稱陸采《南西廂記》，《古本戲曲叢刊初集》第64冊，文學古籍刊行社1954年2月。

〔註45〕 （明）徐奮鵬《詞壇清玩槃薖碩人增改定本西廂記》上卷，明萬曆刻本，第17頁。

姐先試一試，紅娘打趣張生「你讀書人的精神都是亂用了，或在自己手指上用了，或在頑童背臀上用了」〔註46〕，這些葷段子除「徐西廂」外，在明代「西廂記」改本中比較少見。「徐西廂」爲文人徐奮鵬作，記錄了明代後期舞臺演出《西廂記》的情況。從批語中可知，作者認爲這些葷段不俗反妙，〔註47〕認可了伶人創造的表演方式。「李西廂」的《情傳錦字》繼承了《王西廂》紅娘主唱的安排，紅娘的戲份約占本齣的三分之二。它影響了後來的明代戲曲選集《玉谷新簧》選收的折子戲《紅娘遞柬傳情》，還有戲曲選集《怡春錦》選收折子戲《傳情》比前者的程度更甚，發展了民間本色，增加了字數，紅娘的戲份超過了三分之二。可見，紅娘變成這齣戲的主角。原本嬌俏可愛的紅娘，此時已蛻變爲舉止輕浮、懷揣私心的女子，成爲一個市民化的人物形象。

　　紅娘形象在明末又發生改變，地位凌駕於主子和家長之上。第一是紅娘讓張生叫「娘」。在「王西廂」裏，紅娘自稱「娘」是謙虛的。如「王西廂」第四本第一折：

　　　　（紅敲門科）（末問云）是誰？（紅云）是你前世的娘。（末云）小姐來麼？（紅云）你接了衾枕者，小姐入來也。張生，你怎麼謝我？（末拜云）小生一言難盡，寸心相報，惟天可表！（紅云）你放輕者，休唬了他！（紅推旦入云）姐姐，你入去，我在門兒外等你。（末見旦跪云）（紅云）來拜你娘！張生，你喜也。姐姐，咱家去來。〔註48〕

前輩學者認爲「紅娘自己稱『娘』，亦謔詞。」〔註49〕部分「明改本」的「西廂」也把「你娘」作爲「紅娘」的自稱，嘲謔張生這個「傻角」。這些逗趣的嘲謔符合紅娘的基本形象：不守禮法，語言風趣幽默。在「王西廂」裏，紅娘相當清楚自己的身份，從未對張生提出過分的請求，即使張生醉後向她下跪求助，她也是不卑不亢。在明改本「陸西廂」第19折裏，紅娘說：「（貼云）

〔註46〕（明）徐奮鵬《詞壇清玩槃薖碩人增改定本西廂記》上卷，明萬曆刻本，第71頁。

〔註47〕參見蔣星煜《莫把紅娘當「你娘」》，《山西師大學報》1998（1）。

〔註48〕（元）王實甫《西廂記》，王季思校注、張人和集評《集評校注〈西廂記〉》，上海古籍出版社1987年4月第1版第1次印刷，第143～145頁。

〔註49〕（元）王實甫《西廂記》，王季思校注、張人和集評《集評校注〈西廂記〉》，第111頁。

我不去，叫我一聲親娘是。（生云）我的親親。（貼云）無禮，我不去。（生唱）雙膝跪，滿口呼，親親的娘。（貼云）我的乖乖的兒。」〔註50〕「李西廂」也有相似情節，說明在這個情節上，陸采的審美趣味和李日華一致。明代戲曲選集《玉谷新簧》選收的折子戲中裏也有類似情節，篇幅爲明改本「陸西廂」的 8 倍。張生作爲已故尚書的公子，居然向紅娘丫鬟下跪，只爲了傳遞情書，頗爲滑稽。「徐西廂」作者就對舞臺上類似的演出不滿，認爲「優人不通話意，插白作態」，「而梨園家、優人不通文義，其登臺演習，妄於曲中插入諢語，且諸醜態雜出。如念『小生隻身獨自處』，捏爲紅教生跪，見形狀並不想曲中是如何唱來意義，而且惡濁難觀。」〔註51〕明代戲曲選集《怡春錦》所收折子戲《紅娘寄柬》增加了這類科諢，使紅娘強烈地體現了民間精神，變爲一位喜歡刁難文弱書生張君瑞的潑辣女子。張生身爲公子，原本顧忌身份，但爲了佳人，無奈之下只好屈服於紅娘。紅娘在劇中的地位已經凌駕於張生之上。紅娘對張生的逾越，並非在明代戲曲中出現。清代小曲中的紅娘也屢屢對崔鶯鶯甚至老夫人進行逾越，毫不顧忌自己的婢女身份，其言行比明代的改本更大膽。在這些改本中，改編者誇張地凸顯出紅娘潑辣的性格。

　　紅娘的形象在明代末期改變爲升仙得道者，實際上也是禮法的維護者。比如在「黃西廂」裏，崔張完婚後，張生與紅娘意欲親近，由於鶯鶯嫉妒而不得；紅娘皈依佛法修行，屢次峻拒張生、琴童和法聰的引誘；紅娘領鶯鶯遍遊地府，見歷史上妒婦如何受罰，鶯鶯悔悟自己不該善妒；崔鶯鶯和張生於是拜紅娘爲師，三人升仙得道。明人祁彪佳《遠山堂曲品》把「黃西廂」列爲「能品」，指出「情緣盡處，立地成佛，以此爲西廂注腳，亦是慧眼一照。」〔註52〕黃粹吾以宣傳「立地成佛」的觀念爲支點，把崔鶯鶯和張生的愛情改爲錯綜複雜的多角戀情。這部劇作劇極力表現三人的感情糾葛，誇大紅娘的救贖作用，有意神化紅娘的形象，認爲「但鶯娘千古豔香，忽然消滅，其如色界之寂寞何！且成佛又何必在紅娘後也。」〔註53〕明末周公魯《錦西廂》

〔註50〕　（明）陸采《陸天池西廂記》，簡稱陸采《南西廂記》，《古本戲曲叢刊初集》第 64 冊，文學古籍刊行社 1954 年 2 月。

〔註51〕　（明）《刻〈西廂〉定本凡例》，吳毓華《中國古代戲曲序跋集》，中國戲劇出版社 1990 年 8 月第 1 版，第 238 頁。

〔註52〕　（明）祁彪佳《遠山堂明曲品劇品校錄》，黃裳校錄，古典文學出版社 1955 年 4 月，第 84 頁。

〔註53〕　（明）祁彪佳《遠山堂明曲品劇品校錄》，第 84 頁。

也寫紅娘代替鶯鶯嫁給鄭恒；老夫人認紅娘爲女，紅娘的地位提高。周公魯不希望紅娘和鄭恒這兩位次要人物沒有歸宿，於是讓紅娘與鄭恒結合，達到「翻改面目，錦簇花攢」的改編效果。〔註54〕一些清代「西廂」改本中的紅娘也多爲維護禮法者。這類劇本的改編者認爲，崔鶯鶯作爲大家閨秀，如果安排她偷偷和張生約會，這樣的情節不符合禮法，於是把丫鬟紅娘改爲小姐崔鶯鶯的替代者，便無損於崔鶯鶯的形象。這便可以讓崔張作爲才子佳人的愛情故事才「發乎情止乎禮」，符合正統道德觀念。這些改本宣揚「節情」，促使紅娘的地位退爲配角，甚至和唐代小說《會真記》的紅娘不相上下，使紅娘的形象黯淡無光。

由此可見，明代「西廂」改本中的紅娘，原本不具備敘事功能。在明改本中，紅娘的敘事功能逐漸強化，伴隨著她對崔鶯鶯和張生的超越，獲得了獨立的地位。從紅娘形象變化的過程看，紅娘以其貼近民間性的形象而獲得久遠的藝術生命力。中華民族的傳統心理嚮往眞善美，對於文學人物也是如此。無論紅娘的形象如何變化，人們普遍接受的紅娘，還是那位熱心爲有情人牽線搭橋的紅娘。從紅娘形象的改編，可見我們在改編戲曲作品時，應該仔細考慮這部作品的舞臺演出效果。在戲曲改編的過程中，如何遵循原著，如何把握這個「度」，是一個不易掌握的問題。戲曲改編時增添的插科打諢應當適中，否則適得其反。明代弋陽戲的「李西廂」曾被批評「至逢場插科打諢，俗惡不堪」，〔註55〕說明戲曲的改編一味迎合觀眾的趣味，也是不可取的。

（三）對僕人和義士的改寫

「明改本」能令人印象深刻的僕人，有《八義記》的周堅、靈輒、張維，「西廂」的琴童和紅娘，《幽閨記》的六兒，《琵琶記》、《精忠記》等劇的院子等。

有的僕人在劇中的功能是代替主人做一些難以做到的事。「明改本」多在原著的基礎上，突出這些僕人對主人的「忠義」。「明改本」中的「僕人代主」，通過合併關目，緊湊劇情，改變人物的演唱方式，讓忠僕義士的形象更爲突出。

〔註54〕 轉引自張人和《〈西廂記〉論證》，東北師範大學出版社1995年8月第1版，第176頁。

〔註55〕 （清）李書雲《〈西廂記演劇〉序》，吳毓華《中國古代戲曲序跋集》，中國戲劇出版社1990年8月第1版，第455頁。

如「明改本」《趙氏孤兒記》和《八義記》改編自宋元南戲舊本「趙氏孤兒」。在明人改編的「趙氏孤兒」故事中，程嬰的形象最為突出，排在劇中「八位義士」的第一位。他在趙家危難之際接受了託孤的任務；為了保護孤兒，毅然把自己的兒子代替趙氏孤兒，卻看著兒子被殺；忍辱偷生，取信於屠岸賈；孤兒認屠岸賈為義父；程嬰把孤兒的身世告之，為趙家報仇雪恨。程嬰感恩趙家，犧牲自己的兒子代替主人的兒子，其「忠義」令人歎服。他「毅然獻子」的情節是一個重要關目。現存宋元南戲「趙氏孤兒」中與程嬰有關的曲子極少。而敘事詳盡的「明改本」多保留程嬰託孤、救孤的主要情節，在南戲舊本的基礎上進行加工。這段情節在明代較早的改本《趙氏孤兒記》裏改以五齣戲搬演：第 29 齣《榜募孤兒》、第 30 齣《嬰計存孤》、第 31 齣《嬰杵共謀》、第 32 齣《程嬰首孤》和第 33 齣《公孫死難》。而主要根據《趙氏孤兒記》改編的明人改本《八義記》，在此基礎上，改為四齣戲：第 33 齣《捏捕孤兒》、第 34 齣《替換孤兒》、第 35 齣《偽報岸賈》和第 36 齣《公孫赴義》。這兩部劇本情節一致，後者只是把原著第 30 齣《嬰計存孤》和第 31 齣《嬰杵共謀》合併為一齣，劇情更為緊湊，人物戲份更集中，有利於人物形象的塑造。而且，明代較早的改本《趙氏孤兒》第 33 齣《公孫死難》描寫程嬰向屠岸賈報信說孤兒在太平莊，屠岸賈帶兵圍困村莊，命令公孫杵臼交出孤兒，公孫為了配合程嬰演戲，稱自己寧願被殺也不讓孤兒同死，結果屠軍把杵臼和孤兒一起殺死。《趙氏孤兒記》寫程嬰和公孫杵臼根據原計劃演了一齣雙簧戲，目的是讓屠岸賈相信程嬰背叛主人、出賣杵臼和獻出孤兒的真實性，獻出假的孤兒，保全真的孤兒。《趙氏孤兒記》在本齣中有一曲【梁州序】，其中第二支【前腔】的曲文，〔註56〕為外腳扮演的公孫杵臼獨唱。《八義記》根據《趙氏孤兒》改編，作者在第 36 齣《公孫赴義》中改變這兩支曲子的演唱方式，分別讓外腳扮公孫杵臼和末腳扮程嬰輪唱兩次，形成程嬰和公孫杵臼對罵的戲劇性效果，表演效果比原本的獨唱要好。而且《八義記》在這套曲子的尾部增加舞臺提示「殺，見介」〔註57〕，寫程嬰雖然目睹兄弟公孫杵臼和自己的兒子被殺，但是為了救趙氏孤兒的命，只好把這齣「戲」強撐下去。

〔註56〕　（明）《趙氏孤兒記》第三十三齣，王季思《全元戲曲》卷十，人民文學出版社 1999 年第 1 版，第 554 頁。

〔註57〕　（明）《繡刻八義記定本》，明末毛晉汲古閣《六十種曲》第 2 冊，中華書局 1958 年 5 月第 1 版，1982 年 8 月第 2 次印刷，第 77 頁，文中提示見「【前腔】趙孤兒是伊家蹦過」一曲後。

這段戲和下文敘述程嬰目睹親友英勇就義而無法相救的內心活動相互聯繫，使劇情銜接更流暢自然。但《趙氏孤兒記》在這裡沒有出現舞臺提示，所以《八義記》的改編效果比較好。在明清戲曲選集選收「趙氏孤兒」折子戲中，《八義記》比《趙氏孤兒記》要多。現存明代戲曲選集收錄的《八義記》折子戲，如戲曲選集《群音類選》選收的《程嬰寄孤》只收錄曲文以供清唱，寫程嬰對公孫杵臼交代孤兒身世，採納汲古閣本《八義記》第34齣《轉換孤兒》的曲子【紅納襖】【前腔】，改編為【青納襖】【前腔】，刪去曲中程嬰和公孫杵臼的對話。

「明改本」通過更換腳色行當，對人物扮演的類型進行調整。如周堅是「明改本」《八義記》的義士之一。《八義記》的改編者調整其行當屬性，把這個人物的舞臺形象改得比稍早的《趙氏孤兒記》更有魄力。「明改本」《八義記》第21齣《周堅替死》改編自前人「明改本」《趙氏孤兒記》，劇情敘述朝廷抄查趙家的危急時刻，周堅代替趙朔以報趙家的恩情。在「明改本」《趙氏孤兒記》中，小外扮周堅，他在危急之時，雖然心情煩亂，但也萌發了以死報答主人恩情的想法；在趙家各人準備逃命之時，周堅代替了趙朔。而明人改本《八義記》把扮演周堅的小外改為小生。明代早期的改本《趙氏孤兒記》裏面的義士，如靈輒、韓闕、周堅和成人的趙氏孤兒，都由小外扮演。然而明代後期《八義記》卻將周堅改為小生扮演。元末明初，隨著「劇目內容的需要和表演藝術的進一步發展」〔註58〕，南曲的腳色體制已經從生行細分出小生這一行當，分工更細緻了。《八義記》的周堅性格正直、烈性，而且這一人物在劇中的特殊功能是「代主」，即代替生腳扮演的趙朔而死，其地位很重要，相當於生腳的副手，改編者便把原本的小外改為小生扮演。此外，《八義記》的改編者還把義士韓闕將軍和成人的趙氏孤兒也改為小生扮演，其改編的道理和周堅腳色的被改編相似。《八義記》的改編者還把《趙氏孤兒記》中具有少許喜劇效果的忠僕靈輒的腳色，以及深明大義、悔恨刺殺忠良而自盡的義士鉏霓的腳色，皆從小外扮演改為丑扮演，反映了明代後期南曲舞臺上的丑腳，不僅可以像靈輒那樣插科打諢、調劑劇情，還能扮演以鉏霓為代表的正面人物。

〔註58〕張庚、郭漢城《中國戲曲通史》上冊，中國戲劇出版社 2007 年 9 月第 1 版第 1 次印刷，第 380 頁。

　　在「明改本」「西廂記」中，明人周公魯《錦西廂》也出現了「僕人代主」的情節，寫紅娘代鶯鶯與鄭恒成親，琴童代張生與伏虎女成親。紅娘和琴童在關鍵時刻獻身，忠義可嘉。「明改本」的《錦西廂》第 5 齣《替嫁》和第 9 齣《代主》最早出現這樣的情節，敘述紅娘代鶯鶯與鄭恒成親，琴童代張生與伏虎女成親。一是紅娘代主，寫鄭恒高中狀元以後要娶鶯鶯為妻，鶯鶯不願意，紅娘自告奮勇代替小姐嫁給鄭恒，紅娘因其義舉被老夫人認為義女，而且紅娘和鄭恒婚後生活幸福。二是琴童代主，寫孫飛虎的遺孀伏虎女要搶張生為夫，琴童自告奮勇代替主人，琴童和伏虎女婚後也很幸福，琴童還接替伏虎女的位置成為山寨首領，改名為七絃大王，並輔助張生成就軍功偉業。〔註 59〕清代的改本則多沿襲「明改本」的情節內容，如清代《翻西廂》第 8 齣《寇圍》，敘述紅娘主動要求代替鶯鶯獻給孫飛虎，她對老夫人和鶯鶯下跪並且哭泣道：「夫人小姐在上，不如待紅娘尋個自盡，替了小姐罷。」〔註 60〕紅娘唱道「【黑蟆序換頭】常省賤質輕塵感恩深，眷養比過螟蛉。忍一家患難，獨全奴命？權衡一家得再生，微軀棄置輕。」〔註 61〕此外，劇中第 17 齣《聯吟》寫崔鶯鶯和男主角鄭恒隔牆吟詩時，紅娘也代鶯鶯念詩。〔註 62〕按這類僕人在劇情中的功能來看，僕人都能為主子無私奉獻，忠心耿耿，在關鍵時刻代替主人執行任務。通過對該情節的增改，代替主人的僕人都有好結局，劇本能突出他們的自我犧牲精神和高尚品格，塑造其義僕形象。這些明代改本的作者周公魯、研雪子、程端、查繼佐等都是文人。《西廂印》的作者程端云：「《西廂》，有生來第一神物也。嗣有演本，便失本來面目，嘗縱覽排場關節科諢，種種陋惡，一日讀《會真記》，至終夕無一語，忽拋書狂叫曰：『是矣！是矣！』錄成，題曰《西廂印》。」〔註 63〕其他文人的改編動機亦然，他們認為崔張私定終身不合「禮法」，通過改編為僕人代替崔張並塑造忠僕形象，宣揚「忠義節情」的倫理道德觀念。從劇情需要來看，這段情節一般位於崔張感情的發展部分，關鍵時刻往往是「有戲」之處，故藝術性良好。這

〔註 59〕（明）周公魯《錦西廂》，《古本戲曲叢刊五集》第一函，上海古籍出版社 1986 年 5 月第 1 版，無頁碼。

〔註 60〕（明）周公魯《錦西廂》，無頁碼。

〔註 61〕（明）研雪子《翻西廂》，《古本戲曲叢刊三集》第 12 冊，明末刊本，文學古籍刊行社 1957 年，第 26 頁。

〔註 62〕（明）研雪子《翻西廂》，第 59～62 頁。

〔註 63〕（明）程端《〈西廂印〉自敘》，蔡毅《中國古典戲曲序跋彙編》，齊魯書社 1989 年 10 月第 1 版，第 1656 頁。

段情節還能改變「董西廂」和「王西廂」之中崔張私定終身的敘事模式，為下文敘述張生光明正大地迎娶鶯鶯做準備，故文學性良好。「忠僕」情節多在「西廂」的文人改本出現。但是，明清折子戲和說唱多不見這段情節，說明有一部分「西廂」的接受者對這類情節並不歡迎。

二、對主角起負面作用的人物形象的改寫

「明改本」的改編者對反面角色的形象進行改寫，多突出其「惡」，並且在大結局裏強調「惡有惡報」，與主要人物的「善有善報」形成強烈的對比效果。反面角色分為三類：第一類反面人物，多為姦臣，往往處心積慮陷害劇中的忠臣良將，如《精忠記》的秦檜夫婦、《八義記》的屠岸賈、《幽閨記》的聶賈列、《白袍記》的張士貴。第二類反面人物，是家庭裏的惡毒兄長和長輩，如《白兔記》的哥嫂、《金印記》的父母哥嫂、《荊釵記》的嫂嫂，其中心腸狠毒、欺壓弟媳的惡嫂嫂形象最為突出。第三類反面人物，是阻撓男女主角愛情的小人，如《荊釵記》的孫汝權、南派「西廂」的鄭恒等。

（一）對朝廷中姦臣的改寫

例如，宋元南戲「明改本」改編岳飛故事的戲曲，多改寫姦臣秦檜的形象，強化他的陰險狠毒。史書寫岳飛的就義是秦檜下的密令。《宋史》記載「歲暮，獄不成，檜手書小紙付獄，即報飛死，時年三十九。」〔註64〕宋元南戲舊本「東窗事犯」有這段情節。鈕少雅《九宮正始》所收戲文舊本「東窗事犯」殘曲題「元傳奇」，曲牌題為【雁過聲】，其中的【前腔換頭】描述秦檜夫婦在東窗下吃黃柑並且謀害岳飛。〔註65〕考現存明代早期的《東窗記》、明傳奇《精忠記》和元雜劇《東窗事犯》等岳飛戲曲，均不見這支曲。可見這支曲是元代南戲描寫岳飛故事的佚曲，但元代舊本「東窗事犯」已佚，現存「明改本」《東窗記》、《精忠記》和《精忠旗》根據曲子的內容，改編為「秦檜夫婦在東窗下借黃柑密謀」情節，突出秦檜夫婦的反面形象。「明改本」《精忠記》第20齣《東窗》改編為：

〔註64〕 （元）脫脫等《宋史》第33冊、卷365《岳飛・子雲》，中華書局1985年6月版，1997年6月印刷，第11393頁。

〔註65〕 （清）鈕少雅《九宮正始》收錄宋元戲文《東窗事犯》殘曲，王季思《全元戲曲》卷十一，人民文學出版社1999年第1版，第219頁。

　　（雜上）有事不敢不報，無事不可亂傳。稟丞相，岳飛兩個兒子拿到了。（淨）都收下了監，不可放在外面。（雜）理會得。饒君會使昇天志，難躲今朝目下災。（下。淨）夫人，適來送的柑子，剖來下酒何如？（占）不要剖壞了，此乃殺岳飛的劊子手。（淨）此乃柑子，焉能殺得人？（占）相公，你將柑子撈空了，寫一紙書藏在黃柑內，令人送與勘官，教他到風波亭，將岳飛父子三人盡皆擺佈了他，方免後患。（淨）多謝夫人妙計，下官就寫書差人送去。〔註66〕

改編者增加了秦檜夫婦在吃黃柑的時候謀害岳飛的情節。秦妻發現秦檜不敢下手，遂獻計以黃柑藏紙條密令手下動手。改編者突出了秦檜夫婦的殘忍。

　　明人削弱了岳飛故事中的宿命色彩，還在故事結尾處改編鬼神懲惡的情節。如明末馮夢龍《精忠旗》改編岳飛故事，根據劇情需要和明傳奇的音律要求，對前代文學作品中虛構的情節有所增刪改易，刪削了「前文本」戲曲、小說中過於誇張的情節，如削減了同時代改本《精忠記》中宿命色彩較濃的情節，包括第 13 齣《兆夢》、第 14 齣《說偈》、第 27 齣《應眞》、第 28 齣《誅心》、第 32 齣《天策》和第 34 齣《冥途》。馮夢龍獨出心裁，並未採納民間傳說和明代南曲改本《東窗記》、《精忠記》中關於岳飛一家命運起伏的情節，如岳夫人做噩夢、請人解夢、做法消災等，企圖遵循歷史還原岳飛家族精忠報國的故事。然馮夢龍在創作實踐之中，新增懲惡的情節。馮夢龍《精忠旗》在縮減岳飛宿命情節的同時，增加許多懲罰惡人的情節：從第 32 齣到第 36 齣，連續用五齣情節《湖中遇鬼》、《姦臣病篤》、《嶽廟進香》、《何立回話》和《陰府訊奸》來描寫對惡人的懲罰。馮夢龍寫出作惡多端的姦臣、弄臣、毒婦等人受罰的過程和下場，比前兩部明人改本更詳細。

　　馮夢龍改本《精忠旗》在改編姦臣的形象時，其筆調也比前者詼諧得多，多出現令人捧腹的情節，把秦檜及其朋黨寫得可恨、可憐又可笑，令接受者在娛樂之餘更增加對姦臣的痛恨。比如，《精忠旗》第 33 折《姦臣病篤》敘述秦檜病重，仍野心勃勃，意圖除去朝中與他政見不合和爲岳飛鳴冤的人，他想要擬寫詔書，卻屢次被鬼打斷，張俊請了一位道士來秦府降妖，道士卻被鬼打暈，以示秦檜等人的惡行爲鬼神所不容。又如，《精忠旗》第 34 折《嶽廟進香》秦府僕人何立在東嶽廟偶然得悉秦檜等殘害忠良之事，秦檜在家僕

〔註66〕　（明）《繡刻精忠記定本》，明末毛晉汲古閣《六十種曲》第 2 冊，中華書局1958 年 5 月第 1 版，1982 年 8 月第 2 次印刷，第 52 頁。

心中的良好形象蕩然無存。《精忠旗》第 35 折《何立回話》何立向秦妻稟報東嶽廟之事，秦妻受驚，何立為自己的為虎作倀而悔恨，遂出家為道。《精忠旗》的這兩折情節以秦檜家僕何立的視角，寫出秦檜及其妻的惡行之令人髮指，就連貼身家僕也已經無法容忍，到達了覆水難收、眾叛親離的地步。馮夢龍《精忠旗》通過增刪改易情節，塑造了以秦檜為代表的小人「邪惡自私、陰險狡詐」等性格，在「前文本」的基礎上，依據史料新增了王貴、張俊、王俊等「主和派」大臣，揭示小人的惡行惡狀，突出其醜惡形象。

（二）對家庭裏阻擾主角的事業或愛情的兄長、家長等人物的改寫

這些兄長多為刻薄寡恩的哥哥和嫂嫂，家長多為嫌貧愛富的父母。宋元南戲「明改本」改寫哥哥和嫂嫂形象時，多突出他們與主角雖然是親人，卻也是勢利小人的形象。他們在主角貧窮時極盡侮辱能事，在主角發跡以後卻奉承求饒。改編者通過改編和刻畫這些人物的形象，寫出人情冷暖，亦寄寓批判之意。

宋元南戲「明改本」中多次出現「家長阻擾」的情節。如「明改本」《彩樓記》敘述書生呂蒙正和劉千金的故事，劉千金「彩樓招婿」招贅書生呂蒙正；相爺刻意考驗呂蒙正這位白衣女婿，阻撓蒙正與女兒的婚事，劉千金為了蒙正反抗父親，相爺遂把女兒和蒙正逐出家門；呂蒙正和劉千金患難見真情，結為秦晉之好，雖然居住寒窯，但感情甚篤；最後呂蒙正考取狀元，迎接妻子；岳父岳母聽到消息，也馬上恭迎狀元女婿和女兒歸來。「明改本」《拜月亭記》中的王瑞蘭和蔣世隆私自結為夫妻以後，王尚書看不起世隆是窮秀才，拆散這對夫妻，直到世隆考取了狀元，才被岳父承認。明代改編南曲「西廂」的崔鶯鶯和張生，因為崔老夫人「不招白衣女婿」而被迫分離；張生為了迎娶鶯鶯而參加科舉考試，最後終於高中狀元。明代「西廂」本事唐傳奇《會真記》，通過描寫老夫人發現張生和鶯鶯的私情以後就讓張生考取功名的事，反映了唐代社會等級的森嚴。然社會「只認官銜不認人」的現象到了明代更為嚴重。經南曲改編的南派「西廂記」在描寫鶯鶯和張生的無奈之時，也深刻地反映了明人對功名利祿的追逐之觀念。

宋元南戲「明改本」在改編這類情節時，多強調家長們嫌貧愛富、棒打鴛鴦的形象，反襯有情人的「真情」。如明代改編「拜月」故事的世德堂本《拜月亭記》和汲古閣本《幽閨記》的曲牌不同：明代世德堂本《拜月亭記》第 28 齣《隆蘭拆散》的曲牌為：【賞宮花】【三登樂】【蠻葫蘆】【北後庭花】【園

林好】【喜慶子】【東尹令】【華品令】【豆葉黃】【三月海棠】【五韻美】【二犯公令】【江兒水】【川撥棹】【哭相思】【金梧桐】。〔註67〕明末汲古閣本《幽閨記》第25齣《抱恙離鸞》的曲牌改爲：【三登樂】【水底魚】【奈子花】【駐馬聽】【剔銀燈】【山坡羊】【三棒鼓】【五供養】【園林好】【嘉慶子】【尹令】【品令】【豆葉黃】【月上海棠】【五韻美】【二犯麼令】【玉交枝】【江兒水】【川撥棹】【前腔】【前腔】【哭相思】【卜算子】【金梧桐】。〔註68〕這兩部改本都有一些相同的曲牌，如【三登樂】、【東尹令】、【華品令】、【豆葉黃】、【三月海棠】、【五韻美】、【二犯公令】、【江兒水】、【川撥棹】、【哭相思】和【金梧桐】，且多集中於下半場，說明改編者都很重視王尙書拆散世隆瑞蘭的主要情節，強調家長「棒打鴛鴦」，也反襯了有情人的眞情。明末汲古閣本《幽閨記》的改編方式對戲曲選集收錄的折子戲有較大影響，說明比較受歡迎。

（三）對阻撓男女主角愛情的小人的改寫

以「明改本」「西廂」故事對鄭恒形象的改編爲例。在「王西廂」中，鄭恒是反面形象。他與鶯鶯原有婚約，得知鶯鶯和張生相愛以後，誣衊張生；最後，鄭恒的騙局被識破，慚愧自盡。大多數明代改編本「西廂記」在「王西廂」的基礎上，沿襲鄭恒的反面形象，強化鄭恒的惡毒陰險。如「李西廂」第37齣《設詭求親》，鄭恒自述常去妓院玩樂，又企圖騙婚得到鶯鶯。「陸西廂」把鄭恒的戲份改得較突出，其風頭甚至蓋過主角張生和鶯鶯，如第3齣《遣鄭》寫鄭恒垂涎鶯鶯並求婚，老夫人的拒絕使他懷恨在心；第33齣《設詭》寫鄭恒對崔張感情造成了一定的阻礙。少數改本如《錦西廂》爲鄭恒翻案。明人周公魯的改本《錦西廂》寫鄭恒高中狀元以後迎娶鶯鶯，得知紅娘代替鶯鶯的眞相以後仍未嫌棄紅娘。明改本「西廂記」替鄭恒翻案者，將其改寫爲正面形象，多用生腳扮演；將鄭恒醜化爲猥瑣小人者，則多用淨腳扮演。

宋元南戲「明改本」對主要人物形象的塑造，多刪去低俗情節，強調主角的「眞情」。由「明改本」對男女主角的改寫和重塑，可見改編者多尊重原對主角形象的塑造，保留主角的主要形象地位，讚美和突出主角性格中積極

〔註67〕　（明）《新刊重訂出相附釋標注月亭記》世德堂本卷二，《古本戲曲叢刊初集》第10冊，文學古籍刊行社1954年2月，第3〜7頁。

〔註68〕　（明）《繡刻幽閨記定本》，明末毛晉汲古閣《六十種曲》第3冊，中華書局1958年5月第1版，1982年8月第2次印刷，第67〜76頁。

的因素。「明改本」改編次要人物時，一些次要人物原本缺乏敘事功能，然隨著其在劇本中敘事功能的強化，逐漸具有自主意識。「明改本」多在原著的基礎上，突出僕人的「忠義」。「明改本」對反面角色的形象進行改寫，突出其「惡」，在劇本的大結局處強調「惡有惡報」，與主要人物的「善有善報」形成鮮明的對比。

第四章　宋元南戲「明改本」對歷史
題材劇作的改寫

　　宋元南戲「明改本」多從前代史籍中吸收新題材進行藝術虛構。其中，史料與虛構大致有三種關係：「一實九虛」、「虛實參半」和「三實七虛」。

第一節　「一實九虛」

　　宋元南戲「明改本」中以歷史為題材的劇作，是改編者從史籍中吸取素材進行虛構的，其中有的劇本史事甚少，虛構甚多，故事情節多為「一實九虛」。

　　宋元戲文「破窰記」的祖本原名「呂蒙正」或「瓦窰記」，其舊本已經不存，僅留殘曲。宋元南戲的明刊本《破窰記》，現存版本有《李九我先生批評破窰記》、明抄本《破窰記》和富春堂本《新刻出像音注呂蒙正破窰記》。還有明人根據《破窰記》改編的傳奇《彩樓記》。〔註1〕「破窰記」本事《宋史‧呂文穆傳》，宋人筆記《歸田錄》、《六一詩話》、《莊嶽委談》和《避暑錄話》等。

〔註1〕明初南戲《破窰記》，現存全本有《李九我批評呂蒙正破窰記》，明長樂鄭氏藏本，《古本戲曲叢刊初集》第22冊，文學古籍刊行社1954年2月；明抄本《破窰記》，《古本戲曲叢刊二集》本，文學古籍刊行社1955年；富春堂本《新刻出像音注呂蒙正破窰記》，北圖藏《繡刻演劇》本。本文使用王季思《全元戲曲》收錄的南戲《呂蒙正風雪破窰記》，以《李九我批評呂蒙正破窰記》為底本校注而成，人民文學出版社1999年2月1版1印。明人根據《破窰記》改編的《彩樓記》，有《古本戲曲叢刊二集》抄本，商務印書館1955年；今人黃裳校注本，古典文學出版社1956年11月版等版本。

　　明代的兩部宋元南戲「明改本」《破窯記》和《彩樓記》，皆取材於南戲舊本「呂蒙正」或「瓦窯記」，並且進行擴展和加工。從鈕少雅《九宮正始》收錄南戲舊本的殘曲可見舊本的情節概貌。「明改本」吸收了南戲的一些情節作爲題材內容，按劇情順序依次爲：彩樓招婿、劉相國驅逐女婿、劉千金甘居寒窯、母親給劉千金送米、蒙正乞粥撞鐘、蒙正寒窯讀書、劉千金勸夫應試、蒙正赴京途中、山神拯救劉千金、蒙正夫婦遊寺、團圓喜慶等情節。根據《九宮正始》所收南戲舊本「呂蒙正」故事的情況，可見南戲舊本的作者較少採納史料。

　　宋元南戲「明改本」《破窯記》和《彩樓記》存全本。它們在採納少量史料的基礎上，虛構和增加人物事件。劇中取材於歷史的材料僅爲蒙正的品德、家世背景和他高中狀元的事蹟，其餘情節多爲改編者虛構，可以稱爲「一實九虛」。這兩部明人改本對史料情節的取捨相差不大，其共同之處：一是「明改本」《破窯記》和《彩樓記》取材於史實而「張冠李戴」。《宋史》云：「呂蒙正字聖功，河南人。祖夢奇，戶部侍郎。父龜圖，起居郎。蒙正，太平興國二年擢進士第一，授將作監丞，通判升州。陛辭，有旨，民事有不便者，許騎置以聞，賜錢二十萬。代還，會徵太原，召見行在，授著作郎、直史館，加左拾遺。五年，親拜左補闕、知制誥。」〔註2〕在史傳裏，呂蒙正是宋朝名官，祖父和父親都是官員。「明改本」只採納了呂蒙正其人其名、祖父和父親都是官員、從秀才躋身爲進士、才華橫溢和人品高尚等史料，對於其他史料多不採納。兩部「明改本」在改編這些史料的同時，還把蒙正的祖父和父親的官職混淆，把史傳中蒙正祖父的官職安排在蒙正父親身上，改爲其父曾擔任戶部侍郎。〔註3〕可見改編者或文化水平不高或沒有讀過史書中的呂蒙正故事，或故意不按史直錄、有意虛構之。二是史傳主要記載蒙正爲官以後的事蹟，「明改本」取材於蒙正有才華、爲官清廉、有雅量的史料，改編和突出蒙正從寒儒到達官的過程，並且突出蒙正對感情專一、對雙親孝敬的美德。因此，「明改本」中有關蒙正感情生活的情節，不見《宋史》記載，爲劇作家虛構和增加，如劉相國命女兒招贅女婿，看到蒙正雖然貧寒，但是一表人才，日後必定出人頭地，遂爲了激勵蒙正奮鬥而驅逐女婿和女兒。此外，史載蒙

〔註2〕　（元）脫脫等《宋史》第26冊、卷265《呂蒙正》，中華書局1985年6月版，1997年6月印刷，第9145頁。

〔註3〕　參見（明）《呂蒙正風雪破窯記》，王季思主編《全元戲曲》卷十，人民文學出版社1999年第1版，第278頁，文中呂蒙正自白：「先祖呂孟，嘗爲起居郎。先父呂科，曾爲戶部侍郎。」

正的父親和母親感情不和睦，母親和蒙正曾被逐出家門。《宋史》云：「初，龜圖多內寵，與妻劉氏不睦，並蒙正出之，頗淪躓窘乏，劉誓不復嫁。及蒙正登仕，迎二親，同堂異室，奉養備至。」〔註4〕蒙正登科以後，既能奉養雙親，也能巧妙地處理雙親之間的矛盾。可見蒙正對父母的孝心。但是兩部「明改本」皆以表現蒙正的愛情婚姻故事為主，沒有採納史傳中有關蒙正「孝」的材料，較為可惜。

　　又如，宋元南戲「明改本」中劉承祐的故事，是改編者在宋元南戲的基礎上，取材於少量歷史並且進行虛構的。元代南戲原本《劉智遠》已佚，僅留殘曲。清代鈕少雅《九宮正始》收錄「劉智遠」的殘曲。「明改本」《白兔記》有明成化本《新編劉智遠還鄉白兔記》、富春堂本《白兔記》和汲古閣本《白兔記》等。這個故事本事史書《五代史》、小說《五代史平話》、說唱《劉知遠諸宮調》等。〔註5〕學者普遍認為《白兔記》成化本與汲古閣本為一類型，富春堂本為另一類型。也有學者如馬華祥等，指出明成化本與汲古閣本屬於不同類型，成化本為民間改本，汲古閣本為文人改本。〔註6〕前賢在研究「明改本」《白兔記》的時候，多未能注意它們對歷史的取材和虛構的關係，本文補充之。三部主要的明人改編本成化本、汲古閣本和富春堂本，都對這些史料進行改編。如明代汲古閣本《白兔記》有33齣，除第1齣家門大意以外，僅7齣取材於少量的史料，其餘25齣的情節和人物多為改編者虛構和新增。這些史料包括劉知遠原為地痞，其後投軍，因為英勇有膽識、善於征戰而發跡的過程；李三娘的原型為劉知遠的皇后「李氏」，有賢惠淑德的品格；兒子劉承祐在歷史記載中是次子；劉知遠的好友史弘肇在史書中是後漢的開國大將；李氏的哥哥李洪信曾是後漢大臣等。明成化本、汲古閣本和富春堂本，多強調劉知遠和李三娘的美德，改寫劉承祐的事蹟並且塑造其少年英雄的形象，把史弘肇改為插科打諢的角色，把三娘的哥哥改寫為陰險狠毒的人物等。

〔註4〕（元）脫脫等《宋史》第26冊、卷265《呂蒙正》，第9146頁。

〔註5〕明成化年間的改本《新編劉智遠還鄉白兔記》是根據原本而作的縮編本和演出本，簡稱成化本，本文使用《續修四庫全書》所收錄的版本，上海古籍出版社2002年4月1版1印。另有《繡刻白兔記定本》收錄於明末毛晉汲古閣《六十種曲》中，雖經改動，仍基本保存原貌，現有中華書局1958年版等。明萬曆富春堂本《新刻出像音注增補劉智遠白兔記》，有《古本戲曲叢刊初集》，文學古籍刊行社1954年2月，簡稱富春堂本。

〔註6〕馬華祥《明代弋陽腔傳奇考》，中國社會科學出版社2009年5月第1版，第74頁。

　　三部「明改本」取材於南戲舊本「劉智遠」和史書對李三娘、劉知遠的描寫，改編劇情，塑造人物形象。根據《九宮正始》所收南戲舊本殘曲，三部明人改本多採納其中的一些情節，按劇情發展順序爲：知遠沽酒、史弘肇的妻子自嘲、李家莊迎神祭賽、三娘見金蛇、李父許婚結親、知遠夫婦答謝父母、夫婦遊春、夫婦祈禱、三娘送飯、哥嫂逼知遠寫休書、三娘爲知遠辯護、李三叔救知遠、夫妻分別、知遠投軍途中自歎、知遠自薦、岳小姐擲袍、知遠再娶、三娘拒絕改嫁、三娘挨磨、三娘孕中、竇公接受委託、竇公送子、三娘汲水、三娘井邊訴苦、知遠回鄉、夫妻重逢等。這些情節多寫劉知遠和三娘的故事，與現存三部明人改本的大致情節相同，只有少量的情節和人物形象取材於史料，如寫知遠投軍、知遠凱旋立功、三娘賢惠等，其餘大部分情節爲改編者虛構和改編，以塑造劉家人的形象：劉知遠的英勇，李三娘的貞順，承祐的少年英雄。

　　以明人改本《白兔記》對劉承祐的改寫爲例。在《九宮正始》所收南戲舊本「劉智遠」殘曲中，並無描寫承祐故事的相關內容，明代改編者取材正史中劉知遠的長子劉承訓其人其事，在「明改本」《白兔記》中增加劉承祐的事蹟。學界研究多未注意明人改本中的劉承祐故事對史實的取材和虛構。筆者根據史書《五代史》，指出劉知遠的長子劉承訓才是明代「白兔記」中劉承祐的原型。〔註7〕在明代以前，「白兔記」故事裏的劉承祐性格比較單薄，僅見於金代《劉知遠諸宮調》和宋元之際的《五代史平話》。「明改本」把劉承祐的形象與史傳劉承訓的形象融合並進行虛構。根據《新五代史》的記載，劉知遠有三個兒子，分別爲承訓、承祐和承勳：「（後漢）高祖二弟三子：弟曰崇、曰信，子曰承訓、承祐、承勳。崇子曰贇，高祖愛之，以爲己子。乾祐元年，拜贇徐州節度使。承訓早卒，追封魏王。承祐次立，是謂隱帝。承勳爲開封尹。」〔註8〕劉承訓原爲太子，爲原配夫人李氏所生，是嫡系長子。李氏原爲魏國夫人，承訓被劉知遠立爲魏王，深得知遠喜愛。但劉承訓英年早逝，劉知遠爲此傷心不已。劉承祐是劉知遠的第二個兒子。長子承訓死後，承祐被立爲太子，後來成爲後漢的第二任皇帝，史稱隱帝。由於劉承祐年幼，由臣子和母后李氏監國。但是承祐親近小人，不理朝政，聽信讒言，殘害忠

〔註7〕因宋元南戲「明改本」之中的「劉承佑」和「劉承祐」不分，實爲同一人，本文統稱爲「劉承祐」。

〔註8〕（宋）歐陽修等《新五代史》卷18《漢家人傳》，中華書局 1974 年 12 月第 1 版，2002 年 12 月印刷，第 193 頁。

良，導致大將郭威叛變弒君，後漢隨之滅亡。〔註9〕現存的三部「明改本」《白兔記》都採納了史傳中「劉承佑（劉承祐）」的名字爲素材，其餘的事件皆爲虛構和新增，刪除史料中描繪承祐昏庸的史實，把承訓的品德套用到承祐身上，把承祐改爲劉知遠和李三娘的長子，新增他在襁褓時便與三娘分離，被送到劉知遠的府上撫養的情節。這些作者還寫十幾年後，承祐追趕白兔，遇見三娘，三娘向承祐訴苦；承祐回家告訴父親，父親告知她是他的生母，最後母子相認。這些「明改本」通過新增「打獵遇兔」、「獵回見父」等情節，把承祐塑造爲英勇正直的少年。

又如，宋元南戲舊本《三元記》的殘曲見於《九宮正始》等曲譜。「三元記」故事來源可以參考《宋史》和宋人羅大經的筆記《鶴林玉露》等。「明改本」《三元記》又名《三元記》，是明人以敘述馮京故事的宋元南戲爲基礎改編而成，現存明末汲古閣《六十種曲》本。明代還有據此改編的《四德記》，改編本已佚，僅存折子戲。呂天成《曲品》云：「馮商還妾一事，盡有致。近插入三事，改爲《四德》，失其故矣。」〔註10〕南戲舊本「三元記」主要寫馮商還妾的事，取材於宋人羅大經的筆記《鶴林玉露》。《三元記》改編時，在故事情節中加入了賑饑、拒寢和還金等事，改編爲現存《六十種曲》本《三元記》。改編者在編寫《三元記》時借鑒了史料。根據史傳《宋史》記載，北宋慶曆八年，馮京參加州試，中解元；次年，參加會試，中會元；再參加殿試，中狀元，被人們稱爲「馮三元」。他的故事被史書、筆記收錄，並且被宋元戲文和明代折子戲改編。「明改本」《三元記》僅取材於《宋史》中的一些人物作爲劇中的主要人物，如馮京其人、宰相富弼及其女兒；取材於少量的歷史事件並且加以擴充和改編，如馮京「連中三元」事，又如宰相富弼因爲愛才、連嫁兩女予馮京爲妻等。據趙景深考證，《三元記》的劇情還受到一些筆記史料的啓發與影響，如「還金」一事受筆記《清平山堂話本》之《陰騭積善》的影響。〔註11〕《三元記》亦在「前文本」基礎上，在劇本的下半部分，虛構馮京如何「連中三元」的故事。

〔註9〕　參見（宋）歐陽修等《新五代史》卷18《漢家人傳》，第191～193頁。

〔註10〕　（明）呂天成《曲品》，中國戲曲研究院編《中國古典戲曲論著集成》第六冊，中國戲劇出版社1959年7月1版，1982年11月2印，第228頁。

〔註11〕　參見趙景深《沈受先的三元記》，原載趙景深《中國戲曲初考》，中州書畫出版社1983年8月1版1印，第144頁；後載於趙景深《讀曲隨筆》，上海文藝出版社1999年1月1版1印，第95頁。

第二節　「虛實參半」

　　宋元南戲「明改本」以歷史為題材的劇作，如《東窗記》、《精忠記》、《精忠旗》、《趙氏孤兒記》、《八義記》等，故事情節多「虛實參半」。這些改本在忠於史實的基礎上，突出塑造了忠臣義士、英雄人物為國捐軀、壯烈犧牲的英勇形象，同時把亂臣賊子的醜惡嘴臉刻畫得入木三分。

　　改編岳飛故事的宋元南戲「明改本」《東窗記》《精忠記》和《精忠旗》，本事《宋史》。宋元南戲有元代金仁傑《秦太師東窗事犯》，明代的《永樂大典》著錄，明人徐渭《南詞敘錄・宋元舊題》題為《秦檜東窗事犯》，明人徐文昭《風月錦囊》題為《岳飛東窗記》，清人張大復《寒山堂曲譜》題為《忠孝岳王東窗事犯記》。明人改本有成化年間出現的傳奇《精忠記》，以及李梅實原作、馮夢龍改定的傳奇《精忠旗》等。現存「明改本」有三部，分別為《岳飛破虜東窗記》（簡稱《東窗記》）、《精忠記》和《精忠旗》。這三部「明改本」繼承史傳的描述和史官的褒貶之情，對明代描述岳飛的戲曲、小說等文學具有承上啟下的作用。〔註12〕

　　第一，宋元南戲「明改本」《東窗記》是現存明代最早完整描述岳飛故事的戲曲，開啟了明人以全本戲曲改編的形式本講述岳飛故事的先河。〔註13〕王季思主編《全元戲曲》指齣《東窗記》是元代南戲《東窗事犯》的改編本，它「唱詞質樸，保留了元代戲文的一些特點，但又有大量歌頌忠孝節義的內容，可看出明人修改的痕跡」。〔註14〕「明改本」《東窗記》在前代史書、傳說的基礎上虛構情節、人物等內容，讓岳飛故事更為文學化。

　　宋元南戲「明改本」《東窗記》對元代的南戲舊本《東窗事犯》進行改編。比如，史書寫岳飛被秦檜下令秘密處死，《宋史》云：「歲暮，獄不成。檜手書小紙付獄，即報飛死，時年三十九。」〔註15〕宋元南戲《東窗事犯》據此改編為「秦檜夫婦在東窗下借黃柑密謀」的情節。雖然南戲舊本已佚，但是

〔註12〕　本文《緒論》曾論及前賢如何研究岳飛故事的流變，指出前人的研究在關注明代戲曲改本對岳飛故事的取材時，尚存研究空間，這為本章的進一步研究提供了思路。

〔註13〕　本文使用《東窗記》的版本為《古本戲曲叢刊初集》收錄的明代富春堂本，文學古籍刊行社 1954 年 2 月，這也是此劇完整流傳的唯一版本。

〔註14〕　王季思《全元戲曲》卷十一《劇目說明》，人民文學出版社 1999 年 2 月第 1 版，第 94 頁。

〔註15〕　（元）脫脫《宋史》之《岳飛・子雲》，中華書局 1985 年 6 月版，1997 年 6 月印刷，第 11393 頁。

可以從現存南戲的殘曲中找到其改編的情況。清人鈕少雅《九宮正始》所收
元代南戲《東窗事犯》殘曲，注明「元傳奇」。這些曲子影響了明人改本《東
窗記》等。比如，《九宮正始》在【雁過聲】第二格【前腔第二換頭】和【前
腔第三換頭】條目下，收錄兩支南戲《東窗事犯》的曲子：「青松翠竹，幾多
風味。凌霜傲雪爲侶，堅心共守何曾離？鳳林樓，老龍枝，過歲寒相偎相倚。
（合）東窗我共伊，說些細話斟綠蟻，但三杯五杯情意美。」〔註16〕和「橙
黃橘綠正宜，更那堪排著宴會。傍枝頭折取兩個團圓底。洞庭香，手頻拈，
要剖開不覺躊躇。」〔註17〕描述秦檜夫婦在東窗下欣賞美景，一邊吃黃柑一
邊密謀加害岳飛的事情。考現存「明改本」《東窗記》、《精忠記》、《精忠旗》
和前代的元雜劇《東窗事犯》等劇本，均不見這支曲子。可見這支曲子是元
代南戲《東窗事犯》描寫岳飛故事的佚曲，可惜舊本已佚。「明改本」《東窗
記》、《精忠記》第20齣《東窗》和《精忠旗》根據這支曲子，改編爲「秦檜
夫婦在東窗下借黃柑密謀」的情節。

　　明人改本《東窗記》對元雜劇《東窗事犯》進行吸收和改編。正史記載
岳飛在關鍵時刻班師回朝的情節，對岳飛奉詔以後的心情如何進行簡略的描
寫。明人改本《東窗記》和之雜劇採取相同的史料題材，卻使用不同的表達
形式，一致表現岳飛對朝廷的失望、對宋高宗希望議和的憂憤和鬱悶。如《東
窗事犯》以楔子描述岳飛正準備直搗黃龍之際，朝廷卻遣使臣傳聖旨和金牌
而來，令他班師回朝。《東窗記》改爲第9齣，放在劇情中間，讓上下文更連
貫。又如《東窗事犯》和《東窗記》描繪岳飛英勇就義的唱段感情，《東窗記》
的曲文較爲文人化，元雜劇《東窗事犯》的曲文較有民間的野性色彩。《東窗
事犯》第一折寫岳飛臨死前痛罵皇帝：

　　　　【村裏迓鼓】我不合扶立一人爲帝，交萬民失望。……我不合
　　　仗手策，憑苦勇，占得山河雄壯。鎮得四海寧，帝業昌，民心向。
　　　子兀的是我請官受賞。〔註18〕

〔註16〕　（清）鈕少雅《南曲九宮正始》，俞爲民、孫蓉蓉《歷代曲話彙編》清代編，
　　　　　黃山書社2008年10月第1版，第123頁。另見王季思《全元戲曲》卷十一
　　　　　轉引《九宮正始》所收南戲《東窗事犯》殘曲，人民文學出版社1999年2月
　　　　　第1版，第219頁。
〔註17〕　（清）鈕少雅《南曲九宮正始》，第124頁。
〔註18〕　（元）孔文卿《地藏王證東窗事犯》，王季思《全元戲曲》卷三，人民文學出
　　　　　版社1999年2月第1版，第307頁。

　　【賺煞】……陛下，則怕你坐不久龍床！俺死呵，落得個蓋世
界居民眾眾講……生並的南服北降，出氣力西除東蕩！……陛下，
你便似砍折條擎天駕海紫金梁！〔註19〕

明人改本《東窗記》和《精忠記》裏都沒有「陛下，則怕你坐不久龍床」「陛
下，你便似砍折條擎天駕海紫金梁！」這類話語。可見明人改編者把這類「大
逆不道」的曲文盡皆刪去，改為岳飛不罵皇帝，只罵秦檜等姦臣。明人改本
經過文人之手而雅化，作者也為了通過明代官方對戲曲思想內容的審查而改
編。又如《東窗事犯》第二折「瘋僧戲秦」情節寫地藏王菩薩假扮金山寺僧
人葉守一點化秦檜。「明改本」《東窗記》第31齣保留這段情節，但是刪去秦
檜命手下捉拿僧人的細節。就藝術性而言，元雜劇《東窗事犯》因為篇幅的
限制，只截取四個片段組成故事，敘事過於簡練，從觀眾的欣賞角度來看，
看得並不過癮。「明改本」《東窗記》彌補了元雜劇在敘事和藝術上的缺陷，
詳細鋪敘前因後果，敘事注意情節的曲折、懸念、衝突，能夠讓觀眾看得過
癮，更增強了藝術感染力，突出了懲奸除惡的主旨。從曲文和賓白的關係來
看，元雜劇《東窗事犯》曲多白少，「明改本」《東窗記》的改編則平衡了曲
白的關係，這讓它的表演性和接受度顯著提高。

　　宋元南戲「明改本」《東窗記》取材於史料，並且對史料進行改編。這部
改本共40齣，除第1齣「家門大意」外，取材史實並加以發揮的情節有19
齣，完全虛構的情節有20齣，取材於史料的情節和虛構情節篇幅相當，可以
稱為「虛實參半」。〔註20〕

　　宋元南戲「明改本」《東窗記》採納《宋史》加工而成的情節有19齣。
改編者取材於史料的齣目接近全劇的一半，可見作者在寫作這部劇本時比較
尊重史實。劇中描寫以岳飛、岳家為代表的正義一方的情節占9齣，描寫以
秦檜為代表的姦臣一方的情節占5齣，描寫兀朮、皇帝等其他人物的情節占4
齣。其中忠奸兩大陣營的比例為9比5。可見改編者多取材與岳飛有關的史料，
描述時採取鋪敘形式，強調忠臣岳飛父子以及正直的判官周三畏等人的故
事。改編者使用秦檜等人的史料比岳飛等人要少，在描寫時點染結合，突出
秦檜等人的心狠手辣。對於兀朮、宋朝皇帝等其他人物，改編者取材較少，
在描述時採取略寫的方式進行處理，以寥寥數筆勾勒出人物的主要性格。

〔註19〕　（元）孔文卿《地藏王證東窗事犯》，王季思《全元戲曲》卷三，第308～309頁。
〔註20〕　因為南戲《東窗記》原文無齣目名稱，故不寫齣目名。

　　宋元南戲「明改本」《東窗記》完全虛構的情節有 20 齣。這些情節都是改編者虛構和增加的，爲正史所無，其篇幅卻佔據全劇的一半。劇中描寫岳飛等正義人士的情節占 13 齣。改編者在採納史實的情節的基礎上，主要增加一些神魔戲，如表達對災禍即將來臨的岳夫人之噩夢、道月和尚提醒岳飛要小心血光之災，如表達神仙鬼怪懲惡揚善的地藏王化爲僧人點化秦檜、天庭封岳飛父子爲雷公、小鬼勾魂和陰司審判秦檜夫婦等。劇中描寫秦檜等姦臣的情節占 5 齣，且集中在劇本的結尾部分。劇中並未虛構描寫第三方如兀朮、皇帝等歷史人物的情節。忠奸兩大陣營的比例爲 13 比 5。改編者虛構的情節以忠臣爲多，是對方的兩倍有餘，又以神仙鬼怪和噩夢、解夢等風水之事居多。尤其值得注意的是，作者虛構了第 33 齣岳飛父子受玉帝封賞，玉帝命他們專司懲惡揚善的雷部，專劈壞人的情節。民間對於令人切齒痛恨的壞人有「天打雷劈」、「五雷轟頂」之詛咒，這也反映在一些早期的宋元南戲之中，如辜負桂英的王魁和負心的蔡伯喈。可見《東窗記》的作者取材於民間傳說以虛構故事情節，也體現了作者不滿於宋代皇帝的昏庸，在劇中虛構大量神魔鬼怪的故事，以表示長存於天地之間的浩然正義對惡勢力的懲罰。

　　第二，宋元南戲「明改本」《精忠記》，現存明末毛晉刊刻汲古閣《六十種曲》本等版本。〔註 21〕學界多認爲《精忠記》根據明初的改本《東窗記》改編。本文通過文本比勘認爲，「明改本」《精忠記》是在宋元南戲《東窗事犯》、「明改本」《東窗記》、元雜劇《東窗事犯》和《宋史》的基礎上改編的。

　　《精忠記》吸收了南戲舊本「東窗事犯」加以改編。如《九宮正始》在【風蟬兒】第二格條目下，收錄《東窗事犯》曲子「論針工我們無敵，使剪刀全憑眼力。上條衣領欠教直，不曾使得火熨。」〔註 22〕此曲描寫岳飛故事中的「爭裁」情節，《九宮正始》云其中的曲文「衣領」或作「陽領」。「明改本」《東窗記》、《精忠記》在此基礎上進行改編。《東窗記》第 5 齣仍使用舊本曲牌【風蟬兒】，《精忠記》第 5 齣《爭裁》改編曲牌爲【青香兒】。兩部改

〔註 21〕學界多以爲《精忠記》根據明初的「明改本」《岳飛破虜東窗記》（《東窗記》）改編。本文指出《精忠記》在明初南戲《東窗記》、元雜劇《東窗事犯》和《宋史》的基礎上改編。

〔註 22〕（清）鈕少雅《南曲九宮正始》，俞爲民、孫蓉蓉《歷代曲話彙編》清代編，黃山書社 2008 年 10 月第 1 版，第 286 頁。

本都在曲子的尾部增加襯字「呀」表示感歎，把曲文改爲「論針工我們無敵，使剪刀全憑眼力。上條陽領欠教直。呀，不曾使得火熨。」〔註23〕

　　《精忠記》通過情節的合併和順序的調換，對前人的「明改本」《東窗記》進行改編。比如，《東窗記》第 7 齣敘述岳飛治軍嚴格、秋毫無犯，第 8 齣敘述兀朮目中無人，第 9 齣朱仙鎮岳飛大破兀朮。《精忠記》調換齣目順序，改爲第 7 齣描寫兀朮驕橫，第 8 齣描寫岳飛治軍嚴格、士氣高漲、大破兀朮，效果比原本好。又如施全刺殺秦檜的情節，《東窗記》安排在第 32 齣，《精忠記》把這個情節的出現時間提前了，並且把一齣戲拆分爲兩齣戲，即第 29 齣和第 30 齣，更連貫地結構了情節，寫出以施全爲代表的岳家軍對岳飛的紀念。

　　《精忠記》吸收了元雜劇《東窗事犯》的情節進行改編。《精忠記》在元雜劇的基礎上增加的情節有：兀朮耀武揚威，岳飛朱仙鎮大破金兵，兀朮狼狽逃竄，遇見爲他出謀劃策的書生；兀朮傳書秦檜，令他除去岳飛；秦檜使陰謀，岳飛被捕、顯示背後「精忠報國」；岳飛受審過程的細節，包括周三畏勘岳飛無罪，岳飛把兒子騙來與己同死，不俟离使酷刑陷害岳飛父子，秦妻出計黃柑藏密令；岳飛家僕報告噩耗，岳飛妻女死節；施全祭奠英烈，刺殺秦檜；韓世忠向皇帝申冤等。《精忠記》在元雜劇的基礎上增加的情節有：岳飛妻女；院子命裁縫製作岳飛的戰袍；岳飛因公事懲罰萬，與萬結怨；岳妻噩夢和解夢；秦妻屢次出計，最後以黃柑密令殺害岳飛父子；岳飛擔心自己死後兒子會造反，騙來兒子同死，岳飛妻子和女兒死節，施全祭奠英烈等。《精忠記》在元雜劇的基礎上刪去的情節有：岳飛罵皇帝，岳飛攜子向宋高宗託夢，秦檜命何宗立捉拿僧人葉守一，何宗立本爲捉拿葉守一而抵達地獄，以後改爲捉拿秦檜魂魄入陰間受審等。

　　明人改本《精忠記》共 35 齣，又是在史傳的基礎上加以增刪改易的。《精忠記》在齣目和情節上與《東窗記》稍有差異，對史實的取材和改編也稍有差異。《精忠記》對《東窗記》的改編主要是情節的合併和順序的調換：原本《東窗記》第 7 齣敘述岳飛治軍嚴格、秋毫無犯，第 8 齣敘述兀朮目中無人，第 9 齣朱仙鎮岳飛大破兀朮。《精忠記》調換齣目順序，改爲第 7 齣描寫兀朮驕橫，第 8 齣描寫岳飛治軍嚴格、士氣高漲、大破兀朮，效果比原本好。又如施全刺殺秦檜的情節，《東窗記》原安排在第 32 齣，《精忠記》把這個情節

〔註23〕　（明）《繡刻精忠記定本》，明末毛晉汲古閣《六十種曲》第 2 冊，中華書局1958 年 5 月第 1 版，1982 年 8 月第 2 次印刷，第 9 頁。

的出現時間提前，並且拆分為第 29 齣和第 30 齣兩齣，突出以施全為代表的岳家軍士兵對岳飛父子的紀念。

《精忠記》直接取材於歷史的齣目共 16 齣，不及總目的一半。《精忠記》虛構的齣目和情節共 18 齣，超過總齣目的一半。《精忠記》在採納史實的基礎上，較前者《東窗記》更注重對情節的虛構和改造。

宋元南戲「明改本」《精忠記》在史書基礎上，主要增加和虛構岳飛全家、手下和僕人的故事，以突出岳家父子的「精忠報國」、妻女的「節烈」和僕人的「忠義」精神。首先，《精忠記》改編岳飛的家人的故事，包括岳夫人、女兒銀瓶和兒子岳雲等人的故事。《宋史》云：「（岳）雲棄市。籍家貲，徙家嶺南。」〔註24〕說明岳飛遇害以後，岳雲也英勇就義，其家屬舉家遷往嶺南。《精忠記》改為岳飛的大部分親眷「死節」，尤其通過增加岳飛妻女的情節，塑造岳夫人和銀瓶的「節烈」形象，即以自盡的方式保全節操。其次，《精忠記》改編岳飛兒子岳雲的故事。岳飛的大兒子岳雲的事蹟，史傳有記載。為了突出岳雲的孝子形象，《精忠記》虛構了岳雲探望母親和辭別母親的情節，分別以第 15 齣《省母》和第 19 齣《辭母》表現岳雲和母親的深厚感情。岳雲如何遇害？根據《宋史》的敘述，岳雲就義於鬧市：「子雲及張憲殺於都市。天下冤之，聞者流涕。」〔註25〕《精忠記》第 21 齣《赴難》和第 22 齣《同盡》改為岳飛讓兒子來監獄探望，讓万俟卨審訊兒子，但岳雲、張憲不招供；在風波亭，岳飛得知要被處決於此地，遂誘使兒子被縛，最後父子一起就義。《精忠記》以這段情節突出岳飛的「愚忠」形象，但是他的兩個兒子寧死不屈、並不像父親那樣愚忠於朝廷。《精忠記》塑造出觀念有差異的父子三人，反襯出岳飛「愚忠」之可悲和姦臣秦檜之可恨。《精忠記》還在史實的基礎上，增加和虛構岳飛的手下和僕人施全的戲。最後，《精忠記》還根據史傳記載，改編反面人物的故事。如審訊岳飛的判官万俟卨，在史傳中原為秦檜的朋黨。《宋史》記載「既而閱實（岳飛）無左驗，（何）鑄明其無辜。改命万俟卨。卨誣：『飛與憲書，令虛申探報以動朝廷，雲與憲書，令措置使飛還軍；且言其書已焚。』飛坐繫兩月，無可證者。或教卨以臺章所指淮西事為言，卨喜白檜，簿錄飛家，取當時御箚藏之以滅跡。又逼孫革等證飛受詔逗遛，命評事元龜

〔註24〕 （元）脫脫等《宋史》卷 365《岳飛傳》，中華書局 1985 年 6 月版，1997 年 6 月印刷，第 11393 頁。

〔註25〕 （元）脫脫等《宋史》卷 473《姦臣列傳》，中華書局 1985 年 6 月版，1997 年 6 月印刷，第 13758 頁。

年取行軍時日雜定之，傅會其獄。」〔註 26〕大理寺丞捉捕岳飛，官員何鑄驗明岳飛無罪，秦檜改命万俟卨查勘，万俟卨誣告岳飛，仍無法定罪，最後獄卒在秦檜的授意之下殺害岳飛。《宋史》指出，當時大理寺丞何鑄和周三畏審問岳飛，並無結果，後來換了万俟卨爲審訊官，遂誣告岳飛並屈打成招：「鑄、三畏初鞫，久不伏；卨入臺，獄遂上。誣飛嘗自言『己與太祖皆三十歲建節』爲指斥乘輿，受詔不救淮西罪，賜死獄中。」〔註 27〕《精忠記》據此虛構万俟卨曾經因爲犯下過錯而被岳飛依據軍法處罰、遂記恨之，所以趁職務之便陷害岳飛的情節。

第三，宋元南戲「明改本」《精忠旗》，由明人馮夢龍改編，刊刻於明崇禎年間，現有《古本戲曲叢刊二集》影印本和今人校注本。《精忠旗》注明「東吳龍子猶詳定」，「龍子猶」就是明人馮夢龍。馮夢龍，字猶龍，號墨憨齋主人，經他改編、修訂的戲曲有《墨憨齋新曲十種》，《精忠旗》爲其中一種。馮夢龍遵循「以史爲鑒」的改編主旨，讓讀者和觀眾從《精忠旗》中瞭解岳飛故事和宋代社會的歷史背景。

《精忠旗》對南戲舊本《東窗事犯》、元雜劇《東窗事犯》、「明改本」《東窗記》和《精忠記》進行取材和改編。如繡戰袍一事，本齣自宋元南戲舊本《東窗事犯》裁縫繡袍一事。《九宮正始》收錄《東窗事犯》曲子【風蟬兒】「論針工我們無敵，使剪刀全憑眼力。上條衣領欠教直，不曾使得火熨。」〔註 28〕「明改本」《東窗記》和《精忠記》繼承自南戲舊本，擴充爲院子奉命裁縫製袍的情節，其中穿插裁縫們因爲爭奪繡袍而插科打諢的事。但是這段情節對劇情發展的用處不大。《精忠旗》第 8 折《銀瓶繡袍》改編爲岳銀瓶爲父親繡戰袍，寫銀瓶通宵繡戰袍和岳字旗幟，塑造父女情意和銀瓶「孝」的形象，把原本中裁縫的打諢改爲婢女貼丑打諢，增添了喜劇色彩，以婢女的活潑天眞反襯岳銀瓶的端莊嫻靜。又如《精忠旗》第 35 齣《何立回話》取自元雜劇《東窗事犯》的相關情節。元雜劇《東窗事犯》敘述何宗立緝拿瘋僧，得知瘋僧爲地藏王所扮以後，轉而捉拿秦檜夫婦去陰司受審；《精忠旗》改爲秦檜病中曾派押衙何立去泰山嶽廟進香，何立在岳廟見秦檜被牛頭馬面押著，何立回來報告秦妻王氏，王氏因此一病不起。又如，《東窗記》較注重寫

〔註 26〕（元）脫脫等《宋史》卷 365《岳飛傳》，第 11393 頁。
〔註 27〕（元）脫脫等《宋史》卷 473《姦臣列傳》，第 13758 頁。
〔註 28〕（清）鈕少雅《南曲九宮正始》，俞爲民、孫蓉蓉《歷代曲話彙編》清代編，黃山書社 2008 年 10 月第 1 版，第 286 頁。

岳飛父子受審的過程，卻沒有敘述岳飛父子如何英勇就義，也沒有描寫他們臨死前的言行舉止，僅能從第 23 齣末尾獄卒徐寧的自白，和第 24 齣秦檜和心腹的對話中看出岳飛父子已死於獄中。「明改本」《精忠記》增加第 22 齣《同盡》，主要以賓白和曲辭寫岳飛父子英勇就義的悲壯場面。《精忠旗》第 25 折《岳侯死獄》在《精忠記》的基礎上改編這段情節，採用全新的曲文、賓白和排場形式，通過新增岳飛父子的唱段，讓他們盡情抒發感情，其藝術效果比前者更具有感染力。

　　《精忠旗》共 37 齣，採納史實進行改編的情節有 16 齣，完全虛構的情節有 10 齣。〔註29〕改編者馮夢龍通過取材和增刪改易歷史事實，塑造了以岳飛為代表的一群忠義之士的「正直忠義、愛國愛家」的良好形象。前兩部「明改本」岳飛戲在史料基礎上，新增描寫岳夫人、女兒銀瓶、兒子岳雲張憲、施全等人的故事。馮夢龍在它們的基礎上，增加了正直的「主戰派」大臣李若樸、楊存中、韓世忠、趙鼎、胡銓以及有良心的獄卒槐順、幡然悔悟的家僕何立等人支持岳飛的情節。馮夢龍還塑造了以秦檜為代表的一群姦邪小人的「邪惡自私、陰險狡詐」等性格，在「前文本」基礎上，依據史料新增王貴、張俊、王俊等「主和派」人物，揭示其惡行惡狀，突出其醜惡形象。劇作家在結尾處注重虛構鬼神懲罰秦檜、秦妻、張俊等惡人的情節，如從第 32 齣到第 36 齣，連續用五齣情節《湖中遇鬼》、《姦臣病篤》、《嶽廟進香》、《何立回話》和《陰府訊奸》，寫作惡多端的姦臣等人受罰的過程和下場，其描寫比前兩部改本更詳細，其筆調也比前者詼諧得多。如劇中新增第 33 齣《奸臣病篤》敘述秦檜病重，仍野心勃勃，意圖除去朝中與他政見不合和為岳飛鳴冤的人，他想要擬寫詔書，卻屢次被鬼打斷；張俊請道士來降妖，道士卻被鬼打暈等虛構的劇情，以示秦檜等人的惡行為天地不容。《精忠旗》還對「前文本」中虛構的情節有所增刪。《精忠旗》刪削《精忠記》的情節，一是縮減宿命色彩較濃的情節，如縮減《精忠記》第 13 齣《兆夢》、第 14 齣《說偈》、第 27 齣《應真》、第 28 齣《誅心》、第 32 齣《天策》和第 34 齣《冥途》的篇幅；二是刪削次要人物和情節，如刪減《精忠記》第 2 齣《賞春》、第 7 齣《驕虜》、第 15 齣《省母》和第 19 齣《辭母》的篇幅。馮夢龍的刪削使改本劇情主線更集中，情節結構更緊湊。《精忠旗》也並未採納民間傳說、《東窗

─────────────────────

〔註29〕雖然馮夢龍《精忠旗》劇中稱「折」，但「明改本」中的「齣」和「折」不分。根據此劇大多數齣目使用南曲套數，偶而使用南北合套和北曲套數的情況，此劇符合明傳奇體制的標準，各「折」應稱為「齣」。

記》和《精忠記》的「瘋僧戲秦」情節和岳夫人做噩夢、請道士解夢消災的情節，還原岳飛家族精忠報國的故事。

　　除明代岳飛故事的改本外，宋元南戲「明改本」中的「孤兒」故事，對歷史的取材和情節、人物的虛構方式也是「虛實參半」。元代南戲《趙氏孤兒記》本事《左傳》、《國語》、《史記》等史書。《九宮正始》輯得「元傳奇」《趙氏孤兒》佚曲 51 支。〔註 30〕現存「明改本」的「孤兒」戲曲，主要根據史書和元代南戲《趙氏孤兒》改編，吸收了少量元雜劇《趙氏孤兒》的成分。「明改本」有《新刻出像音注趙氏孤兒記》富春堂本和《古本戲曲叢刊初集》收錄《新刊重訂出像附釋標注音釋趙氏孤兒記》世德堂本。今有王季思《全元戲曲》校注本等。明人徐元改本《八義記》有《六十種曲》本和《古本戲曲叢刊二集》本。

　　明人改本《趙氏孤兒記》對元代南戲舊本《趙氏孤兒》進行吸收和改寫。如《九宮正始》原有【傍妝臺犯】【前腔換頭】，曲文云「相公必與那屠賊，把觸槐一事奏丹墀。恐落在奸雄手中，生巧計中他機。」〔註 31〕應為旦扮公主所唱之曲。《趙氏孤兒記》富春堂本第 17 齣《趙府占夢》改為【前腔】「待來朝入覲時，孩兒必奏知，必與岸賈辨是非。（合）若非你們說仔細，我家知何得理會？」〔註 32〕改為生扮趙朔所唱之曲。《九宮正始》原有【攤破第一】「天然豔質，似水如魚」，〔註 33〕《趙氏孤兒記》富春堂本第 11 齣《閨帷敘樂》改為【前腔】，然曲辭一致。〔註 34〕

　　明人改本《趙氏孤兒記》世德堂本和富春堂本的前半部，主要遵循《左傳》，下半部主要依據《史記》，並且糅合元雜劇《趙氏孤兒》和民間傳說進行改編。《趙氏孤兒記》有 44 齣，除第 1 齣家門以外，取材於《左傳》和《史記》的情節有 22 齣，採取歷史人物而虛構情節的有 21 齣；《八義記》以《趙

〔註 30〕 黃天驥根據富春堂本和世德堂本《趙氏孤兒記》第十四齣有「霜下始知鄒衍（衍）屈，雪飛方表竇娥（銜）冤」寫竇娥冤「六月飛霜」的事，說明它寫定於《竇娥冤》雜劇流行以後，即元代中期以後。參見黃天驥《從〈全元戲曲〉的編纂看元代戲劇整理研究諸問題》，載《黃天驥自選集》，廣東高等教育出版社 2003 年 10 月，第 384～385 頁。

〔註 31〕 （清）鈕少雅《南曲九宮正始》，俞為民、孫蓉蓉《歷代曲話彙編》清代編，黃山書社 2008 年 10 月第 1 版，第 237 頁。

〔註 32〕 （明）《趙氏孤兒記》校記，王季思《全元戲曲》卷十，人民文學出版社 1999 年 2 月第 1 版，第 510 頁。

〔註 33〕 （清）鈕少雅《南曲九宮正始》，第 797 頁。

〔註 34〕 （明）《趙氏孤兒記》校記，王季思《全元戲曲》卷十，第 496 頁。

氏孤兒記》爲基礎，共 41 齣，取材於史實進行改編的有 22 齣，採取歷史人物而虛構情節的有 18 齣。

　　這三部宋元南戲「明改本」的「孤兒」故事，採納史傳以結構劇情：一是採納《史記》中《趙世家》、《晉世家》和《韓世家》的史料，較少遵循《左傳》的素材。例如《左傳》沒有奸臣屠岸賈，《史記》增加屠岸賈此人，把《左傳》記載晉靈公做的壞事改爲屠岸賈及其手下所做，如派鉏麑刺殺趙盾、放犬獒猛撲趙盾等惡行。這三部「明改本」按照《史記》的思路，以屠岸賈這一人物作爲洗脫君王罪名的替代品。二是把莊姬的形象改爲貞節女子，改變了趙氏家族被滅的直接原因。《左傳》記載趙家被滅的主要原因是莊姬和趙盾的弟弟私通，趙盾的弟弟被趙家人所殺，莊姬便對晉靈公進讒言，說趙族人有造反之意，晉侯本來就和趙盾有矛盾，久之更就把趙家視爲眼中釘了。《史記》把淫婦莊姬的形象改爲貞節女子，不僅寫她和趙朔結親，還寫她忠於趙朔，盡力保護兒子。這些「明改本」繼承了《史記》的寫法，進一步塑造莊姬賢德隱忍、深明大義的良好形象。三是讓史傳中在趙氏滅門案中被害的趙盾之子趙朔「起死回生」：這兩部改本的改編者，都剪裁史傳中趙盾被追殺、流亡各地、最後伺機推翻暴君統治的史實，把趙盾被讒害以後以威望推翻晉國統治者的史料套用在趙朔身上，改爲義士周堅代替趙朔而死，趙朔東躲西藏、歸隱山林、雲遊四方、伺機光復趙家等情節。四是把史傳中與趙家有關的鉏麑、提彌明、韓闕等武士，改爲他們因爲拯救趙家人而死，以塑造義士的群像。尤其是將軍韓闕在《史記》中對擁立孤兒和申冤有功。明人改編者爲了突出他的「義」，改爲他因爲保全孤兒，不惜自刎。這三部改本都寫程嬰假扮醫生探視公主，把孤兒藏在藥箱中帶出宮廷，遇到守衛宮廷的韓闕，韓闕不肯放人，程嬰對他曉以大義，韓闕爲了趙家後裔，放走程嬰，自刎而死。五是把史傳中程嬰、公孫杵臼由抱別人的孩子代替孤兒獻給屠岸賈，改爲程嬰以自己的孩子替代孤兒。「明改本」在大結局處，增改一段情節，寫程嬰將趙氏家族的「冤案」以「圖畫演示」的形式告訴已經成人的孤兒，這段情節不見於史傳。三部「明改本」都改爲以程嬰繪圖向孤兒說明真相，以孤兒的復仇作爲結局，戲劇效果更爲酣暢淋漓。

　　這三部宋元南戲「明改本」虛構的情節主要有：趙盾、趙朔和家人歡度元宵節；趙朔收留周堅，周堅替死；屠夫人多次勸阻丈夫別陷害趙家，請來家僕張維諷諫岸賈而失敗，張維離開屠家；趙盾和屠岸賈在朝堂爭辯，屠岸

賈動殺機；趙府眾人做異夢，請人占卜；趙盾逃命，病逝於山林之中；靈輒找到趙朔，隱居山林；公主聽到假孤兒被殺的訊息；靈輒向趙朔傳遞程嬰賣主求榮的假消息；屠岸賈認孤兒為義子；趙朔讓靈輒下山打探消息；趙朔雲遊四方；孤兒與屠岸賈打獵同行，屠岸賈見鬼；公主、趙朔、程嬰等相會於陰陵，共謀復仇大計；孤兒手刃屠賊，為趙家報仇，與程嬰、趙朔、公主團圓等。

第三節 「七虛三實」

宋元南戲「明改本」如《白袍記》、《金貂記》、《金印記》、《金印合縱記》、《牧羊記》等，多為「七虛三實」。這類改本的改編者對於史料的取材，比「一實九虛」的改本多三分；虛構的人物和情節又比「一實九虛」的改本少兩分，故稱為「七虛三實」。

明代兩部描寫薛仁貴故事的改本《白袍記》和《金貂記》，在取材和改編上屬於「七虛三實」。

元代南戲的明人改本《白袍記》寫薛仁貴故事，現存富春堂本《白袍記》及其改本《金貂記》。《白袍記》的宋元南戲舊本不存，據錢南揚考證，此劇為元代南戲。今存明萬曆刊本《白袍記》為《古本戲曲叢刊初集》影印，是在史書《舊唐書》、《新唐書》，元代話本《薛仁貴征遼事略》，明代說唱《明成化說唱詞話》本《薛仁貴跨海征遼故事》，元雜劇《摩利支飛刀對箭》、《薛仁貴衣錦還鄉》、《賢達婦龍門隱秀》以及民間傳說的基礎上改編而成。「明改本」《金貂記》又在《白袍記》的基礎上，摘取前人的題材和情節進行加工，在繼續描寫薛仁貴故事的基礎上，採擷史傳《唐書》、元雜劇《尉遲恭單鞭奪槊》、《尉遲敬德不伏老》等素材進行改編。這兩部「明改本」《白袍記》和《金貂記》還續寫唐代開國大將秦瓊、程咬金、尉遲恭、薛仁貴的後代的故事，以此寄託對英雄家族的讚美，揭示「虎父無犬子」的主題。因為這兩部改本主要從民間傳說、說唱、小說、雜劇等文學形式中取材，經過文學的流播，劇中故事和人物形象大多已經與史實相差甚遠，故這些改本以虛構的情節居多，稱為「七虛三實」。

「明改本」《白袍記》共 46 齣，取材史料的情節有 10 齣。首先，「明改本」《白袍記》以仁貴喜穿白袍的事蹟為題。據《舊唐書》記載，在唐太宗征

伐遼東時，仁貴穿白袍衝鋒陷陣，獲得唐太宗的青睞，之後加官進爵，皇恩甚隆：

> 薛仁貴，絳州龍門人。貞觀末，太宗親征遼東，仁貴謁將軍張士貴應募，請從行。……及大軍攻安地城，高麗莫離支遣將高延壽、高惠眞率兵二十五萬來拒戰，依山結營，太宗分命諸將四面擊之。仁貴自恃驍勇，欲立奇功，乃異其服色，著白衣，握戟，腰鞬張弓，大呼先入，所向無前，賊盡披靡卻走。大軍乘之，賊乃大潰。太宗遙望見之，遣馳問先鋒白衣者爲誰，特引見，賜馬兩匹、絹四十匹，擢授游擊將軍、雲泉府果毅，仍令北門長上，並賜生口十人。及軍還，太宗謂曰：「朕舊將並老，不堪受閫外之寄，每欲抽擢驍雄，莫如卿者。朕不喜得遼東，喜得卿也。」〔註35〕

　　其次，「明改本」《白袍記》根據《舊唐書》和《新唐書》的史料，虛構了其餘三十五齣的劇情。《舊唐書》寫仁貴喜穿白袍、征遼、救劉君昂、三打高麗、打擊突厥、三箭定天山等事蹟，突出其驍勇善戰。《新唐書》增加了薛仁貴出身貧寒的背景，以及仁貴的妻子柳氏鼓勵丈夫投軍的事件，還有太宗令仁貴射盔甲、仁貴一箭射穿五道盔甲等事蹟，也描寫了仁貴征遼、打高麗、定天山等事蹟。〔註36〕《白袍記》對上述史料加以擴展和改造。其主要劇情寫仁貴投軍、征遼、衣錦還鄉的故事，吸收了史傳中仁貴出身貧寒、柳氏勸夫投軍、仁貴救劉君昂、太宗賞識白袍小將、仁貴三打高麗、仁貴三箭定天山的等事蹟，融爲改本的有機組成部分，多突出薛仁貴等大將對敵的戰爭場面，突出塑造薛仁貴正氣凜然、英勇無敵的英雄形象，也寫出了柳氏的賢明和太宗的英明。此外，史傳《唐書》的張士貴是唐朝大將，原在征遼戰役中是仁貴的上司，也曾爲大唐立下赫赫戰功，爲正面形象。但「明改本」《白袍記》在小說、說唱、雜劇的基礎上，沿襲前者的精神，翻改歷史人物張士貴的形象，描述其劣跡和卑鄙品性，突出塑造其投機取巧、陰險狡詐、貪功冒進的反面形象，反襯仁貴的高尚。

　　宋元南戲「明改本」《金貂記》以《唐書》和前人改本《白袍記》爲基礎，吸收元雜劇中描寫敬德的事蹟爲素材進行改編，另外增入尉遲敬德之子、薛

〔註35〕　（後晉）劉昫等《舊唐書》卷83《薛仁貴列傳》，中華書局1975年5月第1版，1997年3月第1次印刷，第2780頁。

〔註36〕　參見（宋）歐陽修等《新唐書》卷111，中華書局1975年2月第1版，1997年3月第1次印刷，第4139頁、第4141頁、第4142頁。

仁貴之子薛丁山等歷史人物的故事。《金貂記》全劇共 42 齣，取材於史料的情節僅 8 齣，其餘皆爲虛構。《金貂記》多取材於史傳中尉遲敬德的事蹟及其性格，對相關的情節進行虛構和改編。如史傳《舊唐書》載尉遲敬德請求跟隨太宗征討高麗：

> 及太宗將征高麗，敬德奏言：「車駕若自往遼左，皇太子又在定州，東西二京，府庫所在，雖有鎮守，終是空虛。遼東路遙，恐有玄感之變。且邊隅小國，不足親勞萬乘，伏請委之良將，自可應時摧滅。」太宗不納，令以本官行太常卿，爲左一馬軍總管，從破高麗於駐蹕山。軍還，依舊致仕。〔註37〕

《金貂記》吸收之並且改造爲尉遲敬德親自上殿凸顯自己「不服老」的情節，以突出塑造其率直魯莽、好武鬥勇的喜劇性格。明代折子戲選集多選收《金貂記》中與敬德有關的齣目，其數量遠超於《白袍記》所收描寫薛仁貴的折子戲。筆者考《善本戲曲叢刊》所收明代戲曲選集，有「桑園戲節」6齣、「敬德南山牧羊」5齣、「敬德耕田」4齣、「敬德釣魚」4齣、「敬德打朝」3齣和「敬德妝瘋」2齣。可見改本《金貂記》對敬德的塑造比薛仁貴、薛丁山等人物更成功，所以廣受歡迎。

宋元南戲《金印記》本事《史記》、《戰國策》。宋元南戲舊本《蘇秦衣錦還鄉》已不存。明成化間《凍蘇秦》戲文根據宋元南戲舊本而改編，亦不存。今存《九宮正始》所載《凍蘇秦》戲文殘曲。這種「明改本」現存富春堂本《重校金印記》，有《古本戲曲叢刊初集》本，以及據此改編的明萬曆繼志齋本《重校蘇季子金印記》和根據前面兩部改本改編的暖紅室匯刻本《金印合縱記》。這三部明人改本都源於宋元舊篇戲文，其中富春堂本《重校金印記》較接近原貌。〔註38〕但是《九宮正始》所收錄的「蘇秦」曲子根據明代的其他改本而改編，並非依據富春堂本《重校金印記》而來。

宋元南戲「明改本」富春堂本《重校金印記》吸收了明成化間《凍蘇秦》戲文而改編。如《九宮正始》原有曲子【花心動序】，題爲《凍蘇秦》。富春堂本《重校金印記》第10齣《別親赴試》把《凍蘇秦》這支曲分爲兩支曲【花心動】和【前腔】。《九宮正始》原有【惜花賺】，富春堂本《重校金印記》第

〔註37〕（後晉）劉昫等《舊唐書》卷 68《尉遲敬德列傳》，中華書局 1975 年 5 月第 1 版，1997 年 3 月第 1 次印刷，第 3495 頁。

〔註38〕參見《蘇秦金印記》之《劇目說明》，王季思《全元戲曲》卷十二，人民文學出版社 1999 年 2 月第 1 版，第 93 頁。

16 齣《一家恥笑》把《凍蘇秦》這兩支曲的曲牌改為【不是路】【前腔】，曲辭偶有改易。

　　宋元南戲「明改本」富春堂本《重校金印記》取材於本事《史記‧蘇秦列傳》和《戰國策》。劇本共 42 齣，取材史料的情節有 8 齣，其餘皆為虛構的劇情。首先，改編者根據蘇秦游說秦王失敗、歸家發奮讀書、重新出山、游說燕趙齊楚韓魏等國「合縱」，大獲成功，獲得「六國封相」的史料進行拓展和改編，以此作為蘇秦事業的主線，相關齣目有第 13 齣《秦邦不第》蘇秦游說秦王失敗，第 14 齣《落第去秦》蘇秦離開秦國，第 20 齣《再往魏邦》蘇秦東山再起、前往魏國，第 26 齣《侯門於薦》和 28 齣《魏廷獻策》蘇秦毛遂自薦、獲魏王賞識，第 34 齣《蘇秦拜相》蘇秦官拜六國等。這些情節取材於史料並且通過虛構，強調了蘇秦從失敗到成功的過程。其次，改編者採取蘇秦及其家人的關係的史料進行虛構和改編，描繪蘇秦發跡前後與親人關係的變化。劇本的第 16 齣《一家恥笑》以《史記‧蘇秦列傳》和《戰國策》為基礎，對蘇秦對秦王自薦失敗、遭到家人冷落的相關史料進行擴充和改編，渲染和描寫落魄的蘇秦回到家中，父母哥嫂妻子都冷落他，受盡奚落。劇本還虛構第 6 齣《花前飲宴》詳細寫蘇秦父母嫌貧愛富，寵愛富貴的哥嫂，卻對貧寒的蘇秦夫婦百般奚落，哥嫂也嘲笑蘇秦。改編者以蘇秦和家人的關係作為副線，構成劇本的劇情線索。最後，改編者重點描繪蘇秦的妻子對丈夫的情意，並未按史實直錄，反襯他的家人如哥嫂、父母等人的涼薄勢利。史傳記載蘇秦的妻子在他落魄歸家時，「妻不下機」即忙著織布而沒有迎接他，《重校金印記》對此進行改動，在第 16 齣《一家恥笑》中寫出周氏掛念歸家的丈夫，本想和家人一起出去迎接，婆婆和嫂嫂卻叫她自己去；她又因為婆婆的阻擾而沒有走下織布機，反而表示出對蘇秦的冷落，劇本寫出了她的無奈。改編者還虛構和新增蘇秦逼妻子賣釵、周氏當釵、周氏自盡等情節，搬演為第 8 齣《逼妻賣釵》、第 9 齣《王婆賣釵》、第 12 齣《金釵典賣》、第 21 齣《當絹被留》、第 22 齣《周氏投河》、第 29 齣《焚香保夫》等關目，寫出蘇妻周氏的賢惠和妻子在等待丈夫博取功名的過程中內心的複雜感情。

　　宋元南戲「明改本」《金印合縱記》取材於本事《史記‧蘇秦列傳》、《史記‧張儀列傳》和《戰國策》。《金印合縱記》主要在前者《重校金印記》的基礎上增加敘述張儀的事情，但是描寫張儀的情節比繼志齋本《重校蘇季子金印記》簡略。《金印合縱記》劇本共 32 齣，取材於史料的情節僅有 10 齣，

其餘皆為虛構的情節。「明改本」《金印合縱記》除繼承自富春堂本《重校金印記》和繼志齋本《重校蘇季子金印記》外，還取材於更多的史實，如取材於《史記》蘇秦發跡以後、張儀受蘇秦的激勵而入秦、成為秦國掌權者的故事。《金印合縱記》虛構的情節，主要為蘇秦和張儀交好、張儀比蘇秦更早拜相等。《金印合縱記》的改編者加入張儀故事的目的，是為了與蘇秦故事進行對比，強調蘇秦仕途的坎坷，突出蘇秦發奮讀書、最終獲取功名的奮鬥過程。

此外，宋元南戲「明改本」《重校金印記》、繼志齋本《重校蘇季子金印記》和《金印合縱記》中對蘇秦和張儀的描寫，多遵循《史記‧張儀列傳》的記載，把蘇秦和張儀列為同時代的人。「明改本」也印證了學者認為張儀入政壇時間比蘇秦早的觀點。《戰國策》敘述張儀與蘇秦相互對立、互相著文攻擊對方的事蹟與史不符，漢代司馬遷受此影響在《史記‧張儀列傳》中將張儀和蘇秦列為同時之人，寫蘇秦發跡以後張儀受蘇秦激勵而入秦，又寫張儀的卒年在蘇秦之後，均不符合史實。據學者韓琦考證，應為張儀卒年在前，蘇秦卒年在後，蘇秦是張儀去世以後才在政壇上嶄露頭角的。〔註39〕「明改本」繼志齋本《重校蘇季子金印記》和《金印合縱記》寫張儀比蘇秦更早進入政壇；蘇秦因為被排擠妒忌，所以進入政壇的時間比張儀晚。這從側面印證了今人學者的推論。就改編者對待史實的態度而言，這三部「明改本」能夠「按史直錄」。同樣是根據春秋戰國時期的歷史故事改編的明改本《趙氏孤兒》和《八義記》，則多從《史記》中取材史料，卻不遵循成書時間比它更早的《左傳》和《戰國策》等史書。可見這三部「蘇秦」的改編者文化水平比《趙氏孤兒》和《八義記》的改編者高，對待史實的態度也比較認真，所以明代戲曲選集收錄《金印記》折子戲的數量比《趙氏孤兒》和《八義記》要多一些。

〔註39〕參見韓兆琦《〈史記〉箋證》之《蘇秦列傳》、《張儀列傳》，江西人民出版社2009年12月1版1印，第3957頁、第4036頁。

第五章 宋元南戲「明改本」對宋元曲式的改編

　　宋元南戲「明改本」以南曲套數的形式改編南戲原有的戲曲形式。學界對於「明改本」曲式的研究，多集中於「四大南戲」、《琵琶記》和南曲系統「西廂」曲式的改編上，對「明改本」的曲式「改什麼」、「如何改」和「何以如此改」尚缺乏整體、系統的研究。本章在比勘的基礎上，對「明改本」曲式的改編進行深入探究，梳理宋元南戲舊曲、北曲、俗曲演變爲明代南曲的軌跡，揭示「明改本」在宋元南戲曲式的基礎上「改什麼」、「如何改」。

第一節　套曲的改編

　　宋元南戲「明改本」在宋元南戲舊本套曲的基礎上，吸收北曲和說唱的曲式進行新的改編，形成「南北合套」。南北合套指在一個套曲內兼用南曲和北曲。「明改本」「南北合套」的形式主要有兩種：一種是以南套爲基礎的「南北合套」，另一種是以北套爲基礎的「南北合套」。以南套爲基礎的「南北合套」，是以宋元南戲南曲爲基礎，吸收北曲和說唱等曲式，改編爲新的套曲。如明代傳奇改本「李西廂」，以宋元南曲曲套爲基礎，吸收「王西廂」中的北曲曲牌，進而改編成新的套曲。以北套爲基礎的「南北合套」，是指以元北劇曲套爲基礎，吸收南曲和說唱的曲式，進而改編爲新的「南北合套」。如明人徐奮鵬改本《定本西廂記》，以元代「王西廂」北曲曲套爲基礎，從明代傳奇改本李日華《南西廂記》和陸采《南西廂記》中吸收南曲曲式，改編爲新的「南北合套」。宋末元初，南北曲的曲牌尚未能同時出現在同一套曲之內。元

代中葉以後，這個規定被打破。在同一宮調內，作者可選取若干音律和諧的南曲和北曲聯成套曲。

戲曲中最初用南北合套者，見於《永樂大典戲文三種》中的南戲《小孫屠》。明初雜劇作家賈仲明在《呂洞賓桃柳升仙夢》全劇中使用了南北合套，構成旦末對唱，進一步發揮了南北合套的藝術功能。至明代的崑山腔興起之後，南北合套的使用範圍日益廣泛。明人使用的南北合套，成爲宋元南戲嚮明傳奇過渡的橋樑。

一、以南套爲主的「南北合套」

明人以南曲改編的劇本中出現的個別北曲，是以南套爲主的南北合套的一種方式，反映了南曲與北曲交匯和融合的過程。這類劇本以《琵琶記》最爲典型。《琵琶記》爲生活於元末明初之際的高明撰寫，爲明太祖朱元璋欽點爲宮廷戲曲的重要劇目之一，隨後在民間廣泛傳播，其明代改編本的數量相當豐富。當時，宮廷和社會上流行的戲曲都是北曲雜劇，而南戲作爲「不登大雅之堂」的戲曲，剛剛進入文人的視野，於是《琵琶記》改本中出現一些北曲的支曲。如「明改本」汲古閣本《琵琶記》爲明末傳播較廣的通行本，便有三齣使用了北曲，而且多爲支曲，較少出現套數。

第一處，見汲古閣本《琵琶記》第 8 齣《文場選士》，使用南南呂宮的套數，其曲牌形式爲【生查子】【賞宮花】【前腔】【北江兒水】【前腔】【懶畫眉】【前腔】【前腔】。改編者在南曲套數之中雜入北曲【北江兒水】，南曲多用【前腔】的形式疊唱，其他曲牌【生查子】【賞宮花】【懶畫眉】也是南曲。這齣戲主要以南曲渲染蔡伯喈參加科舉考試的抒情性場面，其中的【北江兒水】爲淨扮配角士子和生扮蔡伯喈插科打諢，但是其性質和其他的南曲一致，其他角色也可以唱。這是一種特殊的現象。吳梅《南北詞簡譜》根據《南詞定律》指出，在南曲套數中插入的【北江兒水】即【北二犯江兒水】，實際上把南曲雙調【五馬江兒水】的首句和【朝元令】的第二句疊句，故屬於南曲。自從明傳奇《紅拂記》把這支曲唱作北調以來，許多人誤以爲這曲子不是南曲。但是世人多認爲這是北曲，故吳梅也把它的北曲格律放在了附近。〔註1〕

〔註 1〕 參見吳梅《南北詞簡譜》下冊，吳梅《吳梅全集》，河北教育出版社 2002 年 7 月第 1 版，第 628 頁。

第二處，見汲古閣本《琵琶記》第 10 齣《杏園春宴》主要使用南呂宮雙調，曲牌為：【萃地錦襠】【哭歧婆】【水底魚兒】【北叨叨令】【萃地錦襠】【哭歧婆】【五供養】【前腔】【山花子】【前腔】【前腔】【前腔】【太和佛】【舞霓裳】【紅繡鞋】【意不盡】。改編者在南套中雜入北曲【北叨叨令】，表現末腳和丑腳「墜馬」的情節。這段戲屬於雜要或武戲，應以鏗鏘的戲曲節奏和情緒表現。改編者兩次使用了南曲【萃地錦襠】【哭歧婆】，讓南曲【五供養】用【前腔】疊唱一次、【山花子】疊唱三次，還有南曲【水底魚兒】【五供養】【太和佛】【舞霓裳】【紅繡鞋】【意不盡】等。這些南曲多為慢調，曲辭的抒情性較強，唱時迴環往復，多描繪士子登科的意氣風發之情。

第三處，見汲古閣本《琵琶記》第 16 齣《丹陛陳情》，改編自陸抄本《琵琶記》的同類情節，開場連續使用北仙呂宮的兩支北曲【北點絳唇】【北混江龍】，其餘使用南曲套數。其曲辭描寫蔡伯喈即將向皇帝表示辭官的願望，在早朝時分到宮門前等候。劇作家在描寫伯喈出場時，以這兩支高亢的北曲表示伯喈的滿腔義憤。

從明初到明末，「明改本」出現的南北曲由支曲逐漸變為套數，曲子的數量由少到多，反映了戲曲史的發展趨勢。此外，明代取材於「西廂」故事的三部「明改本」中也出現了南北合套。明代陸采的改本「陸西廂」也有個別齣目使用北曲套數，如第 13 齣《請援》的【端正好】一套。明代周公魯的改本《錦西廂》多用【引】和【尾】，【引】在主要人物上場時使用，【尾】在人物即將下場時使用。明人黃粹吾的改本「黃西廂」單用北曲套數的齣目占 80%，單用南曲套數的齣目占 15%，可見這部改本正處於北曲向南曲轉變的過渡期。張琦的《衡曲塵談》指出「王西廂」本該一唱到底，然以「李西廂」為代表的明代南曲系統「西廂記」改本順應時勢，適應了戲曲的發展：「若不稍為變通，則勢不能給。雖善歌者難繼其聲。故不得不易元曲而為明，易北曲而為南也。」〔註2〕這也道出了明人改本「易北為南」的主要目的。

二、以北套為主的「南北合套」

明人以北曲改編的劇本中出現的個別南曲，是以北套為主的南北合套，也體現了南北曲互通的過程。

〔註2〕董康《曲海總目提要》上冊、卷七《南西廂》，俞為民《歷代曲話彙編》清代編，黃山書社 2009 年 4 月 1 版 1 印，第 268 頁。

　　宋元南戲「明改本」將北曲支曲吸收到南曲套數之中，以高亢激越的曲情，表現人物的英雄氣概。如「明改本」汲古閣本《白兔記》第25齣《寇反》寫山賊起兵反朝廷，以【北一枝花】【豹子令】【前腔】三曲合套構成一齣戲。改編者在描寫山寨首領蘇林率嘍囉上場時，使用北曲【北一枝花】，唱出群豪的激越之情；接著唱【豹子令】，【豹子令】【前腔】屬於南越調。這是一種「南北合套」的形式。這樣組合的套曲在搬演時，以北曲開場，能夠壯大賊寇的聲勢；以南曲和重複疊唱的【前腔】收束，則對首曲的豪情起渲染和強調作用。

　　宋元南戲「明改本」世德堂本《拜月亭記》和汲古閣本《幽閨記》部分地取材於元代關漢卿的《閨怨佳人拜月亭》雜劇。其中，汲古閣本《幽閨記》第7齣《文武同盟》完全爲明人新編，描寫興福遇見世隆，二人結拜爲兄弟。《文武同盟》先採用北曲套數，以北仙呂宮的【北絳都春】【混江龍】【油葫蘆】【旋風子】【北雁兒落帶過得勝令】【混江龍後】【六么令】演上半場，寫興福因爲被官差捕捉而逃命，來到蔣世隆家的花園，土地顯靈相助，興福棲身於神像背後避難，逃過一劫；接著採用南曲套數的南中呂宮【好花兒】【前腔】【前腔】【金蕉葉】【章臺柳】【前腔】【醉娘兒】【前腔】【雁過南樓】【前腔】【山麻客】【前腔】【尾聲】演下半場，寫蔣世隆在花園中遇到興福，兩個人結義爲兄弟。這是將南套組合到北套之中，但南套北套平分秋色，又是一種組合方式。這樣組合的套曲在搬演上，能明確地區別上半場和下半場，讓相對激越的北曲套數表現興福被追捕、逃命、獲救等緊張的劇情，讓相對舒緩的南曲套數表現興福大難不死並且和世隆一見如故的劇情。

　　又如宋元南戲「明改本」周塤《拯西廂》第19齣《刺夢》以元雜劇「王西廂」的「驚夢」情節爲基礎進行改編，把北雙調和南雙調結合在一起，其曲牌形式爲：【北新水令】【南步步嬌】【北折桂令】【南江兒水】【北雁兒落帶得勝令】【南園林子】【北沽美酒帶太平令】【南僥僥令】【北收江南】【南川撥棹】【北鴛鴦煞】。〔註3〕這是以北套爲主組合南曲，交叉使用北曲南曲，屬於南北合套的組合方式。這樣的曲式對戲曲的搬演頗有好處，有助於突顯這段情節在劇中的重要作用。它在南曲和北曲上使用的宮調都是【雙調】，演唱方式爲生旦對唱，生唱北曲，旦唱南曲；曲辭全部爲改編者新創，完全符合南北合套的形式特徵。《拯西廂》評點云：

〔註3〕參見周塤《拯西廂》，首都圖書館藏《明清抄本孤本戲曲叢刊》第9冊，線裝書局1996年1月，第195～204頁。

《驚夢》折欲收拾全部《西廂》，總歸空相，然非傳奇結構，後

人爲增《求配》等折，而草橋一夢又成蛇足矣。先生乃別出妙緒改

《驚夢》爲《刺心》，既可警人之邪，又足導人以正直，承上啓下，

爲必不可少之關鍵點晴手也，畫足云乎哉。〔註4〕

驚夢情節本來是「王西廂」的結局之一，改編者周塤變雜劇爲傳奇，突出該
情節在劇中的關鍵作用。南北合套作爲「明改本」在音樂形式上面的一種突
破，值得肯定。「明改本」使用南北合套的本質原因，是爲了適應明中葉南曲
蓬勃興起的需要。魏良輔改革崑腔以後，以崑腔爲代表的南曲音樂勃興，推
動了戲曲音樂的改進和發展。

第二節　支曲的改易

宋元南戲「明改本」通過增刪壓縮曲子、改易情節關目、緊湊劇情、集
中戲份，寫出人物心理和情緒，突出人物的個性。

一、曲牌的改易

宋元南戲「明改本」汲古閣本《白兔記》和富春堂本《白兔記》都是宋
元南戲《劉智遠》的明人改編本。按照時間順序，富春堂本在前，汲古閣本
在後。《九宮正始》收錄宋元南戲《劉智遠》【宜春令】，寫三娘把讓竇公把兒
子送到劉知遠府上「竇公聽，訴因伊，兄嫂不仁沒道理。謝你恩義，把我孩
兒送到爹行去。見劉郎訴說詳細，問他道幾時歸去。若長成時，休忘了竇公
恩義。」〔註5〕又有【月上海棠】云「聽訴剖，免教他莫又遭毒手。恐他每日
夜，暗使機謀。他爹行有子難收，我孩兒有娘難守。思前後，早商量莫待又
不久。」〔註6〕這兩支曲子都是三娘所唱，可見南戲舊本已有三娘託付竇公送
子的情節。

明成化本《白兔記》根據南戲舊本改編這段情節，在南戲舊本的基礎上
改爲南呂宮套數：【引子】【五更轉】【五更轉】【五更轉】【五更轉】【鎖南枝】

〔註4〕周塤《拯西廂》，第 205 頁；又參見王文章主編《傳惜華藏古典戲曲珍本叢刊
　　　提要》，學苑出版社 2010 年 4 月第 1 版，第 1～10 頁。

〔註5〕（清）鈕少雅《南曲九宮正始》，俞爲民、孫蓉蓉《歷代曲話彙編》清代編，
　　　黃山書社 2008 年 10 月第 1 版，第 486 頁。

〔註6〕（清）鈕少雅《南曲九宮正始》，第 690 頁。

【尾聲】【駐雲飛】【宜春令】，其中【五更轉】、【鎖南枝】和【駐雲飛】都是成化、弘治年間比較流行的民間小曲，可以作爲成化本從民間戲曲演變而來的又一例證。從成化本的內容來看，這段情節主要寫三娘產子，竇公探望三娘，三娘把兒子交付予竇公。其中三娘所唱的【宜春令】採納自南戲舊本，僅增改字句，把《九宮正始》收錄的舊戲文「見劉郎訴說詳細，問他道幾時歸去。若長成時」改爲（「見劉郎，即細說詳細，你說方三日離娘懷裏，你若還長成時」〔註7〕）反映三娘對竇公的叮囑之詳細，突出三娘對兒子的深情。

又如，明汲古閣本《白兔記》第22齣《送子》根據南戲舊本和成化本《白兔記》改編這段情節，在南戲舊本三娘和竇公的戲份的基礎上，增加嫂嫂這一人物及其唱段。在汲古閣本《白兔記》中，三娘唱的【宜春令】採納了南戲舊本「劉智遠」的舊曲【宜春令】，僅把曲文「兄嫂不仁沒道理」改爲「兄嫂無知，將他撇在水。」〔註8〕汲古閣本《白兔記》還採納了成化本的【駐雲飛】一曲並且加以疊唱。汲古閣本《白兔記》對這段情節的曲牌的改編也和成化本《白兔記》完全不同，首先改爲以南雙調爲主的套數【臨江仙】【步步嬌】【江兒水】【川撥棹】【前腔】【五供養】【僥僥令】【金錢花】【尾聲】【哭相思】【駐雲飛】【前腔】，接著改爲南呂宮的疊唱【宜春令】【前腔】。改編者讓三娘、竇老和嫂嫂分別演唱其中幾段：三娘先唱【臨江仙】【步步嬌】【江兒水】【川撥棹】，竇老接唱（【川撥棹】）的【前腔】，嫂嫂又接唱【五供養】【僥僥令】【金錢花】【尾聲】，三娘再唱【哭相思】【駐雲飛】，竇老接唱（【駐雲飛】）的【前腔】，三娘最後唱【宜春令】【前腔】，〔註9〕演唱形式比舊本更爲豐富。

宋元南戲「明改本」還通過增加民歌「囉哩嗹」，採納其曲文形式和演唱體制。如「明改本」《白兔記》成化本以末來開場，按慣例，末先念誦一段，然後唱【紅芍藥】，其曲文反覆以「囉哩嗹」三字爲主要內容：「【紅芍藥】（末唱）哩羅連，羅羅哩連，連連哩，羅哩連，哩連羅，連哩連，羅哩羅連，羅哩連，哩連羅連，哩連羅連，羅□□，羅哩連，羅哩羅哩。」〔註10〕元雜劇

〔註7〕　（明）《新編劉知遠還鄉白兔記》，《續修四庫全書》集部曲類1745冊，上海古籍出版社2002年4月1版1印，第428頁。

〔註8〕　（明）《繡刻白兔記定本》，明末毛晉汲古閣《六十種曲》第11冊，中華書局1958年5月第1版，1982年8月第2次印刷，第63頁。

〔註9〕　（明）《繡刻白兔記定本》，本齣曲牌見第60～64頁。

〔註10〕　（明）《新編劉知遠還鄉白兔記》，第410頁。

《西廂記》第三本第二折紅娘和接到鶯鶯書信的張生打趣，說他們即將成好事「哩也波哩也囉」。〔註 11〕明人湯顯祖《宜黃縣戲神清源師廟記》云：「予聞清源，西川灌口神也，為人美好，以遊戲得道，流此教於人間。訖無祠者。子弟開呵一醪之，唱『囉哩嗹』而已。」〔註 12〕據前人研究，「囉哩嗹」廣泛存在於宋南戲、金諸宮調、元雜劇和明傳奇、雜劇等戲曲、曲藝及宋金詞和佛音道曲中。近年來也有學人注意「明改本」如成化本《白兔記》開場唱「囉哩嗹」的現象，〔註 13〕如陳志勇指出「成化本《白兔記》是明代前期的改本，但它很大程度上保留著宋元時期南戲的面貌，因此成化本《白兔記》記載迎接戲神的咒語，應該客觀地反映出宋元時期戲班祭祀戲神的情形。」〔註 14〕然學人多從其功能、使用的場合來論述這個現象，並未指出這段曲子在《白兔記》改編過程中的作用。本文把成化本《白兔記》和比它晚出現的兩部「明改本」《白兔記》進行對比，發現汲古閣本和富春堂本的開場都沒有使用曲子「囉哩嗹」。筆者以為這兩部《白兔記》改本如果能保留「囉哩嗹」曲，它們在民間演出的接受效果會更好。由於富春堂本《白兔記》是文人化的改編本，改編者沒有使用這支曲子情有可原。但是汲古閣本《白兔記》是以成化本為基礎進行改編的，改編者卻刪去這支曲，令人遺憾。

再如，明富春堂本《白兔記》第 28 折的內容與汲古閣本《白兔記》第 22齣《送子》大致相同。富春堂本《白兔記》的套曲也使用南雙調，但是富春堂本的曲牌和曲文內容和汲古閣本不同。富春堂本體現出李三娘作為千金小姐「腹有詩書」的形象，代替了「前文本」目不識丁的農家女子形象。汲古閣本《白兔記》卻沒有富春堂本三娘賦詩的情節。從這三部明代《白兔記》改本在「送子」情節中對音樂形式的改編來看，成化本《白兔記》比較民間化，富春堂本《白兔記》比較文人化，汲古閣本《白兔記》處於兩者的過渡階段。

〔註 11〕（元）王實甫《西廂記》，王季思校注、張人和集評《集評校注〈西廂記〉》第三本第二折，上海古籍出版社 1987 年 4 月第 1 版第 1 次印刷，第 112 頁。

〔註 12〕（明）湯顯祖《宜黃縣戲神清源師廟記》，徐朔方箋校《湯顯祖全集》第二冊、詩文卷 34，北京古籍出版社 1999 年 1 月第 1 版，2001 年 4 月第 2 次印刷，第 1188 頁。

〔註 13〕參見饒宗頤《南戲戲神咒「囉哩嗹」之謎》，《梵學集》，上海古籍出版社 1993年 7 月第 1 版，第 218 頁。康保成《梵曲「囉哩嗹」與中國戲曲的傳播》，《中山大學學報》2000（2）。

〔註 14〕陳志勇《論民間戲神信仰的源起與發展》，《文化遺產》2010（4）。

二、支曲的縮減

改編者通過壓縮曲子，集中戲份，突出人物的個性。如明代中後期，崑腔廣為流行，根據崑腔的音樂形式而改寫的明萬曆間富春堂本《白兔記》第20折《智遠行路》以5支曲子表現劉智遠在路途上感歎命運。富春堂本《白兔記》首先使用南中呂宮的曲子【駐雲飛】，其次使用南雙調的曲子【二犯江兒水】，接著以三支【前腔】抒情，描寫劉知遠思念和擔心妻子並且感到前途渺茫。這支曲子的曲文佔了這齣戲的一半。而明前期的成化本《白兔記》在這段情節裏，僅以一支【集賢賓】表現知遠歎息。明末崑腔繁榮以後，據崑腔改寫的汲古閣本《白兔記》第14齣《途歎》，採納成化本《白兔記》的曲子【集賢賓】並且改為【集賢賓】【前腔】的疊唱形式，又給知遠增加一支上場曲【梨花引】，改為以三支曲子【梨花引】【集賢賓】【前腔】表現同樣的情節。其中，劉知遠的演唱佔據了汲古閣本這齣戲的全部篇幅，其戲份比成化本和富春堂本多。改編者在此吸取了富春堂本的抒情性場面和成化本的曲文內容，改以崑曲長調演唱這齣戲，使這些表現知遠抒情的唱段緩慢悠長，達到一唱三歎的效果。此外，在處理這段情節時，汲古閣本《白兔記》比富春堂本《白兔記》更精練，通過壓縮曲子的數目以削減情節篇幅，刪去富春堂本原有劉知遠看到招兵榜文的細節，完全以曲子來結構排場，既適合舞臺演出，也適宜清唱。

改編者通過削減曲牌，寫出人物心理和情緒。如「王西廂」第二本第四折敘老夫人讓紅娘催促鶯鶯赴宴時，鶯鶯起初很矜持，紅娘說明宴請的是救命恩人張生以後，鶯鶯才願意出來，此時使用北雙調套數：【五供養】【新水令】【么篇】【喬木查】【攪箏琶】【慶宣和】六支曲，敘紅娘讚歎鶯鶯今日特別美麗，鶯鶯懷著感恩、羞怯又期待的心情梳妝打扮。明改本汲古閣本「李西廂」第18齣刪去這段情節：敘張生赴宴以後，鶯鶯還沒來，張生藉口小解，在門外遇到鶯鶯，二人以眼神傳情；同時，把【五供養】等六支曲壓縮為一支，讓旦腳唱前半曲，貼腳唱後半曲。其【前腔】在曲牌上接著上面張生所唱【番卜算】，因此在形式上與之保持一致，頗具協調感，還能強調以生旦為主要表現對象的戲劇效果。明代戲曲摘匯選集《風月錦囊》所收《夫人背盟》折子戲，根據「王西廂」改編，以旦腳和貼腳合作完成的【五供養】等六支曲來開始這折戲，把「王西廂」之前的賓白和曲子都刪去。〔註15〕傅惜華編

〔註15〕參見孫崇濤、黃仕忠《風月錦囊箋校》，中華書局2000年8月1版1印，第357頁。

《〈西廂記〉說唱集》所收《昧婚》，以一支【銀紐絲】描繪了鶯鶯的情態，曲文簡潔，並沿襲「王西廂」的語言風格。〔註16〕【銀紐絲】是民間小曲，興起於明中葉成化、弘治年間，其產生時間和「李西廂」以及《風月錦囊》的創作時代相近。其實，「夫人背盟」情節敘夫人毀掉約定，讓鶯鶯認張生為哥哥，不讓他們成親。而在「李西廂」中，如果鶯鶯唱曲以後馬上進入「夫人背盟」情節，使崔張愛情受到外力的作用，更為波瀾起伏，吸引觀眾注意力，讓劇情緊湊，在表演效果上稍微勝於「王西廂」。其他的明代「西廂」改本、戲曲選集《風月錦囊》所收本和其他折子戲，也多改易這段情節，說明了它的受歡迎程度較高。又如「徐西廂」的《移兵退賊》一折有【黃鶯學畫眉】【二】【三】共三支曲子，改編者摘取前人改本「李西廂」第15齣《飛虎授首》的曲牌，把曲子改為【黃鶯學畫眉】【前腔】【前腔】，並且稍加改易曲文。但「徐西廂」流傳不廣泛，說明其改編效果一般。

三、曲子的疊唱和拆分

改編者通過重複疊唱和拆改曲子，把一支曲變為兩支曲或更多曲，有利於人物的抒情，更詳細地鋪敘劇情的發展。如「拜月亭」有一段情節寫陀滿興福遭遇追捕。宋元南戲舊本「拜月亭」描寫這段情節的殘曲【柳絮飛】、【趙皮鞋】、【好孩兒】，〔註17〕以官兵的視角，寫他們奉命追捕興福，最後卻徒勞無功的過程。南戲舊本「拜月亭」又使用【醉娘子】和【雁過南樓】，以興福的視角寫他逃命時的狼狽和他與世隆交往的喜悅。〔註18〕明代世德堂本《拜月亭記》第7折在南戲舊本的基礎上，使用【好孩兒】和【雁過南樓】舊曲。明代汲古閣本《幽閨記》第7齣《文武同盟》又在前面兩者的基礎上進行改編。如汲古閣本《幽閨記》在第7齣的開場處，寫興福逃難遇險，其中有北仙呂宮套數：【北絳都春】【混江龍】【油葫蘆】【北雁兒落帶過得勝令】【混江龍後】，其曲辭來自世德堂本《拜月亭記》第7折開場【北混江龍】這支曲的曲辭，並且對此進行拆分。在本段情節的發展處，世德堂本《拜月亭記》和汲古閣本《幽閨記》都寫神仙太白金星命土地去救興福的命，汲古閣本《幽

〔註16〕　參見傅惜華編《〈西廂記〉說唱集》收錄的鼓子曲《昧婚》，上海古籍出版社1986年8月第1版，第146頁。

〔註17〕　（清）鈕少雅《南曲九宮正始》，俞為民、孫蓉蓉《歷代曲話彙編》，黃山書社2008年10月第1版，第660頁、第569頁、第290頁。

〔註18〕　（清）鈕少雅《南曲九宮正始》，第613頁、第614頁。

閨記》把世德堂本《拜月亭記》取自南戲舊本的【好孩兒】曲辭並且拆分爲
【六么令】【好花兒】。在本段情節的高潮處，興福遇見世隆，兩人相談甚歡，
結拜爲兄弟，汲古閣本《幽閨記》還把世德堂本《拜月亭記》的【章臺柳】
變爲【章臺柳】【前腔】，把世德堂本取自南戲舊本的【雁過南樓】變爲【雁
過南樓】【前腔】，把【山麻客】變爲【山麻客】【前腔】。然汲古閣本《幽閨
記》多沿用南戲舊本和世德堂本《拜月亭記》的曲文和對白，又以後者爲主。

又如，宋元南戲「明改本」「李西廂」第 18 齣《北堂負約》在「夫人背
盟」情節中改編和拆分曲辭。宋元南戲舊本「景西廂」提及「夫人背盟」情
節的地方，僅有【前腔換頭】「……你娘行反目不記恩，他失信，我們心下須
準。」〔註19〕但是南戲殘曲的其他曲辭和後來的明代「西廂」改本完全不同。
而元代「王西廂」第二本第四折描寫這段情節，鶯鶯所唱北正宮的【離亭宴
帶歇指煞】曲辭多用疊詞，表現自鶯鶯原本相信老夫人在宴席上一定會把自
己和張生的婚期定下來，結果發現老夫人的許婚只是權宜之計，鶯鶯對翻臉
的母親失望之極：

> 【離亭宴帶歇指煞】從今後玉容寂寞梨花朵，胭脂淺淡櫻桃顆，
> 這相思何時是可？昏鄧鄧黑海來深，白茫茫陸地來厚，碧悠悠青天
> 來闊；太行山般高仰望，東洋海般深思渴。毒害的恁麼。俺娘呵，
> 將顫巍巍雙頭花蕊搓，香馥馥同心縷帶割，長攙攙連理瓊枝挫。白
> 頭娘不負荷，青春女成擔擱，將俺那錦片也似前程蹬脫。俺娘把甜
> 句兒落空了他，虛名兒誤賺了我。〔註20〕

「李西廂」取「王西廂」描述該情節的曲子並拆改之，改變其宮調爲南中呂
宮：

> 【鮑老催】從今恨多，玉容寂寞梨花朵，胭脂淺淡櫻桃顆。相
> 思病，料已成，何時妥？將顫巍巍雙頭花蕊兒輕團捏，香馥馥縷帶
> 同心割，連理樹都折挫。【雙聲子】今非昨，今非昨，把青春女成耽
> 擱。顛窨卻，顛窨卻，將美前程都虛過。我共他我共他，料想著，
> 料想著。今日成敗，都是你個蕭何。〔註21〕

〔註19〕 錢南揚《宋元戲文輯佚》，中華書局 2009 年 11 月 1 版 1 印，第 169 頁。

〔註20〕 （元）王實甫《西廂記》，王季思校注、張人和集評《集評校注〈西廂記〉》，
上海古籍出版社 1987 年 4 月第 1 版第 1 次印刷，第 82 頁。

〔註21〕 （明）李景雲、崔時佩《南西廂記》，明末毛晉汲古閣《六十種曲》第 3 冊，
中華書局 1958 年 5 月第 1 版，1982 年 8 月第 2 次印刷，第 48 頁。

「李西廂」拆改舊曲為鶯鶯唱【鮑老催】和鶯鶯、紅娘唱【雙聲子】，共兩支曲子，其曲文仍取「王西廂」的疊詞，並增添新創的疊句。明代戲曲選集《風月錦囊》選收的「西廂」折子戲，也摘選了【離亭宴帶歇指煞】，〔註22〕說明這支曲子的價值，其中的曲文運用疊詞和比喻的方法，能準確表現鶯鶯又怒又羞又悲的矛盾心理。如上文所述，「李西廂」的改編比較受歡迎。

第三節　曲文和賓白的增刪與合併

宋元南戲「明改本」對曲白的改編，主要指曲文和賓白的增刪與合併。改編者以此增補潤色人物的性格，結構劇情，與腳色行當的職能互補。

一、增刪曲文和賓白

首先，改編者通過增刪曲白，突出人物之間的親情，增補潤色人物的性格，加強對其形象的塑造。如高明《琵琶記》寫蔡伯喈即將上京赴試，父子、母子、夫妻分別。以明末汲古閣本《琵琶記》第 5 齣《南浦囑別》對陸抄本同類情節的改編為例，〔註23〕可見後期改本對早期改本的曲白進行刪改的情況：

陸抄本《琵琶記》寫趙五娘得知蔡伯喈受父母之命上京趕考時，並不理解他的行為，要和蔡伯喈一起和父母說道理：

【沉醉東風】(旦)你爹行見得你好偏，只一子不留在身畔。(介)
我和你去說咱。休休，他只道我不賢，要將你迷戀。苦，這其間教
人怎不悲怨。(合) 為爹淚漣，為娘淚漣，何曾為著夫妻上掛牽？

〔註24〕

汲古閣本《琵琶記》突出五娘對丈夫的「賢」和對公婆的「孝」。汲古閣本刪去旦的動作「(介)」，〔註25〕而且加上生旦對話「〔生〕娘子，你怎的又

〔註22〕 參見孫崇濤、黃仕忠《風月錦囊箋校》，中華書局 2000 年 8 月第 1 版第 1 次印刷，第 359 頁。

〔註23〕 (明)《新刊元本蔡伯喈琵琶記》陸貽典抄校本，簡稱陸抄本，《古本戲曲叢刊初集》第 7 冊，文學古籍刊行社 1954 年 2 月。這部劇本不標注齣目和頁碼，引用時遵照原貌。

〔註24〕 (明)《新刊元本蔡伯喈琵琶記》。

〔註25〕 (明)《繡刻琵琶記定本》，明末毛晉汲古閣《六十種曲》第 1 冊，中華書局 1958 年 5 月第 1 版，1982 年 8 月第 2 次印刷，第 20 頁。

不去了。〔旦〕罷罷罷，我和你去說時節呵。」〔註26〕經過汲古閣本的改編，趙五娘原本在衝動之下，便要和公婆說理，經思考，仍以支持丈夫的事業爲重，其形象比嘉靖本更爲賢惠。又如，陸抄本《琵琶記》云：

> 【前腔】（生）做孩兒節孝怎全，做爹行不從入幾諫。呀，俺爲人子，不當恁的說，也不是要埋冤影只形單，我出去有誰來看管？
>
> （合前）（生白）娘子，爹爹媽媽來了，你且搵了眼淚。〔註27〕

汲古閣本《琵琶記》改爲：

> 【前腔】（生）做孩兒節孝怎全，做爹行不從幾諫。（旦）官人，你爲人子的，不當恁的埋冤他。（生）非是我要埋冤，只愁他影只形單，我出去有誰看管。（合）爲爹淚漣，爲娘淚漣，何曾爲著夫妻上掛牽。（生）呀，爹媽來了。娘子，你且搵了眼淚。〔註28〕

陸抄本《琵琶記》蔡伯喈唱「呀，做爲人子，不當恁的說他，也不是要埋冤」，汲古閣本《琵琶記》改爲趙五娘說蔡伯喈身爲兒子卻埋怨父母是爲不孝，這句話增補了五娘形象中「孝」的部分。汲古閣本《琵琶記》還加上蔡伯喈和五娘合唱「（合）爲爹淚漣，爲娘淚漣，何曾爲著夫妻上掛牽。」

汲古閣本《琵琶記》還通過增改曲白，強調了主角的感情戲。陸抄本云：

> 【江兒水】【前腔】（旦唱）妾的衷腸事萬萬千，說來又怕添縈絆。六十日夫妻恩情斷，八十歲父母教如何展？教我如何不怨？（合前）〔註29〕

汲古閣本《琵琶記》加上蔡伯喈的話「（生）娘子，你有甚麼事，當說與我知道。」如此改編，增補了生旦之間的感情戲，效果較好。又如，在這兩部改本中，戲的下半部分都是生旦專場，以生旦之間的互動，表達夫妻相別時的深厚感情。陸抄本《琵琶記》云：

> 【前腔】（生）寬心須待等，我肯戀花柳甘爲萍梗，只怕萬里關山，那更音信難憑。須聽我沒奈何分情破愛，誰下得虧心短行。合

〔註26〕（明）《繡刻琵琶記定本》，第 20 頁。
〔註27〕（明）《新刊元本蔡伯喈琵琶記》，《古本戲曲叢刊初集》第 7 冊，文學古籍刊行社 1954 年 2 月。
〔註28〕（明）《繡刻琵琶記定本》，第 20 頁。
〔註29〕（明）《新刊元本蔡伯喈琵琶記》。

從今去相思兩處，一樣淚盈盈。（旦白）官人去，千萬早早回程。（生）
卑人有父母在上，豈敢久戀他鄉？（生唱）〔鷓鴣天〕萬里關山萬里
愁，（旦唱）一般心事一般憂。〔註30〕

汲古閣本《琵琶記》在這段戲的尾部接續一段對話「（旦）須是早寄個音信回
來。（生）音信不妨，只怕關山阻隔。（拜別介）」通過增加五娘叮囑伯喈寫家
書，伯喈擔心時空阻隔音信的對白，爲下文「多年來伯喈音信全無」的劇情
埋下伏筆。

其次，改編者對曲辭的改易，主要遵照南曲的格律而改編，有時會爲了
遷就格律而損害文辭的美感。如「王西廂」第二本第一折敘鶯鶯傷春：

【仙呂】【八聲甘州】懨懨瘦損，早是傷神，那值殘春。羅衣寬
褪，能消幾度黃昏？風嫋篆煙不捲簾，雨打梨花深閉門；無語憑欄
干，目斷行雲。

【混江龍】落紅成陣，風飄萬點正愁人。池塘夢曉，闌檻辭春；
蝶粉輕沾飛絮雪，燕泥香惹落花塵；繫春心情短柳絲長，隔花陰人
遠天涯近。香消了六朝金粉，清減了三楚精神。〔註31〕

「明改本」「李西廂」第24齣《回春束藥》將「王西廂」的【八聲甘州】
和【混江龍】刪改合併爲：

【綿搭絮】落紅成陣，萬點正愁人。早是傷情，無語憑欄怯素
春。困騰騰，情思沈吟。我有一腔春病，誰與我溫存？張君瑞，想
是你分淺緣慳，雨打梨花深閉門。〔註32〕

「李西廂」的【綿搭絮】首先摘取「王西廂」的【混江龍】首句「落紅成陣，
風飄萬點正愁人」並刪去「風飄」，接著摘選【八聲甘州】的「早是傷神」爲
「早是傷情」、「無語憑欄干」爲「無語憑欄怯素春」，其餘原句刪去並改爲「困
騰騰」、「我有一腔春病」和「張君瑞」三句，最後摘選【八聲甘州】的「雨
打梨花深閉門」作結。李日華的改編頗費周折，是因爲「李西廂」要以南曲
來演唱，故文辭要根據南曲的格律對原著進行增減。明代戲曲選集《群音類

〔註30〕 （明）《新刊元本蔡伯喈琵琶記》，《古本戲曲叢刊初集》第7冊，文學古籍刊
行社1954年2月。

〔註31〕 （元）王實甫《西廂記》，王季思校注、張人和集評《集評校注西廂記》，上海
古籍出版社1987年4月第1版第1次印刷，第48～49頁。

〔註32〕 （明）李景雲、崔時佩《南西廂記》，明末毛晉汲古閣《六十種曲》第3冊，
中華書局1958年5月第1版，1982年8月第2次印刷，第69頁。

選》所收折子戲《鶯鶯憶念》，把「李西廂」的【綿搭絮】改為該折第一支曲子。明代供人清唱的折子戲選集《月露音》、《珊珊集》、《詞林逸響》、《吳歈萃雅》和《古今奏雅》所收「鶯鶯憶念」情節也收錄【綿搭絮】。傅惜華《〈西廂記〉說唱集》也收錄類似內容的說唱單曲四支。可見經過「李西廂」的改編，這首【綿搭絮】廣受歡迎。

　　然「西廂記」明改本的曲辭改動也有敗筆。明初藩王朱權高度評價「王西廂」的曲辭如「花間美人」，「深得騷人之趣」。例如上文所述「王西廂」【八聲甘州】和【混江龍】中的曲辭「闌檻辭春；蝶粉輕沾飛絮雪，燕泥香惹落花塵。繫春心情短柳絲長，隔花陰人遠天涯近。香消了六朝金粉，清減了三楚精神」，表現鶯鶯抒發春閨之情的情思，文詞優美、情景交融、「餘香滿口」。「李西廂」的【綿搭絮】改為「困騰騰，情思沈吟。我有一腔春病，誰與我溫存？張君瑞，想是你分淺緣慳，雨打梨花深閉門。」就文學性而言，「李西廂」因為遷就南曲的演出而改編文辭，雖然使其通俗易懂，但也損壞了文辭的意境和美感。

　　第三，改編者增刪改易舊本文辭，改變演唱方式。有的改本還在舊本的基礎上，迎合南曲格律，增刪字句，改變人物的視角。

　　「王西廂」第一本楔子敘鶯鶯首次出場亮相，鶯鶯唱北曲「【仙呂】【賞花時】【么篇】可正是人值殘春蒲郡東，門掩重關蕭寺中；花落水流紅，閒愁萬種，無語怨東風。」〔註33〕「李西廂」照搬「王西廂」曲文並增減字句。「李西廂」第 3 齣《蕭寺停喪》改為南曲「【黃鶯兒】【前腔】無語背東風，望河中路未通。玉容消瘦緣愁重，椿庭命終，萱堂運窮，歎一家漂泊誰堪共！」〔註34〕此曲由鶯鶯獨唱，以揭示鶯鶯作為少女對春天的憂愁。李記把曲文「無語怨東風」改為「無語背東風」，「怨」改為「背」，兩支曲子的意境因此截然不同；「怨」和「殘春、蕭寺、落花、流水、閒愁」組成意境，抒發鶯鶯對自己寄居在孤獨蕭條的寺廟內的春愁；「背」和「窮、終、歎、漂泊」等詞組合，抒發鶯鶯對孤兒寡母的哀傷之情。在格律上，「李西廂」的句格和平仄都與曲譜相符，符合南曲規範。在文辭上，前者的文辭比後者更勝一籌，「李西廂」的改動不如「王西廂」。由此可知，「李西廂」此曲只是為了迎合南曲的格式

〔註33〕（元）王實甫《西廂記》，王季思校注、張人和集評《集評校注〈西廂記〉》，
　　　　上海古籍出版社 1987 年 4 月第 1 版第 1 次印刷，第 2 頁。
〔註34〕（明）李景雲、崔時佩《南西廂記》，明末毛晉汲古閣《六十種曲》第 3 冊，
　　　　中華書局 1958 年 5 月第 1 版，1982 年 8 月第 2 次印刷，第 6 頁。

而改，卻沒有顧及詞采的美感。後世曲選也沒有選錄該曲，說明該曲改動效果不好，接受度不高。又如「李西廂」第33齣《尺素緘愁》根據「王西廂」第五本第一折改編，寫張生上京趕考，鶯鶯思念張生。「王西廂」原為旦角獨唱北曲：

　　　　【掛金索】裙染榴花，睡損胭脂皴；紐結丁香，掩過芙蓉扣；

　　線脫珍珠，淚濕香羅袖；楊柳眉顰，「人比黃花瘦」。〔註35〕

「李西廂」把曲牌改為南曲【折梧桐】，曲文不變，把演唱方式改為旦貼分唱：

　　　　【折梧桐】（旦上）裙染榴花，睡損胭脂皴。紐結丁香，掩過芙

　　蓉扣。

　　　　（貼上）線脫珍珠，淚濕香羅袖。楊柳眉顰，人比黃花瘦。

〔註36〕

雖然曲文未改，但演唱方式改動以後，文意就從鶯鶯自歎因相思而消瘦，改為以紅娘視角敘述鶯鶯消瘦。「李西廂」變為以旁觀者視角敘述劇情，效果比原本以鶯鶯視角來敘述要好。此外，「李西廂」依照「王西廂」舊曲文的意境，保留宋詞人李清照《聲聲慢》的名句「人比黃花瘦」，保留了文辭的原汁原味。明代戲曲選集《風月錦囊》、《怡春錦》、《群音類選》、《樂府紅珊》、《堯天樂》所收折子戲選收該情節。〔註37〕其中《風月錦囊》、《樂府紅珊》、《堯天樂》保留「王西廂」【掛金索】不變；《怡春錦》保留「李西廂」【折梧桐】不變；《群音類選》選收的「李西廂」刪去此曲，選收的「王西廂」保留【掛金索】不變。此外「徐西廂」也對曲子的演唱者進行改編，但接受程度不高，難以和李記比肩。

　　第四，改編者在舊本的曲文的基礎上增添新詞。如在「王西廂」第四本第四折的「驚夢」中，鶯鶯唱北曲「【喬木查】走荒郊曠野，把不住心嬌怯，喘吁吁難將兩氣接。疾忙趕上者，打草驚蛇。」〔註38〕描寫鶯鶯在夢中追趕

〔註35〕（元）王實甫《西廂記》，王季思校注、張人和集評《集評校注〈西廂記〉》，上海古籍出版社1987年4月第1版第1次印刷，第173頁。

〔註36〕（明）李景雲、崔時佩《南西廂記》，明末毛晉汲古閣《六十種曲》第3冊，中華書局1958年5月第1版，1982年8月第2次印刷，第92頁。

〔註37〕參見孫崇濤、黃仕忠《風月錦囊箋校》，中華書局2000年8月第1版第1次印刷，第374～376頁；以及王秋桂《善本戲曲叢刊》之《怡春錦》第227頁，《群音類選》選收「李西廂」第1392頁、「王西廂」第1828頁，《樂府紅珊》第405頁和《堯天樂》第62頁等。

〔註38〕參見（元）王實甫《西廂記》，王季思校注、張人和集評《集評校注〈西廂記〉》，

張生，來到張生住宿的草橋店，二人互訴衷情，以纏綿重複的曲詞強調鶯鶯
和張生的心理和活動。「李西廂」第30齣《草橋驚夢》改爲南曲「【香柳娘】
走荒郊曠野，走荒郊曠野，把不住心嬌怯，喘吁吁難將兩氣接。瞞過了能拘
管夫人，穩住廝齊攢侍妾，疾忙趕上者。爲恩情怎捨，爲恩情怎捨？因此不
憚路途賒，誰經這磨滅。」〔註39〕曲文首先重複原有的「走荒郊曠野」，說明
旦腳演唱時必需配合走圓場的身段，走得急而快；然後增添新曲文「爲恩情
怎捨」並重複一次，揭示鶯鶯對張生剛分別又思念的感情，演員需以相應的
表情表現。「李西廂」中【香柳娘】和四支【前腔】，都採用在舊本的曲文的
基礎上增添新詞的方式。首支【前腔】爲鶯鶯唱，曲詞重複「想臨行上馬」
和「看清霜滿路」敘鶯鶯回憶長亭送別的情景，更添悲情；第二支爲張生唱，
重複「是人可分說」「且停睛看者」和「將衣袂不藉」，以張生的視角描繪乍
見鶯鶯的驚訝和喜悅之情，同時又爲她風塵僕僕的樣子而心疼；第三支爲鶯
鶯唱，重複「想著你廢寢忘餐」和「枕冷衾寒」，訴說她吃不下睡不著，只要
能來見情郎，吃苦趕路也不怕；第四支爲張生唱，重複「想人生在世」結合
本曲意象「最苦是離別」，重複「總春嬌怎惹」結合「生則願同襟個，死則願
同穴。」是他對鶯鶯千里跋涉來追隨自己的深情表白，突出他對愛情執著堅
定的品格。改編效果：「王西廂」對應的曲文文辭較雅麗，而「李西廂」曲文
比它通俗易懂，容易吟唱。而且「李西廂」重複的曲文不僅具有強調敘事的
功能，也能強調這句曲文裏表達的感情，還能加深人物形象塑造，渲染劇情
環境，從表演的角度來看「李西廂」這幾支曲的曲文比「王西廂」好。民國
王季烈《集成曲譜》所收折子戲《草橋驚夢》保留了這幾支曲子，可見「李
西廂」改編效果好，較受觀眾歡迎。

二、曲文中賓白的改寫

改編者多在曲文中間新增賓白和舞臺提示。宋元南戲「明改本」通過增
加人物的賓白，潤色人物形象。如《破窯記》第2齣寫呂蒙正和老朋友陳君
瑞相見。他們互相寒暄的賓白詞句文雅、句式整齊，基本上都是七言詩，營
造出蒙正和友人一起吟詩問答的戲曲情境，充滿濃厚的文人氣息。蒙正接著

上海古籍出版社1987年4月第1版第1次印刷，第166頁。
〔註39〕（明）李景雲、崔時佩《南西廂記》，明末毛晉汲古閣《六十種曲》第3冊，
中華書局1958年5月第1版，1982年8月第2次印刷，第88～89頁。

唱【荷葉鋪水面】【前腔】，寫自己才高八斗，希望老天不辜負他。「明改本」《彩樓記》第 2 齣《訪友贈衣》把蒙正和友人對白的語言從詩文化改爲通俗化，語言風格生活化，而且增加友人囑咐院子上茶的細節。改編者還保留【荷葉鋪水面】的曲牌，並且標注此曲爲南小石調【小石過曲】，在曲文「詩書飽學篤志深，奈天不肯從人」之後加入蒙正的賓白「嘎，陳兄，小弟志屈力窮，寒窯株守。那功名一事，不消提了。」〔註 40〕這個細節進一步勾勒出蒙正懷才不遇、屈居寒窯的形象。

　　改編者還通過增減曲文中的賓白，緊湊劇情和劇場氣氛。如「明改本」《精忠記》第 14 齣《說偈》主要改編自明代《東窗記》第 16 折，寫岳飛到金山寺拜訪道月和尚，道月和尚提醒他這次進京將有血光之災。在這一齣的開端處，《東窗記》在岳飛獨唱【步步嬌】之後，手下向他報告說已到揚子江邊「（末白）告將軍，且喜到揚子江邊了，你看。」〔註 41〕《精忠記》第 14 齣《說偈》改爲岳飛率眾人上場唱【步步嬌】，並且在曲後刪去這句話。明代《精忠記》在這一齣的【駐馬聽】曲子之前，刪去《東窗記》道月和尚和岳飛對話的賓白「（外白）非我貧僧多言，豈不聞古人多有如此。（生）哪個古人？是如何？」〔註 42〕改編者刪去次要人物嘍囉和道月和尚的賓白，有助於突出岳飛的戲份。又如同樣是寫兀朮聽聞岳飛來攻，吩咐手下準備迎戰的情節，《東窗記》第 3 齣開端處，敘述金兀朮和手下對話，詢問副將應該如何與岳飛交戰才能取勝。《精忠記》第 3 齣《猾虜》改爲金兀朮聽說對手是岳飛以後，刪去詢問副將應該如何與岳飛交戰、副將回答的話，直接進入兀朮吩咐手下整理鐵浮圖和拐子馬迎戰宋軍的情節。在此處，《東窗記》第 3 齣原有末腳扮兀朮的手下率眾士兵唱【包子令】「號令嚴明不可違」，《精忠記》第 3 齣改爲兀朮手下的眾軍士齊唱此曲，曲牌改爲【豹子令】，表示敵軍聲勢浩大、聽從將令；把個別士兵唱的【前腔】改爲眾士兵唱，刪去原本丑扮士兵唱的滑稽的【前腔】，表現兀朮的手下嚴格服從軍令，使劇場氣氛更符合劇情需要。《精忠記》第 7 齣《驕虜》，在《東窗記》第 8 齣的基礎上，加入兀朮和手下的一大段插科打諢，讓惡狠狠的敵軍形象變得具有喜劇色

<hr>

〔註 40〕　（明）《彩樓記》，黃裳校注，古典文學出版社 1956 年 11 月，第 2 頁；《古本戲曲叢刊》本《彩樓記》，第 4 頁。

〔註 41〕　（明）《岳飛破虜東窗記》明富春堂本，《古本戲曲叢刊初集》第 24 冊，文學古籍刊行社 1954 年 2 月版。

〔註 42〕　（明）《岳飛破虜東窗記》。

彩，對劇情氣氛的調劑作用比前者好。

　　改編者將舊本曲文改為賓白，突出人物形象。如根據前人改本《破窯記》改編的《彩樓記》寫呂蒙正和劉千金投宿旅店。《破窯記》第 7 齣《店起奸心》原本並沒有讓男女主角喝酒以後店家趁機偷盜的情節。《彩樓記》第 6 齣《投店成親》在結尾處增加一段舞臺提示，描寫王婆給男女主角送酒，並且趁他們酒醉以後偷盜盤纏，把狡獪的店家形象改寫得更為可惡。《彩樓記》在這齣戲的曲子裏面，以一更至三更為時間線索，描寫一更時劉千金為蒙正補衣服，二更時兩人拜堂成親，三更時兩人熟睡、被店家偷盜，劇情結構方式比《破窯記》更巧妙。在「被盜」情節裏，原本《破窯記》使用包括曲文、賓白和動作的 4 行文字來描寫這段情節，《彩樓記》改為提示「內打三更。副上虛白，作偷盜包裹釵鈿下。內打五更，雞鳴介。」〔註 43〕改編者把曲文濃縮為這段賓白，雖然削減了店家的戲份，但是通過把曲文變為舞臺表演，仍能突出反面人物黑心店家的形象。又以改編「西廂」故事的「報捷」情節為例。「王西廂」原有張生唱【滿庭芳】，寫張生收到鶯鶯信物以後的情形。「李西廂」在此基礎上，分別刪去和保留部分曲文。「王西廂」的曲文原本敘述張生看到鶯鶯寄來的信物之後，讚歎鶯鶯的針線工夫高明。「李西廂」第 34 齣《回音喜慰》把這段曲文改為賓白「這女工針指，世間罕有。」〔註 44〕李西廂」刪去曲子還要繼續劇情，曲子勢必改為賓白。因為對於演員來說，抑揚頓挫的說白比抒情性的演唱更節省力氣，也能縮短觀眾看戲的時間。

　　改編者改易舊本賓白為曲文，或更快地進入主幹劇情，或表現腳色行當的功底。宋元南戲《白兔記》原有一段寫三娘被嫂嫂逼迫、誓不改嫁的曲子【芙蓉花】「嫂嫂話難聽」。汲古閣本第 16 齣《強逼》也寫三娘被哥哥嫂嫂逼嫁的情節，把曲牌改為【攬群羊】，改易曲辭，但大意不變。明代汲古閣本的情節，來自於成化本《白兔記》第 13 齣的情節。成化本《白兔記》首先是哥哥上場，敘述他要逼三娘改嫁。這段戲完全是科諢和對白，沒有曲文。汲古閣本《白兔記》改為首先是三娘上場唱曲抒發丈夫離家以後的凄苦之情，可見汲古閣本比成化本《白兔記》更快速地進入這齣「逼妹改嫁」的主題。接

〔註 43〕　（明）《彩樓記》，黃裳校注，古典文學出版社 1956 年 11 月，第 21 頁；《古本戲曲叢刊》本《彩樓記》，第 19 頁。

〔註 44〕　（明）李景雲、崔時佩《南西廂記》，明末毛晉汲古閣《六十種曲》第 3 冊，中華書局 1958 年 5 月第 1 版，1982 年 8 月第 2 次印刷，第 98 頁，見【桂枝香】曲內賓白。

著汲古閣本《白兔記》在【三學士】【前腔】中，讓丑扮嫂嫂唱【前腔】，且接著丑也來唱【前腔】。汲古閣本《白兔記》還在成化本的基礎上，把成化本的下場詩改爲【尾聲】的曲文。

　　又如，「王西廂」第一本第二折原有一段張生和紅娘的對話，敘張生向紅娘打探鶯鶯的情況，介紹自己的生辰八字和未婚的狀況，卻遭遇紅娘搶白。這段情節的喜劇性較強：「（末云）小生姓張，名珙，字君瑞，本貫西洛人也，年方二十三歲，正月十七日子時建生，並不曾娶妻……（紅云）誰問你來？（末云）敢問小姐常出來麼？」〔註45〕「李西廂」第 6 齣《禪關假館》把張生和紅娘的對話改爲【鎖南枝】「（生）尙書子，白面郎。（貼）原來是宦家公子，失敬了。（生）姓張名珙住洛陽，二十三歲正年芳，正月十七子時養。（貼）我又不是算命先生，誰問你生辰八字？（生）小生並不曾娶妻。告小娘，作主張。敢問小姐常出來麼？（貼）出來便怎麼？（生）若是見鶯鶯，和他訴衷腸。」〔註46〕內容改動不大，但是改爲張生唱曲、紅娘說白，比純粹的對話更靈活；而且「李西廂」由生腳主唱，此曲也由生腳來唱，有利於表現生腳的唱功。有意思的是，「李西廂」第 8 齣《燒香月夜》也改紅娘的賓白爲曲子。這齣戲寫紅娘搶白張生以後，來在鶯鶯面前，嘲笑張生的傻樣，模仿張生的言行。紅娘和鶯鶯的對話被「李西廂」改爲曲子，還把曲牌改爲【鎖南枝】。「李西廂」此處的改動方法和第 6 齣的【鎖南枝】一致，只是演員和曲文內容不同，塑造的人物形象也不同。「李西廂」第 6 齣【鎖南枝】爲生貼分唱，塑造張生的「志誠」形象和紅娘伶牙俐齒的形象；而「李西廂」第 8 齣【鎖南枝】由旦貼分唱，敘鶯鶯問紅娘張生傻樣如何，紅娘轉述張生的簡況以後，旦貼之間的對話「〔旦〕誰著你去問他？〔貼〕誰去問他？他還說……」塑造了鶯鶯矜持的大家閨秀形象。紅娘在該曲中的功能，是轉述並模仿張生的傻話，因此，「李西廂」的曲文採納了前人「王西廂」的對話「（生）小生並不曾娶妻。告小娘，作主張。敢問小姐常出來麼？（貼）出來便怎麼？（生）若是見鶯鶯，和他訴衷腸。」〔註47〕於是在曲子的末尾處由貼轉述「他說告小娘，作主張，若是見鶯鶯，和他訴衷腸。」「李西廂」改得很簡練。「李西

〔註45〕　（元）王實甫《西廂記》，王季思校注、張人和集評《集評校注〈西廂記〉》，
　　　　　上海古籍出版社 1987 年 4 月第 1 版第 1 次印刷，第 20 頁。

〔註46〕　（明）李景雲、崔時佩《南西廂記》，明末毛晉汲古閣《六十種曲》第 3 冊，
　　　　　中華書局 1958 年 5 月第 1 版，1982 年 8 月第 2 次印刷，第 17 頁。

〔註47〕　（明）李景雲、崔時佩《南西廂記》，第 17 頁。

廂」的敘事內容與元雜劇相似，但是表達形式不同，貼腳採用唱白相間的形式，比原本純粹的念白更吸引觀眾。

第四節　整曲的增刪

宋元南戲「明改本」對整曲進行刪減改易和移位，通過增刪人物的上下場曲，集中主幹劇情和主要人物的戲份，為增補塑造人物的形象服務，與行當的表演相匹配。

一、曲子的刪減和位移

宋元南戲「明改本」刪減整曲，這些曲子多為描寫次要情節和人物以及寫景抒情。明代《破窯記》是宋元南戲舊本「呂蒙正」的明人改本。《九宮正始》收錄南戲舊本「呂蒙正」一支寫大團圓結局的曲子【梅花酒】「逢節遇時，稱心如意」。〔註48〕明代改本《彩樓記》第 20 齣《喜得功名》為大團圓結局，取材於較早的明代改本《破窯記》第 28 齣《相府相迎》和第 29 齣《團圓封贈》寫劉老爺得知女婿有出息以後，迎接女兒和女婿，一家團圓。「明改本」《彩樓記》的情節和原本相似，但是結構有一些增刪改動。《破窯記》第 29 齣《團圓封贈》採納了南戲舊本的【梅花酒】及其曲文，這段情節寫父母祝賀蒙正夫婦，眾人恭聽聖旨、高呼萬歲。《彩樓記》第 20 齣《喜得功名》的這段情節改編自《破窯記》第 29 齣《團圓封贈》，在蒙正說出感激之情的【道和】曲子之後，增加一支劉老爺和蒙正、劉千金等人同唱的曲子【調笑令】，刪去劉千金【前腔】一支；刪去劉老夫人和劉老爺的三支【前腔】，加上他們合唱的【耍廝兒】寫劉府家宴；保留劉老爺唱的【包子令】寫府中的美麗景色，把原為老爺和夫人分唱的部分改為老爺獨唱。《彩樓記》還刪去蒙正夫婦所唱描寫秋冬美景的【前腔】，增加【聖藥王】一支描繪熱鬧的宴會；採納並且保留宋元南戲舊本的【梅花酒】，但是改變演唱者丫鬟唱為蒙正夫婦唱；刪去合唱【前腔】，【尾聲】改合唱為眾人齊唱。《彩樓記》的改動，突出了蒙正夫妻的唱段，塑造他們不計前嫌的形象。

又如，「王西廂」第四本在拷紅情節開始處，老夫人懷疑鶯鶯和張生私自

〔註48〕　（清）鈕少雅《南曲九宮正始》，俞為民、孫蓉蓉《歷代曲話彙編》清代卷，黃山書社 2008 年 10 月第 1 版，第 623～624 頁。

約會，命令紅娘來見，紅娘急忙和鶯鶯商量對策以便統一口徑，如此顯得紅娘沒有主見，事事要和主人商量。紅娘原本要唱一套北中呂宮的曲子【鬥鵪鶉】【紫花兒序】【金蕉葉】【調笑令】，「李西廂」第 28 齣《堂前巧辯》刪減紅娘所唱爲【偈金門】一支，並位移部分曲辭爲老夫人所唱【桂枝香】的內容，即刪去紅娘和鶯鶯事先商量的情節，快遞進入紅娘面見老夫人並爲崔張辯爭的情節。「李西廂」刪減紅娘的唱段，能更快進入衝突性強的核心情節，讓劇情更緊湊；紅娘更有主見、性格更鮮明，整體藝術效果比「王西廂」強。崑曲曲譜《集粹曲譜》同李記做法，並未保留「王西廂」這段情節，說明崑曲折子戲也採納了「李西廂」的改編方法。

　　其次，移動曲子的位置，與行當的表演相匹配。如長亭送別情節，「王西廂」第四本寫鶯鶯目送張生走遠以後唱一曲【四邊靜】以抒發依依不捨之情，「李西廂」第 29 齣《秋暮離懷》把它移到老夫人以及法本到來時。修改後，該曲爲法本所唱，敘事視角由鶯鶯改爲法本，曲牌改爲【前腔】，曲文有所刪改。根據劇情，「王西廂」老夫人和法本早就到達長亭等候，張生、鶯鶯和紅娘晚到；「李西廂」調換劇情發展順序，改爲張生、鶯鶯和紅娘早到，老夫人和法本晚到。因此「李西廂」新增法本的唱段時，把鶯鶯的這支曲子移到法本到達長亭以後來唱。「李西廂」改編「王西廂」的時期爲明代中葉。就腳色體制來看，原本旦腳在「王西廂」裏面是長亭送別情節的主唱者，「李西廂」讓原本不唱的末腳也有唱段，讓生旦以外的其他行當也有戲份，這有利於初興時期崑腔行當的發展。就效果而言，「李西廂」此出以後發展爲崑曲折子戲《長亭》，清代更發展爲劇中角色全由女演員演出的《女長亭》。然而，考王季烈《集成曲譜》所收《女長亭》折子戲，不見法本所唱【前腔】，而改爲張生和鶯鶯同唱，說明「李西廂」的設計不受觀眾歡迎。

二、增刪曲子

　　首先，增刪主要人物的上場曲，爲增補塑造其形象服務。明代後期的改本《彩樓記》第 8 齣《旅邸被盜》在明人早期改本《破窯記》的基礎上改編，刪去蒙正的上場曲【風馬兒】，改編了描繪蒙正燈下讀書、劉千金做針線的一段曲文，改爲主角人物蒙正和劉千金對話：蒙正對劉千金說時間還早，先坐一會兒，劉千金說蒙正的衣服破了，要給他補衣服，蒙正邊看書邊陪伴妻子。《彩樓記》的改編效果比《破窯記》更理想，突出了這對夫婦的互動和交流，使這對落魄夫妻患難與共的場面更溫馨。

又如，「王西廂」原來沒有用明場交代惠明孤身突圍去送信的情節，「明改本」增改之。「李西廂」的惠明是第 13、14 和 15 齣的主要人物。如第 14 齣新增的戲以惠明為主角，順帶增加惠明唱【駐雲飛】；第 15 齣增加惠明和杜確合唱【紅衲襖】，以及惠明獨唱【仙呂】【賞花時】【么篇】。改編很成功，增加其唱段，能強調他在飛虎圍寺情節和杜確解圍情節中的功勞，突出其戲份，塑造了惠明英勇機智的形象。由「李西廂」改編而來的清代折子戲《惠明》著重敷演惠明的英雄本色，證明「李西廂」的改編為觀眾歡迎。又如王西廂的聽琴情節首先是鶯紅出場，鶯紅上場曲為【越調】【鬥鶴鶉】【紫花兒序】；「李西廂」第 19 齣《琴心寫恨》改為首先是張生上場，上場曲改為【卜算子】，敘張生為彈琴做好充分的準備。在這裡，「李西廂」改「王西廂」【越調】【鬥鶴鶉】【紫花兒序】為【滿江紅】，作為旦和貼的上場曲，敘主僕同賞月夜美景。生和旦貼的上場曲都是李日華根據情節新增的整曲。上場曲可以深化人物出場亮相給觀眾帶來的印象，有利於塑造人物形象。崑曲曲譜《集粹曲譜》所收《聽琴》保留該曲作為旦貼上場曲，說明「李西廂」改編效果好，接受度較高。

其次，增刪次要人物的上場曲。這些人物在宋元南戲裡面原是次要人物，無需唱曲。有的明人改本為他們設置相應的曲子以供演唱。如「李西廂」第 28 齣《堂前巧辯》歡郎唱曲【風入松】，提供鶯鶯每晚燒香不歸宿的信息，加深了老夫人的疑惑，為下文拷紅情節做鋪墊。在「王西廂」的同類情節裏，歡郎並不唱曲。「李西廂」增加歡郎的戲份，迎合了劇情發展所需。又如「王西廂」敘鄭恒用詭計騙婚時，並無上場曲，「李西廂」第 35 齣《詭謀求配》增加鄭恒的曲子【秋月夜】【梨花兒】，自敘他流連青樓，直接向觀眾說明他是個花花公子，是反面角色，從而襯托出男主角張生的專一。改編者要加重此人物的戲份，故而令他唱曲。「王西廂」以一人主唱為主，「李西廂」的唱者本來就多，基本每齣上場的人物都能唱，以此加重其他人物的戲份。「李西廂」的改編效果較好。考劉有恆《集粹曲譜》所收崑曲折子戲，並無歡郎和鄭恒的上場曲，可見表現次要人物的曲子在後世舞臺演出裏不受歡迎，因此把「李西廂」增加的這類曲子刪掉。作者根據人物上場、人物形象塑造的需要而增加這些上場曲。

明代改編者通過增加新的曲子，增加人物的唱段和戲份。如在「鬧齋」情節裏面，「王西廂」原為張生主唱大部分曲子，而鶯鶯和紅娘也有唱曲但是

數量很少，老夫人及眾和尚只有賓白，說明本情節的敘述者以張生爲主，鶯紅爲輔，老夫人等人是次要人物。明人改編本「李西廂」第10齣《目成清蘸》有意鋪陳這個場面，各自給這些人物加上唱段，讓老夫人及法本等人更有戲。「李西廂」的改編包括末淨丑三位和尚的開場曲【光光乍】，旦、貼和老旦三人的上場曲【番卜算】，老旦拈香並祈禱之曲【一封書】，旦拈香並祈禱之曲【前腔】，淨丑和尚嘲笑張生貪看鶯鶯之曲【前腔】，老旦燒紙錢祭奠先夫之曲【傍妝臺】，令老夫人和鶯鶯祭奠老相國的情節更詳細，使得鶯鶯、老夫人、和尚的戲份更多，讓這些人物形象更立體；和尚滑稽的上場曲，和他們嘲笑張生的曲子以及肅穆的道場氣氛結合在一起，加強了劇場的冷熱調劑效果。明代戲曲選集《風月錦囊》摘選「王西廂」，有《夫人設齋》和《生求附薦》這兩段情節，其它曲選如《萬家合錦》有《齋壇鬧會》，《群音類選》有《張生鬧道場》，它們的藝術效果比「王西廂」只顧著突出張生的要好。

　　改編者拆分舊本的一支曲子爲兩支曲子或更多曲子，或者刪去人物上下場曲，或壓縮曲子。例如「王西廂」第二本第四折，寫老夫人讓紅娘催促鶯鶯赴宴，鶯鶯開始不願意赴宴，紅娘說明宴請的是救命恩人張生，鶯鶯才願意出來。鶯鶯原唱南雙調的套數【五供養】【新水令】【么篇】【喬木查】【攪箏琶】【慶宣和】，共 6 曲，敘紅娘讚歎鶯鶯今日特別美麗，鶯鶯懷著感恩、羞怯又期待的心情梳妝打扮。明代戲曲選集《風月錦囊》所收《夫人背盟》改編「王西廂」的情節，以旦腳和貼腳合作的【五供養】等六支曲來開始這折戲，卻把「王西廂」之前的賓白和曲子都刪去。〔註49〕傅惜華《〈西廂記〉說唱集》所收近代鼓子曲《昧婚》以【銀紐絲】描繪鶯鶯，曲文沿襲了「王西廂」的語言風格。〔註50〕【銀紐絲】是民間小曲，興起於明中葉，其產生時間和《風月錦囊》以及李本相近。「李西廂」第 18 齣刪去「王西廂」這段情節：張生赴宴以後，鶯鶯還沒來，張生藉口小解，在門外遇到鶯鶯，二人以眼神互相留情；同時，把【五供養】等六支曲壓縮爲一支【前腔】，讓旦腳唱前半曲，貼腳唱後半曲。其【前腔】在曲牌上接著上面張生所唱【番卜算】，因此在形式上與之保持一致，頗具協調感，還能強調以生旦爲主要表現對象的戲劇效果。夫人背盟情節主要敘夫人毀掉約定，讓鶯鶯認張生爲哥哥，不

〔註49〕　黃仕忠、孫崇濤《風月錦囊箋校》，中華書局 2000 年 8 月第 1 版，第 357～358 頁。

〔註50〕　《昧婚》鼓子曲參見傅惜華編《〈西廂記〉說唱集》，上海古籍出版社 1986 年 8 月第 1 版，第 146 頁。

讓他們成親。而在眾改本中，如果在鶯鶯唱曲以後馬上進入夫人背盟的關鍵情節，可以使崔張愛情受到外力的作用，更有波瀾起伏的感覺，吸引觀眾的注意力。「李西廂」如此改動，可以讓劇情緊湊，矛盾衝突出現的速度快，能抓住觀眾的眼球，在表演效果上稍微勝於「王西廂」、《風月錦囊》和說唱。在接受度上，「李西廂」全本、折子戲和說唱都對該情節進行改動，說明它具有戲劇性並且得到受眾的歡迎，因而能從明代流傳到近代。

三、使用集曲

集曲是截取幾支曲子的精彩部分融合爲一支新曲的戲曲形式。它彌補了傳統曲牌套數在表現劇情發展脈絡、人物形象和文辭意境的不足。它在組合上靈活多變，給南曲增加許多新的曲牌，表現複雜多樣的曲牌情緒，突破了傳統音樂形式的限制。宋元南戲「明改本」以集曲豐富了音樂表現形式，值得肯定。本小節試以明代南曲系統「西廂」改本中的集曲爲例進行研究。「明改本」使用集曲的劇本不少。其中，明代改編「西廂」的南曲系統改本，就有「李西廂」、「陸西廂」和《拯西廂》等。「明改本」新增的集曲能表現人物心理和情緒，劇情的波瀾起伏和環境的複雜，也能表現文人雅趣。它們使用集曲的數量由少到多。如「李西廂」僅有一處使用集曲；「陸西廂」用集曲的齣目約有三分之一。「陸西廂」和《拯西廂》不僅在單齣內單次使用集曲，而且多使用兩次以上，最多的高達四次，可見它們比「李西廂」的集曲更進步。

首先，用集曲表現劇情的波瀾起伏。一方面是劇情起伏。如「王西廂」在大團圓結局之前，要讓張生經受最後的考驗。劇情敘張生中狀元，來到崔府見鶯鶯，老夫人和紅娘都以爲張生爲了功名已經娶妻而拋棄了鶯鶯，於是都對張生擺出冷臉，張生費力解釋。對於衣錦還鄉的狀元郎張生，還要搬出一塊他受小人誣陷的絆腳石，因而此處是劇情曲折處，可以考驗張生對鶯鶯的感情是否堅定。此處「王西廂」、「李西廂」皆用單曲表現，而「陸西廂」第 36 齣《榮歸》改用南仙呂宮的集曲【三集月兒高】演唱。【三集月兒高】摘取【月兒高】【五更轉】【駐雲飛】【上馬踢】四支曲子的菁華而成，表達效果更好，適時表現出張生的處境：面對眾人的不信任，既感到冤屈又要解釋，顯出他對鶯鶯感情之眞摯。如此改編使其藝術性更強。

其次，用集曲表現環境的複雜變換。如崔張愛情的高潮處是他們衝破禮教的約束而私自結合，「王西廂」以張生的視角唱出崔張如何約會，「李西廂」

改以南仙呂宮的集曲【十二紅】來表現。這支曲牌集取十二支曲牌而成，人物視角也改爲在西廂外守候的紅娘，她此時在門外想像崔張如何約會，比「前文本」以張生的視角來表現崔張約會更隱晦和巧妙。因此「李西廂」【十二紅】曲牌出現以後，成爲經典之曲，後世曲譜如沈璟譜、蔣孝譜和吳梅譜提及該曲牌時，多以「李西廂」的改編作爲度曲的模範。〔註 51〕又如「陸西廂」第16 齣《負盟》敘老夫人宴請張生，卻不感念張生對鶯鶯的救命之恩，讓崔張互認爲兄妹，崔張的驚訝、悲憤、惱怒等複雜情緒，是劇情的關鍵。「陸西廂」使用集曲的連綴形式，以南南呂宮的集曲【大聖令】【二】和【大宜春】【二】敷演。【大聖令】由【大聖樂】【宜春令】組成，【大宜春】由【大聖樂】【宜春令】組成，分別由鶯鶯和老夫人唱，表現鶯鶯的憤恨和老夫人的世故。在夫人悔婚、鶯生極度失落的情節中，陸采連續使用了兩次集曲的形式，較好地表現了劇中人的思想感情。「陸西廂」大量使用集曲，音樂形式較「李西廂」豐富，但它的受歡迎程度不如「李西廂」。

　　第三，用集曲表現「以曲爲文」的雅趣。如「李西廂」敘聽琴情節時，以南曲南呂宮的【梁州序】一套表現張生和鶯鶯心靈互通的默契，「陸西廂」第18 齣《寫怨》改爲張生唱南呂宮的集曲【梁州新郎】並套數，集曲【梁州新郎】爲【梁州序】和【賀新郎】組成，套數爲【梁州新郎】【二】【三】【四】這四支曲組成，以集曲強調該情節的重要性，爲男主角日後中狀元、成爲「新郎」的結局埋下伏筆。該情節排場設置爲靜夜，以突出強調琴聲的魅力。吳梅云【梁州序】套「此調聲極美婉，宜用在排場安靜處，」〔註 52〕可見陸采和李日華都能根據排場要求改編音樂形式。考後世折子戲、曲譜和說唱所收，以「陸西廂」爲代表的大量使用集曲的明清改本，和「李西廂」比起來，前者幾乎不見流傳，後者的接受度仍然很高。然陸采等改編者敢於運用新形式的做法仍值得肯定。這說明，「明改本」在形式上的進步不一定都對戲曲的發展有幫助，它們受歡迎也未必都是好事，也要視具體情況而定。「明改本」的內容也要和形式相輔相成。有的「明改本」在內容上與原著相距甚遠，改編

〔註 51〕　本句涉及的曲譜爲簡稱，全稱如下：沈璟譜指明人沈璟《增定南九宮十三調曲譜》，蔣孝譜指明人蔣孝《舊編南九宮譜》，兩譜皆爲王秋桂《善本戲曲叢刊》第 3 輯收錄。鈕少雅譜指清人鈕少雅《南曲九宮正始》，俞爲民、孫蓉蓉《歷代曲話彙編》收錄，黃山書社 2008 年 10 月第 1 版。吳梅譜指吳梅《南北詞簡譜》上下冊，吳梅《吳梅全集》，河北教育出版社 2002 年 7 月第 1 版。
〔註 52〕　吳梅《南北詞簡譜》下冊，第 460 頁。

效果不理想，所以不受歡迎。

宋元南戲「明改本」多在宋元南戲和其他「前文本」的基礎上，改易舊本的套數爲新的套數，成爲新的故事。「明改本」多吸收和改易宋金元雜劇的北曲套數爲南曲套數，體現了宋元南戲嚮明傳奇過渡的特徵。南北合套，多爲改編者根據劇情而增設，或爲南曲套數中間雜北曲，或爲北曲套數中加入南曲。改編者還根據劇情，新增曲辭，改易演唱方式；通過增減曲牌，爲突出刻畫主要人物的形象做鋪墊，寫出人物心理和情緒；對文辭進行增刪和合併，或按舊曲文的意境新創曲文，或合併曲文，或在曲文中間新增賓白和舞臺提示，突出人物之間的親情，增補潤色人物性格，加強人物形象塑造。改編者還根據人物上場和人物形象塑造的需要，增加人物上場曲。「明改本」使用集曲表現人物心理和情緒、劇情起伏和環境，表現作者「以曲爲文」的雅趣。

宋元南戲「明改本」對南腔北調進行交融和創新，適應了明代南曲蓬勃興起的情況，推動了戲曲音樂的改進和發展。從接受與傳播的角度觀之，文學作品一旦成爲「經典」，便形成一種審美視界。有的傳奇類「明改本」在音樂上「易北爲南」，內容基本多遵照舊本，符合大眾心理慣性和思維定勢，故改編效果和接受程度甚佳。而將「明改本」和明人關於戲文和傳奇的鑒賞、批評聯繫起來觀之，大部分「明改本」在音樂形式上的取材、改編、創造，都值得肯定。這也反映了宋元南戲在音樂體制上逐步走向傳奇的發展過程。